NADA
DRAMÁTICA

DAYSE DANTAS

NADA DRAMÁTICA

AVENTURAS e DESVENTURAS de uma garota que sobreviveu ao ensino médio sem ser popular, sem fazer mimimi... e sem conseguir evitar de se APAIXONAR

2ª edição
1ª reimpressão

GUTENBERG

Copyright © 2013 Dayse Dantas
Copyright © 2013 Editora Gutenberg

Todos os direitos reservados pela Editora Gutenberg. Nenhuma parte desta publicação poderá ser reproduzida, seja por meios mecânicos, eletrônicos, seja via cópia xerográfica, sem a autorização prévia da Editora.

GERENTE EDITORIAL
Alessandra J. Gelman Ruiz

ASSISTENTES EDITORIAIS
Carol Christo
Felipe Castilho

PREPARAÇÃO
Flavia Yacubian

REVISÃO
Renato Potenza Rodrigues

CAPA
Diogo Droschi

DIAGRAMAÇÃO
Christiane Morais

Dados Internacionais de Catalogação na Publicação (CIP)
(Câmara Brasileira do Livro, SP, Brasil)

Dantas, Dayse
  Nada dramática : aventuras e desventuras de uma garota que sobreviveu ao ensino médio sem ser popular, sem fazer mimimi... e sem conseguir evitar de se apaixonar / Dayse Dantas. -- 2. ed.; 1. reimp.. -- Belo Horizonte : Editora Gutenberg, 2024.

  ISBN 978-85-8235-107-9

  1. Ficção brasileira I. Título.

13-11568   CDD-869.93

Índice para catálogo sistemático:
1. Ficção : Literatura brasileira 869.93

A **GUTENBERG** É UMA EDITORA DO **GRUPO AUTÊNTICA**

São Paulo
Av. Paulista, 2.073 . Conjunto Nacional
Horsa I . Sala 309 . Bela Vista
01311-940 . São Paulo . SP
Tel.: (55 11) 3034 4468

Belo Horizonte
Rua Carlos Turner, 420
Silveira . 31140-520
Belo Horizonte . MG
Tel.: (55 31) 3465 4500

www.editoragutenberg.com.br
SAC: atendimentoleitor@grupoautentica.com.br

Existem muitas pessoas importantes
na minha vida que merecem um livro
dedicado por mim.

Acho que todas elas concordariam que
este é da Marina, a comunista que me
apresentou o fascinante mundo das
boybands soviéticas.

AGRADECIMENTOS

Esta é aquela parte do livro que a maioria dos leitores ignora e todas as pessoas que conhecem o autor fazem questão de ler. Espero não decepcionar.

Agradeço à minha mãe, Mara, por todos os sacrifícios que fez por mim. Ao meu pai, Valdenilson, por toda paciência, apoio e amor incondicional. Meu irmão Rodrigo, por ser o cara mais legal que já conheci e por sempre me escutar. Agradeço também à sua esposa Diaranan, por ter aceitado aguentar esse chato pelo resto da vida.

Dani e Denise, as melhores irmãs, minhas melhores amigas. Obrigada por existirem, conversarem comigo, terem paciência e encherem a minha paciência, por sempre me fazerem sentir amada e querida. Minha vida é nada sem vocês.

Obrigada também à minha segunda família, os BOPI: Silvandra, Wallace e Carol. Vocês me acolheram e me aceitaram do jeito que sou. Foi com vocês que aprendi que sempre há uma maneira mais interessante de contar histórias e causos. Menção especial à Luiza, minha amiga perfeita, sempre me fazendo rir e decorando falas de filmes comigo. Por sua causa, minha adolescência foi tranquila, engraçada, interessante e sem muitos dramas caóticos, e sempre serei grata por isso.

Aos meus jovens perturbados, Marina Celestino e Pedro Duarte, vocês demonstraram amor e apoio nas minhas decisões e por quem eu sou. Eu não sei como sobreviveria sem os nossos encontros "semanais" (muita ênfase nas aspas).

Thaís Urano, a minha mais antiga amiga da internet. Obrigada por não ter se assustado quando fiquei *stalkeando* você e por ter escutado e compreendido os meus problemas mais sombrios. Obrigada também por toda essa trupe descolada de Fortaleza que você me apresentou (e um beijo para eles!).

Minha querida Giudice, agradeço pelas DMs, pelos tweets, os comentários no Goodreads, A Regra do Mamute, os Churros e Churrettes, as ligações pelo Skype, as suas ideias para melhorar a história, as sessões de documentário, sua existência e a existência de tudo o que senti desde que te conheci. Eu posso declarar com confiança que meu cérebro ficou muito mais interessante e afiado depois que você entrou na minha vida.

Marina Lacerda, filha de Marx, mais uma vez obrigada pela inspiração e por ter acompanhado cada página dessa história e respondido todas as minhas perguntas. Tássya Menezes, obrigada por ter sempre me ajudado nos dramas da minha vida e por enriquecer meu conhecimento de teatros e musicais. Camilla Rocha, obrigada por emprestar seu nome à minha protagonista e por ter lido a história e ter feito a primeira resenha (não oficial) empolgada dela.

Aos meus amigos e colegas de Churrascaria: Laiz, Dreine, Peq, Gegé, Thayrone, Bruna, Rafaela, Vanessa, Brunno, e, *especialmente*, Mariana. Vocês me proporcionaram um ambiente de trabalho que inspirou as histórias mais absurdas. Mal posso esperar para escrevê-las!

Aos *Nerdfighters* em geral, principalmente os brasileiros, e mais especificamente aqueles com quem eu converso mais: obrigada por serem *awesome*.

Agradeço à minha agente Gui Liaga, tão boa no que faz que nem dá para perceber na versão final do manuscrito que sou uma analfabeta e desorganizada. Obrigada também à Alessandra J. Gelman Ruiz e à Carol Christo, por acreditarem na história da Camilla (e em mim). E um alô especial a todos os envolvidos no processo de edição e publicação deste livro. Isto ainda parece um sonho!

Às minhas amigas escritoras descoladas: Bárbara Morais, obrigada por sempre me acolher, me fazer rir e traduzir músicas simultaneamente; Iris Figueiredo, *vlw* aí por tudo (hehe); Babi Dewet, obrigada por ter cuidado de mim cada segundo que fiquei contigo nesse caos que chamam de Rio de Janeiro.

Finalmente, quero agradecer à Adriana Falcão, que provavelmente não está lendo isto, mas, mesmo assim, deve ser mencionada, pois sempre me inspira a escrever melhor e mais bonito.

E, obviamente, meu obrigada a você, leitor! Espero que se junte à revolução do ensino médio comigo e entre nas aventuras da Agente C!

drama

(do grego *dráma, -atos,* ação, tragédia)

substantivo masculino

1. Peça de teatro de um gênero misto entre a comédia e a tragédia.

2. [Figurado] Acontecimento patético ou comovente; sucessão de acontecimentos em que há agitação ou tumulto.

3. Cena pungente.

fazer (um) drama

• [Figurado] Exagerar a gravidade ou o aspecto negativo de algo.

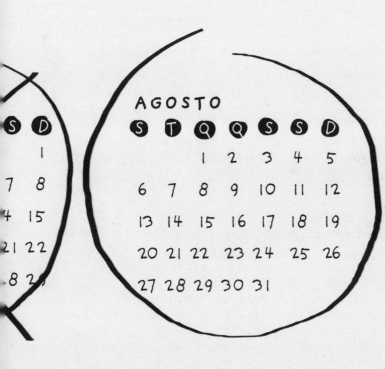

✉

De: Camilla Pinheiro <cpinheiro@zoho.com>
Para: Jordana Borges <jorges.publicidade@zoho.com>
Assunto: RINHA (enviado em 1 de agosto, às 20h43)

Oi, Jorges,
Eu sei que uma das maiores ambições da sua vida desde que me conheceu nessa bela plataforma que alguns chamam de internet, mas nós chamamos de Lar, é me ligar em um momento inapropriado, então acho que você já pode cortar isso da sua lista de metas. Hoje de manhã as coisas estavam bem... intensas. E sua interferência via chamada interurbana aconteceu no ápice da crise.
Já imagino sua cara de espanto. Você deve estar pensando: *Camilla envolvida em algum drama na escola? Que mundo é esse?*
Pois bem. Depois de anos apenas observando o esforço exorbitante exigido pelos grandes colégios de ensino médio de Goiânia e de como ele acaba afetando extensamente o intelecto de jovens (e quando digo intelecto, não estou me referindo às matérias novas que aprendemos – a não ser que você esteja pensando em uma matéria chamada VIDA), sem estar envolvida diretamente nesses dramas, de alguma forma, hoje de manhã, me meteram em uma história que é ridícula, engraçada e deprimente, tudo ao mesmo tempo.

Certo. Aqui estão os fatos:

Menina A (envolver nomes é desnecessário) ficou com um amigo meu no domingo. Daí, hoje, a Menina B descobriu e ficou, tipo, muito p*ta com meu amigo. Daí ela virou pra esse meu amigo e disse que precisava conversar com ele, e eles foram para a cantina. E ele "Por que você tá com raiva?" e a Menina B "Ah, você sabe" e ele "...não?" e aí a Menina B LASCOU UM BEIJO NA BOCA DO MEU AMIGO NO MEIO DO PÁTIO. Só que a Menina A estava perto e viu tudo, e começou a gritar e chorar, e a Menina B teve que largar a boca do meu amigo, pois estava quase apanhando, e ela também gritou e chorou, e foi a maior bagunça.

PORÉM, eu não estava no pátio quando isso aconteceu, porque quarta-feira, caso você não se lembre, é dia de ir para a sala do 3º D para o campeonato de Super Trunfo com a Carol. Então, quando eu voltei pra minha sala e a minha amiga me contou essa história, eu comecei a chorar de rir, literalmente. Daí um menino, que eu nem sei o nome pra ser sincera, mas sempre senta no canto da sala com uma cara de sono, percebeu e comentou em voz alta que eu era outra menina chorando por causa do meu amigo (o que era meio verdade – só não do jeito que ele estava pensando). Esse comentário foi parar nos ouvidos da Menina A e da Menina B, claro. Daí, eu estava lá, de boa, enxugando lágrimas e tentando parar de rir e do nada eu escuto uma voz histérica "Ô, garota" no tom mais condescendente que já ouvi na vida, e eu nem sei exatamente qual das duas começou, mas quando percebi, Meninas A e B estavam gritando comigo, achando que eu era apaixonada pelo meu amigo ou sei lá (não deu pra distinguir exatamente o que elas estavam falando). E como eu fiquei meio sem reação e não respondi nada, elas começaram a gritar uma com a outra também, e foi bem nessa hora que você me ligou e ouviu toda aquela gritaria e pensou que eu estava morrendo em uma rinha de galos.

Ah, sim, mais uma coisa: NÃO ME LIGUE EM HORÁRIO DE AULA, eu não ia poder conversar com você de qualquer maneira.

Mas, enfim, essa é a história do drama de hoje. Não sei se vai ter continuação. Espero que não. Quero acreditar que meu amigo tem senso suficiente para não se envolver mais com duas loucas como essas duas. Mas veremos.

Já te aviso que os e-mails e as atualizações no blog vão ser menos frequentes agora, já que as férias acabaram e este é o último semestre antes do vestibular. Mas nada nem ninguém consegue me manter longe da internet (lar, doce lar!) por um período de tempo muito longo.

É isso, então.

Beijos,
Capim

P.S.: Para que você me ligou?

No dia seguinte ao escândalo que envolveu meu caro amigo Thiago (por quem *não* estou apaixonada), ele aparece excepcionalmente cedo na sala de aula e se senta ao meu lado enquanto eu termino de fazer minha tarefa de física (que devia ter terminado na madrugada anterior, mas, por motivos de força maior, acabei dando prioridade à internet).

– Estou apaixonado – ele diz.

Eu levanto a cabeça e pisco várias vezes em reação a essa declaração tão abrupta e absurda. Lentamente tento absorver a imagem dele, seu cabelo crespo bem curto, seus olhos castanhos com longos cílios que, por algum motivo, as meninas sempre fazem questão de incluir em suas descrições do cara, sua boca exageradamente grande que normalmente está sorrindo, mas nesse momento está contraída de forma séria, e sua postura vagamente esnobe de quem sabe que é popular entre o sexo oposto. Sim, é mesmo o Thiago sentado ao meu lado. Mas eu ainda não consigo computar o que ele está tentando me dizer. Como uma falha no sistema. As palavras que ele proferiu simplesmente não são compatíveis com os dados a seu respeito que tenho armazenado em mente.

– Como é? – eu finalmente pergunto.

– Eu não consigo parar de pensar na Bárbara.

Eu franzo a testa, ainda mais confusa. No outro canto da sala, está Andreia, já olhando feio para mim, provavelmente ainda acreditando na ideia de que eu estou apaixonada pelo Thiago. O que é ridículo. Idiota. Um conceito completamente ofensivo. Recuso-me a ser o tipo de pessoa que se apaixona por Thiago Lopes Araújo. Não que ele seja horrível, pelo contrário. E, tipo, ele é meu amigo. Pega mal fazer amizade com pessoas ruins. Gosto de manter uma imagem de pessoa sensata que só se dá ao trabalho de conviver com quem valha a pena. Mas ele é um dos piores tipos de pessoa para se envolver romanticamente. O que é compreensível, acho. Ninguém espera que um menino de 17 anos tenha atingido o ápice de sua maturidade emocional. Motivo principal de eu não querer me envolver com ninguém por enquanto (outros motivos envolvem lembranças dos dramas em que o Thiago já esteve envolvido no passado com outras meninas e que eu, como amiga, fui obrigada a testemunhar).

– Bárbara?! – eu pergunto, voltando meu olhar para ele.

– Mas você não ficou com a Andreia no domingo?

– Nah, aquilo foi uma coisa de momento – ele me conta. – Ela estava praticamente se jogando em cima de mim. Seria cruel não ceder.

Eu reviro os olhos.

– Você – digo, apontando com o lápis – é ridículo. Alguma vez na sua vida você beijou alguém por atitude própria? Parece que pessoas sempre estão agindo por você.

– Olha, lá vem ela, – Thiago suspira, ignorando totalmente meu sermão.

Bárbara entra na sala, sacudindo exageradamente seu longo cabelo preto com luzes, deliberadamente não olhando para onde Thiago e eu estamos. Ela é, com certeza, daquelas pessoas que acordam com duas horas de antecedência para poder se arrumar e estar sempre impecável. Seu olhar passa brevemente por Andreia, que, em um momento de pura inspiração, docemente mostra o dedo médio.

– Comovente – eu comento.

Thiago só balança a cabeça e vai se sentar no seu lugar, que é convenientemente perto da carteira da Bárbara. Andreia se levanta e sai da sala. Eu prestaria atenção na situação toda, já que observar dramas é um hobby que aprecio, mas essa tarefa de física não vai ficar pronta por vontades do coração, então eu volto a me concentrar nas fórmulas.

Vida no colégio Coliseu não é fácil. Quer dizer, vida de qualquer aluno do ensino médio a poucos meses do vestibular é bem estressante, eu sei, mas acho que no Coliseu eles gostam de deixar as coisas um tantinho mais complexas. Primeiro que todo mundo é rico além da conta. Ok, isso não é exatamente algo que dificulte a vida das pessoas, mas me irrita. Pode até ser que minha opinião seja influenciada demais pelas visões comunistas do meu pai (relaxem, ele não é nenhuma ameaça nacional, não estamos mais na era Vargas), mas para todo canto que eu olho todo mundo parece... ter tanto dinheiro. *O tempo todo!* Isso meio que me deixa confusa.

Quer dizer, Coliseu é uma escola grande. Em média, 60 alunos em cada turma, e só de terceiro ano nós temos seis classes. Sem contar que existem pelo menos outras dez grandes escolas *supercaras* em Goiânia, com a mesma quantidade de alunos, ou seja, mesma quantidade de pessoas ricas. E Goiânia é uma capital relativamente pequena, então no país inteiro existem mais escolas desse tipo com ainda mais alunos, todos cheios de dinheiro. E o Brasil é um "país em desenvolvimento"... imaginem os de primeiro mundo. Como é que pode existir tantas pessoas ricas? COMO? Elas não deveriam ser a menor das minorias? Quer dizer, eu sei que existem pessoas que nem eu, cujos pais tiram dinheiro de onde praticamente não têm para poder pagar a melhor educação possível, ou então que nem minha amiga Carol, que conseguiu uma bolsa porque o tio do namorado da irmã dela é um professor aqui. Mas, mesmo assim, pessoas como a Carol e eu parecem ser a minoria nessas escolas. No geral, o pessoal é rico mesmo. Rico. Com muito dinheiro. E motoristas à sua disposição, como minha amiga Marcela (que não estuda aqui, mas na concorrência).

Outro ponto que causa estresse: sistema separatista. Aqui no Coliseu, quando se chega ao último ano do ensino médio, as pessoas são avaliadas por simulados, e as que tiverem as melhores notas ficam em uma turma, enquanto as segundas melhores notas ficam em outra, e por aí vai, até a turma com pessoas com as piores notas. Eu estou na turma "F", que é a turma com melhores notas ("E" sendo a segunda melhor, "D" sendo a terceira... deu para entender, né?). Isso pode soar como uma coisa boa, MAS NÃO SE DEIXE ENGANAR. Você sabe o quanto pessoas inteligentes são *chatas*? Pois eu te digo: MUITO. Principalmente se são colocadas em um ambiente onde SABEM que são as mais inteligentes.

Sem contar que notas em simulados não provam inteligência. Como a minha amiga Carol, por exemplo, que está na turma "D", considerada pela grande maioria aqui do "F" como uma turma medíocre. Pois eu acredito que a Carol é simplesmente uma das pessoas mais inteligentes dessa escola, se não a mais inteligente. Ela já decidiu qual curso quer (Design Gráfico, com especialização em Design de Brinquedos), que não é exatamente um curso muito concorrido, então ela não vai perder tempo da sua vida se matando de estudar matérias que pouco (se não nunca) usará no futuro. Isso é mais que inteligência, é sabedoria, eu diria.

Por causa da minha mãe, que gosta de me lembrar constantemente o tanto que ela está se sacrificando para pagar uma boa educação para mim, sou bastante obcecada com os estudos. No meu primeiro ano, era basicamente a única coisa que eu fazia, com exceção dos poucos minutos que eu me permitia descansar a mente e passear no mundo fantasioso da minha cabeça. Minha maior ambição era conseguir as melhores notas para ser da melhor turma no terceiro ano. Daí, no meu segundo ano, a Carol, que estudou no Colégio Militar a vida inteira, aparece na minha turma e muda por completo o jeito como eu encaro a escola. Ela tem uma visão praticamente laica da coisa toda (se você considerar que todo esse sistema de ensino médio é tipo uma religião). Ela não se deixa levar pelos acontecimentos da escola, acho. É como se ela tivesse uma visão mais ampla. Talvez por ser evangélica. E não por causa da religião em si (irônico isso, acabei de chamá-la de "laica"), mas porque ela convive em outra sociedade que não essa de pessoas desesperadas com simulados e provas e vestibular.

No primeiro e no segundo ano as pessoas têm atividades extracurriculares, como natação ou inglês ou tênis ou algo assim, mas no terceiro ano você vive basicamente para a escola. Bem, não a Carol. Ela tem as atividades da igreja, e amigos de todas as idades e jeitos... acho que isso acaba dando mais horizontes na visão de uma pessoa. É fascinante, para mim, assistir a Carol e como ela decide ser na vida.

Eu me lembro com exatidão da primeira vez que a gente conversou. Era aula de redação, e eu estava me gratificando com uma bela de uma fantasia envolvendo intercâmbios entre colônias de formigas. De repente, alguém me cutuca.

– Acorda. – Eu ouvi a Carol dizer. Era ainda a primeira semana de aula, mas eu já tinha catalogado na minha mente essa menina minúscula com cabelo mais claro e ainda mais crespo que o meu como uma novata. Eu não estava planejando conversar com ela. Não me entenda mal, não tinha nada contra. Só nunca planejo conversar com ninguém.

– Hum? – respondi, não astutamente, ainda sonhadoramente enrolando uma mecha do meu cabelo no dedo. (Uma mania clichê que eu tenho. Pelo menos não fico mastigando o cabelo, tá?)

Ela revirou os olhos. Logo de primeira já passou a impressão de que não é exatamente uma pessoa paciente. Lembro de ter pensado que esse é o estereótipo cxato de pessoas baixinhas. Eu até pensei em falar isso, mas algo me impediu. Mesmo antes de saber que Carol era muito ligada na religião, eu já senti a *vibe* de uma pessoa que leva as coisas muito a sério.

– Minha redação? – Ela enfiou um pedaço de papel na minha frente. Eu olhei para ele fixamente, tentando entender o que devia fazer. Normalmente não sou assim tão palerma, mas eu estava realmente envolvida com a história das formigas fazendo intercâmbio (não seria legal?) e não tinha a mínima ideia do que estava acontecendo à minha volta.

– A Mafalda acabou de mandar a gente tentar corrigir as redações dos nossos colegas – Carol tentou me situar, ficando ainda mais impaciente.

Eu olhei para baixo sem graça. Não escrevi nenhuma palavra na folha de redação que recebi no começo da aula. Eu sequer tinha ouvido qual era o tema ou o formato.

– Eu não escrevi nada – assumi, por fim. – Pode trocar com outra pessoa.

Mas em vez de se virar e procurar outra pessoa para completar a atividade, Carol apoiou o queixo na mão e olhou fixamente para mim.

– Você estava longe, não é? Estava onde?

Eu fiquei um pouco assustada que ela tivesse ousado me perguntar algo pessoal assim, sem sequer perguntar meu nome primeiro, mas, mesmo assim, contei.

E aí viramos amigas. Talvez porque minha história das formigas tenha sido fascinante, talvez porque ela admirava que eu tivesse esse traço em minha personalidade, o que deseja desesperadamente fugir da realidade onde tudo o que importa é o vestibular, ou talvez porque estava se sentindo sozinha. Independentemente do motivo, a Carol acabou se tornando uma das pessoas mais relevantes em minha vida e sempre me incentiva a não levar o estudo tão absurdamente a sério, e até a passar mais tempo dando corda para as minhas fantasias. A ideia de fazer um blog para publicar as aventuras que escrevo sobre a Agente C foi dela. E eu escrevo muitas, o tempo todo.

– Você já passa o tempo todo na internet mesmo – Carol argumentou na época. – Aproveita e compartilha essas histórias com o mundo.

Incrivelmente, as pessoas gostaram. O blog virou um sucesso. Não o suficiente para eu ser considerada uma *web celebrity*, mas o bastante para me incentivar a continuar postando e até comprar um domínio online: www.agentec.com.br

Foi por causa do blog que eu conheci a Jordana. Ela foi uma das primeiras a acompanhar as histórias, e sempre fazia questão de deixar comentários imensos, às vezes do mesmo tamanho do próprio post. Um dia, estávamos conversando sobre cartas e eu sugeri que começássemos a nos corresponder, mas ela respondeu que não tinha paciência de ficar esperando carta e que tinha preguiça de ir ao correio. "Não podemos simplesmente trocar e-mails?" ela perguntou. "Tecnologia está aí para isso." E então começamos. É engraçado ter a Jordana na minha vida. Ela é mais velha, mas não muito, então é uma figura modelo, mas sem ser condescendente comigo.

A Carol aprova a amizade, apesar de eu ter a impressão que é meio desconfiada dessas relações que começam na internet. Mas acha que a Jordana é uma adição legal na minha vida. Uma boa visão do "mundo além".

É esse tipo de coisa que a Carol fala que me faz admirá-la absurdamente. Eu sei definitivamente que não sou mais inteligente que ela, e, mesmo assim, por causa de uma nota idiota no simulado, somos obrigadas a ficar em salas separadas.

O pior de tudo é que eu poderia mudar isso, se quisesse. Porque o Coliseu pode ser o inferno, mas ainda não nos tiraram o livre-arbítrio, e nós temos a opção de ficar na sala que quisermos, contanto que encontremos alguém que queira trocar com a gente. Sair de uma sala "ruim" para ir para uma sala "boa" é bem difícil, mas sair da "melhor" sala para ir para uma "mais medíocre" é fácil, muito fácil. Mas eu não tive coragem. No fundo, a gente tem que admitir que gosta do status. Carol é tão maravilhosa que nem usa isso contra mim. Sabe como as coisas são. Sabe como a minha mãe é, e, no fim das contas, isso não dificulta muito a nossa amizade. É só uma droga quando algo absurdo acontece na aula (o que é quase sempre, já que o Thiago está por perto), e ela não estar por perto para trocar bilhetinhos ou um olhar descrente. Celular não é exatamente uma opção porque é completamente proibido, claro (não que isso me impeça de checá-lo a cada cinco minutos, mas a Carol é do tipo que realmente desliga o celular quando mandam, em vez de simplesmente colocar no silencioso, como pessoas normais).

Carol é assim. Ela faz o que tem vontade, mas raramente desrespeita as regras. O que, às vezes, acaba deixando-a em conflito quando o assunto é o grande amor de sua vida: Pedro Augusto Álvares. Bem, não amor para valer, porque ele tem namorada, e desejar a mulher (nesse caso o homem) do próximo é falta gravíssima, ainda mais quando se leva religião a sério. Mas mesmo se ele estivesse disponível, não é esse tipo de amor, é mais um sentimento que surgiu de princípios. Eis a questão: Pedro Augusto foi primeiro lugar em todos os simulados do ano passado. Pedro Augusto é um gênio e bonito e incrivelmente rico e amigável. Se dá bem com todo mundo. Pedro Augusto também pediu para ser transferido da turma "F" para a turma "C" no começo do ano por causa dos seus amigos. Pedro Augusto é uma lenda por aqui. Um cara que tem tudo e não se importa com o status (talvez porque já tenha tudo, mas não estraguem a imagem da perfeição, ok?). É claro que a Carol é apaixonadíssima (platonicamente) por ele. É claro que nunca conversaram na vida.

O importante de entender na Carol é que ela é contra tudo no Coliseu e no "Sistema" em geral. O que é surpreendente quando você leva em consideração que ela é crente. Eu não estou sendo preconceituosa quanto à religião, mas muitos chegam à conclusão que ela é caxias e submissa justamente por ser evangélica. O que é obviamente um absurdo. Carol vive declarando que o cristianismo verdadeiro prega igualdade (ame ao próximo como a si mesmo, essas coisas) e que o Coliseu oferece tudo, menos isso. Ela desaprova praticamente tudo do colégio: as pessoas, as aulas desnecessárias, o conceito de "tarefa de casa", entre outros. Então, quando aparece alguém que sai um pouquinho desse molde, ela naturalmente o idolatra. Como eu *não* sou a Carol, estou usando a palavra "idolatra" hiperbolicamente, já que "idolatria" (s.f. Adoração de ídolos. Fig. Amor exagerado) é pecado na religião dela, e ela pode acabar se ofendendo com o uso deliberado da palavra. Se for o caso: Carol, me desculpe.

Então faz sentido que ela tenha puxado assunto comigo quando eu não estava sendo exatamente uma aluna exemplar do Coliseu. Nesse mesmo dia, ela ficou sabendo da minha obsessão por palavras e seus significados (dicionários) e chegou à conclusão que eu era interessante o bastante para fazer parte de seu círculo social. A Carol é uma pessoa ótima, mas se fosse para eu apontar um defeito nela seria a falta de senso de espaço pessoal. Ela simplesmente faz perguntas inconvenientes e pessoais para você, independentemente de há quanto tempo ela te conhece. Por outro lado, acho que de certa forma é uma honra quando Carol faz perguntas inconvenientes e pessoais, porque ela só faz isso quando está realmente interessada.

Sem falar que é bastante decidida, o que me deixa com um pouquinho de inveja, mas é inveja boa, juro. O maior hobby dela é criar temas de Super Trunfo, seu jogo de cartas favorito. E, talvez por isso, ela tenha o sonho de trabalhar em uma fábrica de brinquedos e inventar coisas do tipo. É um bom plano, na minha opinião. Deve ser ótima a sensação de ter controle sobre o futuro, né?

Já o Thiago está tão perdido quanto eu. Nos conhecemos desde o primeiro ano. Tínhamos os mesmos interesses, tipo quadrinhos, George Orwell e estudar pra caramba, então a amizade foi fácil de selar, mesmo com todas aquelas meninas idiotas se jogando aos pés dele e olhando feio para mim. Foi através dele que conheci o João Victor. Nós nem somos tão próximos assim, para falar a verdade, mas ele está constantemente em nosso círculo. Não tenho muito que falar. Ele é da nossa turma. Ele é, hum, alto? Tem um rosto ainda de menino, talvez por causa do corte do cabelo liso. Não exatamente de tigela, ainda bem, mas mais ou menos. Senta atrás de mim e sempre está dormindo quando eu chego, então é minha responsabilidade acordá-lo quando o professor entra na sala. Às vezes a gente joga o jogo dos pontinhos (aquele que você tem que fazer o máximo de quadrados possíveis, um traço de cada vez), mas não muito ultimamente, porque as coisas estão ficando mais intensas para o nosso lado, no quesito estudo.

Eu queria poder mentir e dizer que esse lance de vestibular não está subindo à cabeça, como é o caso da Carol e do Pedro Augusto, mas totalmente está. Totalmente. É frustrante. Não sei exatamente como João se sente a respeito disso, mas acho que do mesmo jeito que eu, já que é geralmente ele que me cutuca para as brincadeiras. Se bem que o novo semestre ainda está só no começo. Talvez ele traga as brincadeiras de volta. Consigo entender não brincar em junho, por causa das provas de meio de ano, mas agora já passou, e nosso estresse real mesmo é só no fim de outubro/começo de novembro. Enfim, veremos.

No Coliseu, essas são as pessoas que importam. Mas aí tem a Marcela, que é aluna da concorrência, como já mencionei antes. Ela estuda no Colégio Tato, que é na verdade bem perto daqui do Coliseu. Marcela e eu estudamos juntas desde que eu me mudei aqui para Goiânia, com 12 anos. No ensino médio nos separamos, mas conseguimos continuar bastante próximas, graças à sua motorista, Francielle. Isso mesmo, a Marcela tem uma motorista. Isso porque seus pais são podres de ricos e muito ocupados para ficarem levando a filha de um lado pro outro. Ainda mais que, como ela quer prestar medicina, tem todos os tipos de aula em todos os tipos de horários. Logisticamente falando, seria mais prático contratar uma motorista. E foi aí que a Fran entrou nas nossas vidas, assim que entramos no ensino médio.

Na verdade, a Fran tem quase a nossa idade. Depois de estudar três semestres de Direito, ela percebeu que não estava feliz, teve uma briga horrível com os pais, saiu de casa e foi dividir apartamento com uma amiga que já morava sozinha. Felizmente, dirigir era uma das poucas coisas que Fran sabia fazer bem, então se candidatou para o trabalho de motorista que o pai da Marcela estava oferecendo e desde então tem nos levado de canto a canto. Não sei quais são seus planos para o futuro, ela não conversa muito sobre isso. Só sei que passou anos estudando que nem uma louca para conseguir entrar na faculdade de Direito e depois disso passou a odiar a vida que tinha. Isso meio que faz você parar para pensar sobre as escolhas que está fazendo agora. Não que eu ache que a Fran esteja jogando sua vida no ralo nem nada assim. Acho que ela ganha bem e está tendo tempo para pensar no futuro com mais calma. Sem contar que a Marcela é superlegal e educada, e não é daquelas meninas exigentes e mimadas que a gente vê por aí. Mas deve ser bem frustrante, passar tanto tempo da sua vida pensando que você quer uma coisa e no fim descobrir que odeia aquilo tudo.

No geral, essa é minha vida. Não é necessário memorizar tudo agora. Todas essas pessoas aparecem no meu dia a dia com frequência regular (uns menos do que queria, e outros mais, porque o mundo é assim mesmo, injusto). Ainda tem pessoas tipo meus pais (Sandra, professora; Carlos Eduardo, consultor financeiro de uma fábrica de petiscos) e meu irmão que têm, sabe, relevância notável, mas acho que falarei deles só depois. Oportunidade é que não vai faltar. O importante é que mesmo levando em consideração as pessoas que eu não mencionei, meio que sinto que minha vida é bem... pequena? Acho que é por isso que passo tanto tempo na internet e fantasiando. É por isso que tenho ambição de prestar vestibular em outra cidade. Basicamente tenho vontade de sair do que é pequeno, tenho vontade do que é maior. Mesmo que no fim tudo acabe sendo a mesma coisa, pelo menos será a mesma coisa em um lugar diferente. Se é que faz sentido.

Mas por enquanto, parece que o ensino médio vai durar para sempre. Prova disso: passei todo esse tempo pensando nessas coisas (droga, não terminei os exercícios de física!), e só agora a aula vai começar. Melhor acordar o João.

Poucos minutos antes do intervalo, João me passa um bilhetinho.

> Que foi com o Thiago?

Eu olho para o meu caro amigo no outro canto da sala, puxando assunto com a Bárbara. Ela está falando com ele, mas dá para sentir a frieza daqui (e não só porque o ar-condicionado está diretamente atrás de mim, e como minha carteira é no meio da sala, recebo todo o impacto do ar frio, motivo de eu usar uma blusa de moletom em uma Goiânia em pleno agosto de secura). Thiago parece bem chateado, mas continua puxando assunto. Ai, Thiago. Mas em vez de responder a pergunta de João, eu decido escrever sobre sua idiotice:

> Você não pode esperar sete minutos para me perguntar isso em voz alta?

Eu ouço sua risadinha atrás de mim e pouco depois recebo o papelzinho de novo.

> Na verdade eu tinha escrito isso há horas, mas esqueci de mandar. Sorte a minha que a situação patética do Thiago parece constante, então o bilhete ainda fez sentido.

Eu sorrio e guardo o papelzinho dentro do meu caderno. Na hora do intervalo, o João pode perguntar diretamente para o Thiago qual o problema dele. Eu já fui envolvida nessa história mais do que gostaria.

O sinal toca e eu saio da sala para encontrar a Carol, que já está me aguardando do lado de fora.

– Nossa, como você chegou aqui tão rápido? – pergunto.

– Pedi pra ir ao banheiro pouco antes do sinal.

– E deixaram? – digo, surpresa.

– Era aula de geografia – Carol responde.

Ah, sim. Isso explica.

– Mas mesmo assim, por que você queria chegar aqui tão rápido? – Francamente, o tempo dessa conversa seria o suficiente para ela ter me encontrado caso tivesse saído da sala no momento que o sinal tocou.

Ela me entrega um pedaço de papel.

– Tive um momento de inspiração Super Trunfo!

Eu olho para o papel onde, no topo, está escrito SUPER TRUNFO: CULINÁRIA. Em letras menores, Carol rascunhou algumas possíveis categorias: Quantidade de ingredientes; dificuldade/tempo de preparo; sabor; popularidade; calorias por porção. Eu volto meu olhar para Carol, rindo.

– Isso aqui é ótimo – digo. – Tipo, todo mundo ama comida.

– Exato! – Carol responde empolgada enquanto tirava dinheiro do bolso para comprar seu lanche. – Não sei como ninguém pensou nisso ainda.

Por algum milagre, conseguimos uma mesa no refeitório, e enquanto conversamos sobre outras possibilidades de categorias para o novo Super Trunfo da Carol, Andreia e uma amiga sua, que acho que se chama Fernanda, aparecem e sentam-se nas duas cadeiras vazias da mesa.

Carol franze a testa.

– Oi, pois não? – ela pergunta.

– Olha, Camilla... – Andreia diz olhando diretamente para mim, sem embromação. – Eu não sei como é exatamente o seu relacionamento com o Thiago, ok? Mas eu sou muito a fim dele. E a gente ficou há pouco tempo, e, sei lá, acho que pode rolar alguma coisa, tá? Não é legal você ficar no meio. Você acha certo essa coisa de uma mulher sabotando a outra? Pensei que você fosse feminista.

Na minha frente, Carol arqueia as sobrancelhas, o que significa surpresa e/ou choque, e contrai os lábios, o que significa que uma gargalhada está presa em seus dentes, mas ela está se esforçando ao máximo para não libertá-la. Fernanda, coitada, só parece um pouco constrangida. Ela é da turma "E", e parece ser legal. Merece mais pontos na tabela por ser tão fiel à Andreia, mesmo quando a amiga está sendo absurda. Eu olho para a Andreia com menos preconceito. Deve ter alguma coisa positiva nela, se ela fez amizade com alguém que nem a Fernanda. Mas então eu penso melhor. Independentemente do seu círculo social, ainda é uma louca obcecada no Thiago que veio usar feminismo como arma para me afastar dele. Daí eu passo mais uns segundos encarando Andreia, por um motivo completamente diferente. Eu sempre achei que me parecia familiar, mas só agora percebo que é assustadoramente parecida com a Pocahontas da animação da Disney.

– Escuta – eu digo, finalmente –, você realmente não precisa se preocupar comigo. Sério. Eu não tenho interesse nenhum no Thiago. Zero de atração. Te juro pela minha vaga na faculdade.

Dessa vez, Carol não consegue se segurar e ri um pouco. Andreia olha para ela ameaçadoramente. É um momento bem intenso, mas Carol não se deixa intimidar.

– Sério – Carol complementa, ainda rindo. – A Camilla é a última das suas preocupações. Ela não é preocupação nenhuma, na verdade.

– Eu só não quero mais drama – Andreia diz. Ironicamente, talvez? – Essa semana já foi horrível, e você grudada no Thiago o tempo todo não ajuda muito.

– Olha... – eu começo, tentando ao máximo não ser grosseira. Começar uma briga no pátio é definitivamente o tipo de coisa que eu não quero ter no meu currículo. – O Thiago é muito meu amigo. Então a gente conversa muito, sim. Mas acho meio injusto você falar que eu sou grudada nele, ok? Eu não estou com ele agora, por exemplo. Eu quase nunca passo intervalos com ele, na verdade. Então... é. Acho que não sou grudada nele. Mas sendo ou não, acho que ficar perto dele é meu direito como amiga. É absurdo você vir aqui me pedir para me afastar dele, sendo que a gente mal conversou nesses anos que estudamos juntas.

Fernanda se levanta e tenta puxar Andreia para sair com ela, mas Andreia cruza os braços.

– É como o mundo funciona – ela diz. – A gente tem que correr atrás do que a gente quer.

– Certo. Então por que você veio falar comigo em vez de ir tentar falar com o Thiago? – eu questiono.

Andreia simplesmente levanta e sai sem dizer mais nada. Fernanda nos olha com uma expressão constrangida e vai atrás da amiga.

Carol olha para mim, e nós caímos na risada.

– Nossa, parece que você anda atraindo dramas – ela comenta, limpando lágrimas dos olhos. – Continue assim e serei obrigada a parar de andar com você.

Eu reviro os olhos.

– Escuta. Você já percebeu o tanto que a Andreia é parecida com a Pocahontas?

Carol cai na risada de novo e só se recupera na hora que o sinal toca.

Quinta-feira, 2 de agosto

    A Agente C abriu o grande portão que a separava da estatueta que deveria resgatar e suspirou ao perceber que não estava sozinha.

    Poucas coisas são tão inconvenientes quanto arqui-inimigos. Inimigos são ok. Vocês lutam uma vez ou outra, resolvem seus problemas, e a partir daí seguem seus caminhos separadamente. A não ser que um acabe matando o outro, o que acontece com frequência. Mas, bem, se você for uma pessoa religiosa, então tem todo aquele argumento de "vida após a morte" e o "Plano Maior" e "morte seria uma grande aventura", então a pessoa morta está meio que seguindo outro caminho. De qualquer maneira: inimigos são facilmente manuseados. Agora, arqui-inimigos têm o especial talento de aparecer vez após outra na vida de um herói, e apesar de isso ser interessante e até chocante nas primeiras vezes que acontece, depois de um tempo fica bastante chato. Heróis também gostam de variedade. Até mesmo aqueles com escrúpulos duvidosos, o que é o caso da Agente C, como vocês bem sabem.

    – Olá, Raposa – a Agente C cumprimentou a garota mascarada segurando a estatueta, e, virando-se para o garoto alto e magricela pendurado em uma corda vinda do teto, acenou com a cabeça. – Falcão.

    – C! – Raposa disse em um tom ultrajado. – O que você está fazendo aqui?

    A Agente C, desanimada, balançou a cabeça.

    – Vocês sabem – suspirou. – Eu tenho que pegar essa estatueta de prata incrustada de rubis em forma de smiley face que você está carregando e levá-la para um local mais seguro, onde ladrões mesquinhos que nem vocês não possam roubar.

    Falcão arquejou levando a mão ao peito.

    – Nós não somos mesquinhos!

    – Você sequer se deu ao trabalho de colocar uma máscara – A Agente C disse a ele. Rapidamente, Falcão passou a mão pelo rosto para averiguar que a Agente C estava, de fato, falando a verdade, como se tivesse algum motivo para mentir sobre aquilo. Afinal, todos sabem que se você for mentir sobre o vestuário de uma pessoa, ou você fala que a braguilha dela está aberta e a faz checar, estupidamente, ou você aponta para uma sujeira imaginária em sua camiseta, e quando a pessoa olha para baixo, você passa o dedo no rosto dela, e caso a sorte esteja ao seu lado, seu dedo passará rapidamente por dentro da boca dessa pessoa, coletará uma pequena quantidade de saliva que em seguida será espalhada pelo resto da face da pessoa enquanto o dedo termina sua jornada. Duas pegadinhas completamente válidas. Porém, ninguém mente sobre uma máscara em sua cabeça. Simplesmente não faz sentido e não traz lucro para nenhuma das partes envolvidas.

Raposa revirou os olhos.

– Seu estúpido, como você pode esquecer a máscara!?

Convenientemente, não mencionou a própria estupidez de não perceber a gafe de Falcão até ela ter sido apontada pela Agente C.

A Agente C suspirou de novo. Achava aquela missão particularmente idiota. A começar pela estatueta. Por que era de prata incrustada de rubis? Se fosse para ser fiel ao verdadeiro smiley face, deveria ser de ouro amarelo e incrustada de onixes. E para que fazer uma estatueta de smiley face? Mas, se ela se permitisse entrar nessa linha de pensamento, acabaria se afundando demais em filosofia. Para que fazer estatueta de qualquer coisa? Por que estamos aqui? Qual o sentido da vida? Etc. Ela não tinha tempo para isso. Se terminasse rapidamente seu trabalho, poderia voltar para casa a tempo da reprise de Kenan & Kel, que passa nas madrugadas.

– Existe a possibilidade de vocês pacificamente me entregarem essa estatueta?

– Não nessa vida, querida! – retrucou Falcão, puxando uma arma.

A Agente C suspirou uma terceira vez. Era por isso que Raposa e Falcão eram arqui-inimigos em vez de inimigos. A combinação de estupidez e armas. A Agente C não gostava

de armas. Achava que eram instrumentos de pessoas pre-
guiçosas e sem criatividade. Conseguia contorná-las com
facilidade, claro, mas no último minuto sempre sentia pena
dos pobres coitados e os deixava saírem ilesos. E eles sempre
voltavam. E eles sempre pensavam que poderiam vencê-la.
E eles sempre faziam questão de esquecer todas as vezes
que ela tivera misericórdia e tentavam acertá-la com um tiro.
Hoje, claramente, seria mais uma situação dessas.

– Ok – a Agente C disse, puxando um chicote de dentro
do bolso de seu sobretudo. – É melhor não perder tempo.

Raposa, as mãos ocupadas com a estatueta, simplesmente saiu correndo pelo salão. Isso surpreendeu a Agente C,
porque não havia outra forma de saída do lugar além daqueles
grandes portões às suas costas. A Agente C tentava ao máximo
não subestimar a estupidez de seus arqui-inimigos, mas estava
achando difícil acreditar que Raposa estaria correndo pelo local
só por correr, que nem uma barata tonta. Enquanto isso, Falcão
estava tendo um pouco de dificuldade de se libertar da corda
em que estava pendurado para, sabe, ameaçar a Agente C de
maneira mais eficaz. No momento, era apenas um bicho-vareta
se esperneando violentamente em uma corda.

Voltando sua atenção para Raposa, a Agente C percebeu, com alívio, que ela não estava correndo à toa, apenas
indo para o canto mais distante da sala para poder guardar
a estatueta, provavelmente para dificultar o acesso ao tal
objeto. Escondendo-a atrás de uma réplica não muito bem-
feita d'O Pensador, Raposa tirou uma arma da parte de trás
do seu jeans e, apontando-a para o coração da Agente C,
andou lentamente para onde ela estava. A Agente C ergueu
suas sobrancelhas. Seria, de fato, uma imagem de impacto,
se não fossem os arquejos patéticos vindos de Falcão, um
pouco acima das duas.

– Então, mais uma vez, vamos resolver isso da forma
difícil? – perguntou a Agente C.

– Eu não sei por que você coloca essa responsabilidade
em cima da gente. Nós poderíamos entregar essa estatueta,
sim. Mas ao mesmo tempo você poderia virar as costas e voltar

pra casa e assistir Cartoon Network ou sei lá o que você faz a essa hora da noite.

– Nickelodeon – a Agente C corrigiu em tom ofendido. – E é diferente. Eu estou fazendo meu trabalho. Meu trabalho real, de carteira assinada e tudo o mais. Vocês estão indo contra a lei. Isso não é legal, sabe.

– Rá! – Disse Raposa, jogando a cabeça para trás em uma risada maléfica que apenas vilões e piadistas se dão ao trabalho de fazer. – Até parece que você vive completamente pelas regras.

A Agente C deu de ombros. Ela não vivia completamente pelas regras, mas não iria entrar nesse assunto com a Raposa. Primeiro porque não era da conta dela, segundo porque essa missão já tinha tomado seu tempo demais, era hora de ação. Então, em um movimento esperto com seu chicote, a Agente C prendeu a mão da Raposa, fazendo com que a arma caísse. Raposa tentou alcançar sua bota, onde obviamente tinha outra arma escondida. Em um dia normal, a Agente C a deixaria brincar, mas, poxa, dessa vez ela estava realmente cansada e queria muito voltar pra casa. Então, com outro movimento esperto do chicote, prendeu as pernas de Raposa e a derrubou. Na queda, Raposa bateu a cabeça e ficou lá, desacordada. A Agente C sabia que não tinha sido um impacto fatal. Arqui-inimigos simplesmente não morrem, é assim que o mundo funciona. A Agente C começou a caminhar em direção à estatueta, mas de repente uma forma apareceu atrás, segurando-a pela cintura com um braço e com o outro apontando uma faca pro seu pescoço.

– Ai, droga – resmungou. Esquecer Falcão foi realmente idiota. É como se perdesse pontos de Q.I. toda vez que interagia com esses dois. Por outro lado, estava impressionada com o uso da faca. A Agente C adorava facas.

– Uma vez na vida a gente vai sair ganhando – alertou Falcão.

– Cadê seu revólver? – perguntou a Agente C.

Falcão hesitou antes de responder.

– Eu me esqueci de carregá-lo antes de sair de casa.

A Agente C deu uns tapinhas consolatórios no braço que ameaçava cortar sua artéria.

– Não se preocupe – ela consolou. – Facas são bem melhores.

– Veremos! – ele disse, mas antes que pudesse causar algum dano, a Agente C o puxou por cima do ombro em um dos golpes mais usados naqueles filmes de ação. Se você gosta desses filmes, sabe do que estou falando. Olhando para Falcão no chão, a Agente C passou a mão no seu pescoço e viu que ele havia conseguido cortá-la um pouquinho, superficialmente.

– Parabéns – elogiou. Depois, amarrou-o antes que ele tivesse alguma ideia idiota de atacá-la novamente. Então pegou a estatueta do outro lado da sala que era ridiculamente grande e voltou para casa o mais rápido que pôde.

Infelizmente, Kenan & Kel já tinha acabado.

Eu tenho um breve período para almoço e descanso, antes de voltar para a escola. Mal tenho tempo de voltar para casa, acabo comendo com meus amigos, ali perto da escola mesmo. Mas por causa dos estresses do dia, hoje acabo indo para uma lanchonete/lan house para atualizar o meu blog antes de retornar ao colégio. O Coliseu tem um "programa de ajuda" chamado Formiguinhas, em que alunos que são bons vão para a sala de estudo auxiliar quem está com dificuldade em algumas (ou em todas) matérias. É completamente voluntário para os alunos que ensinam. Os que aprendem recebem uma leve (super) pressão da coordenação para comparecerem. Eu faço isso para ganhar pontos com meus pais. Thiago e João também. Por algum motivo, pais gostam de responder "está na escola, estudando com os coleguinhas" sempre que são perguntados sobre o paradeiro dos filhos. Daí, a conversa se torna uma minicompetição de qual filho passa mais tempo estudando. Eu já escutei minha mãe falando coisas do tipo "eu já vi a luz ligada no quarto dela quando tinha passado das duas da manhã". Apesar de ser bastante dedicada aos estudos, eu nunca fiquei até duas da manhã estudando. Provavelmente eu só estava mexendo na internet. Mas acho que isso nunca passou na cabeça da minha mãe. Para ela, eu vivo para estudar.

Na teoria, a ideia do Formiguinhas é boa, mas, na prática, todo mundo só vai lá para fofocar. Normalmente isso é divertido para mim, mas levando em consideração como eu estive bastante envolvida nos mais recentes dramas do Coliseu, estou menos que empolgada para encarar a sociedade "colisiana". (Pensando bem, é melhor começar a chamar os alunos de gladiadores logo. Já evitamos esse caminho por tempo demais.) Faço questão de checar três vezes se meu caderno de Notas Fantásticas (presente que Carol me deu para escrever todas as fantasias loucas que tenho durante as aulas) está dentro da minha mochila. Eu nunca esqueço o caderno, mas ao checar diversas vezes se ele está lá, eu estou fazendo uma declaração para mim mesma de que não irei, de maneira alguma, me envolver com qualquer tipo de acontecimento que possa ocorrer durante o Formiguinhas, e a única interação que terei com outra pessoa será *estritamente* para tentar ajudá-la com suas dúvidas.

O plano dá certo até que uma pessoa que veio resolver um exercício de trigonometria comigo decide escrever uma pergunta pessoal num espaço entre as contas. A grande reviravolta: essa pessoa é o João.

"Então, quando vamos falar do drama?"

Meus olhos estão tão acostumados a ler números e fórmulas, que demorei uns segundos a mais para decifrar as letras da frase. Mas, assim que entendo, levanto os olhos, surpresa.

– Pra que você quer saber?

João dá de ombros.

– Tédio.

Eu rio.

– O que o Thiago te disse?

– Praticamente tudo. Mas você faz as histórias ficarem mais emocionantes.

João é um visitante assíduo do meu blog. Todos os meus amigos são, na verdade. Acho que eles acham legal finalmente descobrirem o que se passa pela minha cabeça sempre que meu olhar perde o foco. É claro que eles têm consciência que nunca saberão no total as loucuras que estão lá dentro. Mas, aparentemente, qualquer vislumbre ao Fantástico Mundo de Camilla é bem-vindo.

Eu apoio meu queixo na mão e observo duas meninas do segundo ano olhando para a gente e conversando entre si. Eu sei que uma delas costumava ser namorada do João no ano passado. Elas provavelmente devem estar falando em como eu estou dando em cima dele ou algo assim. Elas devem estar me xingando.

– Ser adolescente é tão idiota – eu digo.

João ri.

– Não se preocupe, tenho certeza que o pessoal da biomedicina está priorizando estudos que ajudem seres humanos a pular por completo essa fase. Dos 12 você vai, *zium*, direto pros 21.

– Não, tipo, não estou falando da idade ou da parte biológica da coisa. Estou falando mais do estado de espírito, sabe? O *ser* adolescente.

– Hum – ele grunhe, sem se comprometer. – Sinto que estamos prestes a começar um debate sociofilosófico aqui.

– Não. Sério – eu continuo, ficando, talvez, um pouquinho mais alterada. – Olha a sua ex-namorada ali. Do que você acha que ela e a amiga estão falando?

– Biologia?

Eu reviro os olhos.

– Não, sério – João insiste. – A Sibele tem muita dificuldade com biologia.

– Por que vocês terminaram, pra começo de conversa?

– Por que você tá interessada?

– Estou fazendo uma análise de comportamento.

Ele olha para mim por um instante.

– Eu fiquei com outra menina enquanto a gente estava namorando – ele finalmente confessa.

Num ímpeto, eu lhe dou um tapa no braço.

– Safado!

Ele ri e passa a mão no braço (eu tenho uma mão pesada).

– Brincadeira – desmente. – Eu não sou de trair, sabe. Até ofende que você tenha acreditado, assim tão fácil.

Eu olho, desconfiada, mas antes que possa continuar minha conversa, Thiago vem se sentar perto da gente.

– Eu estou com dificuldade na questão 37 da lista de matemática, vocês conseguiram?

– Ah, sim. – João pega o caderno. – A gente começou na verdade, só que paramos na meta...

– Eu vou pedir a Bárbara em namoro – Thiago interrompe, olhando diretamente para mim.

Certo. Todos concordam que você não pode simplesmente começar um assunto relacionado à tarefa de casa e simplesmente fazer uma declaração dessas, certo? Tipo, sério, esse tipo de coisa não se faz. Primeiro, termina o exercício, tire isso do caminho, resolva suas dúvidas, ajude seus colegas. E só depois debata a vida pessoal.

– Como é? – eu pergunto num engasgo.

– É, tipo... É a única solução – Thiago continua. – Eu fico tentando falar com ela, sabe. E ela responde e, ok, mas não é a mesma coisa, sei lá? E ela me disse que, tipo, ela foi muito humilhada essa semana, por minha causa e tal. Então eu vou pedir a menina em namoro.

Silêncio breve.

– Ok. – Eu finalmente reajo, um pouco surpresa com meu autocontrole. – Boa sorte.

– Quando a grande declaração vai acontecer? – João pergunta.

– Não sei ainda – Thiago responde. – Mas em breve.

E eu já voltei a resolver meu exercício.

Como já previamente mencionado, meu pai simpatiza com as ideias comunistas.

Quando eu digo "simpatiza", estou usando um eufemismo para amortecer o fato de que, na verdade, ele é incrivelmente passional com as ideias de Marx. Não acho que ele tenha vontade de uma revolução nem nada assim. O pobre coitado só sente muita raiva de como somos totalmente alienados pelo capitalismo e de como todos somos pessoas horríveis, então, o comunismo nunca daria certo na prática.

Apesar de isso não interferir muito na sociedade num sentido geral (exceto quando ele vota ou reclama de alguma coisa numa fila de banco), esse traço do meu pai é de grande relevância na nossa vida doméstica. Basicamente porque ele não se interessa muito em conversar sobre outra coisa.

Então, durante o jantar, meu pai traz à tona uma notícia que está fadada a criar debate:

— Roberto está vindo nos visitar.

Por motivos de segurança, vou dizer apenas isso: Roberto era um dos amigos mais próximos do meu pai na época da ditadura, e ele é bem... radical. Até para os padrões do meu pai. E ele já fez umas coisas bem... loucas.

É ótimo quando ele vem nos visitar. As histórias ficam bem mais interessantes. Quer dizer, meu pai consegue ser interessante sozinho, não me entenda mal. Mas facilmente se perde nos próprios ideais e, às vezes, enquanto filosofa, a história se perde, e a gente nunca fica sabendo o que aconteceu com aquele malucão que estava planejando roubar uma granja que ele estava descrevendo em algum momento da noite. E aprendemos do jeito mais difícil que interromper meu pai para voltar para o ponto central da história não é uma boa ideia. Ele nos acusa de censura. Fica bem alterado. Intenso.

Mas quando Roberto vem, ele e meu pai ficam incrivelmente empolgados, contando as histórias de dois pontos de vista, com aquela coisa de um completar a frase do outro. Sem contar que Roberto traz uma energia para o meu pai, como se ele fosse aquele jovem rebelde de novo. Eu sei que meu pai é feliz com a gente, mas a vida dele já caiu na rotina da mesmice. Quando Roberto vem, traz junto uma variedade que é sempre bem-vinda.

– Vem quando? – meu irmão pergunta.

Eu ainda acho estranho olhar para o outro lado da mesa e dar de cara com meu irmão. Geralmente não tem ninguém.

Lenine (nomeado em homenagem a Lênin, claro. Se eu tivesse nascido homem seria chamada de Ernesto, por causa do Che Guevara. Eu não estou brincando sobre essa veia comunista dos meus pais) é 15 anos mais velho que eu, casado e com filho, e desde que eu me entendo por gente, tem uma vida própria. Meus pais ainda mantêm um quarto para ele na nossa casa, mesmo com nossas mudanças no passado. Por muito tempo, a gente viveu em diferentes cidades do interior, por causa de filiais da empresa que meu pai trabalha, e meu irmão vivia em Brasília, por causa da faculdade, e depois Minas Gerais, a trabalho. Daí, cinco anos atrás, por uma reviravolta do destino (minha mãe), acabamos todos morando em Goiânia. Ele não costuma nos visitar muito, porque meio que existe uma tensão entre meus pais e Bruna, a esposa dele. Só que ultimamente ele anda aparecendo muito por aqui, o que deixa minha mãe empolgada. E eu também, acho. Ele é legal, meu irmão, mas nós não somos exatamente próximos. Mas por causa de seu trabalho (doutor em enfermagem), Lenine viaja muito para dar palestras e coisas assim, e sempre traz alguma coisa descolada para mim. Então, ponto para ele, suponho.

– Sete de setembro – meu pai responde com um sorriso travesso. – Preparem-se que ele provavelmente vai querer aprontar alguma coisa.

Lenine arqueia as sobrancelhas e minha mãe ri. Nesse momento, meu celular anuncia a chegada de uma mensagem de alguém que também queria aprontar algo em breve.

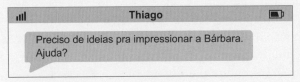

Depois de um suspiro, respondo.

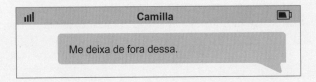

A última coisa que preciso é ser envolvida na grande declaração.

Mas a grande declaração acontece no sábado de manhã, antes da aula. Thiago não tinha falado mais nada sobre o tal pedido de namoro durante a semana, então, deixei pra lá. Ele ainda parecia, hum, "apaixonado" pela Bárbara, tentando conversar com ela e tal, mas além disso, nada fora do comum estava acontecendo.

Mas eu devia ter previsto que as coisas ficariam insanas. Nada relacionado ao Thiago é o contrário.

Ele chega à sala de aula com uma rosa na mão.

Vamos parar um momento para absorver essa informação: UMA. ROSA. NA. MÃO.

É.

Não conversa com ninguém, só fica sentado na mesa, esperando algo acontecer. Andreia está de olho em tudo, mas não faz nada. Por enquanto. João está dormindo, naturalmente.

Luz na passarela que lá vem ela, quer dizer, a Bárbara.

Thiago tem a delicadeza de deixar a menina se acomodar primeiro. Um monte de material se esparramando no meio de uma declaração pode ser bem anticlimático, acredito.

Quando ela termina de arrumar tudo e tira seu celular para, provavelmente, checar seu mural do Facebook (às sete horas da manhã!), Thiago se levanta e fica de frente à cadeira dela. Andreia, de olhos arregalados, se apruma um pouco mais em sua mesa do outro lado da sala. João ainda dorme.

– Bárbara – Thiago começa –, eu sei que essa semana foi esquisita pra você. E pra mim também. Mas me fez perceber uma coisa muito importante, e essa coisa é que estou apaixonado por você. Quer namorar comigo? – E se ajoelha. Meu Deus, tem como isso ficar mais bizarro?!

A resposta, claro, é sim. Óbvio que tem.

Infelizmente, Thiago não tinha pensado que talvez a maníaca com que ele trocou fluidos menos de uma semana antes pudesse fazer uma cena em consequência dessa declaração pública dele. O que é definitivamente o que definimos como burrice (s.f. Estupidez, besteira, asneira; burrada. Casmurrice, amuo; teimosia.), levando em consideração os acontecimentos da última quarta-feira.

Enfim. Andreia se levanta gritando e esperneia, Bárbara começa a rir da cara dela e o Thiago, ainda sem resposta, fica lá ajoelhado tentando se proteger de futuros tapas. João acorda com a barulheira e cutuca meu ombro perguntando o que está acontecendo. Felizmente, a cena dura pouco tempo, porque uma amiga de Andreia tem o bom-senso de tirá-la da sala para evitar maiores danos, pois se ela já tinha jogado o estojo no Thiago, imagina o que viria a seguir. Mas acho que a coisa toda deixa Bárbara ainda mais... excitada? Porque assim que Andreia sai da sala, Bárbara se ajoelha também (me sinto em uma novela mexicana) e lasca um melado beijo na boca do Thiago.

A sala fica em profundo silêncio, até um dos garotos do fundão resolver assobiar. Aí vira uma zona com gente batendo palmas e rindo. Eu tento explicar tudo para o João, mas uma parte do meu cérebro realmente está indagando se algum dia Thiago vai tomar a iniciativa de beijar Bárbara ou qualquer outra menina. Não tenho muita certeza por que esse é um pensamento relevante, mas não me agrada saber que

Thiago é uma daquelas pessoas sem atitude. Será que algum dia ele vai encontrar uma oportunidade de simplesmente se inclinar, por vontade própria, e mandar ver? Provavelmente sim, agora que um relacionamento sério está no contexto. E quando digo "relacionamento sério", estou me referindo ao status do Facebook que Bárbara já fez questão de mudar. Provavelmente durante a aula.

Aquela irresponsável.

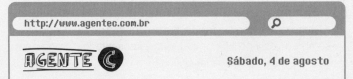

Sábado, 4 de agosto

O anúncio dizia:

"Procura-se um mordomo. Experiência não é necessariamente crucial, nem sotaque peculiar. Porém, ambos seriam adequadamente apreciados em uma entrevista. Outras qualidades também podem impressionar, mas só na hora mesmo para saber com absoluta certeza."

Era um dia quieto, sem missões, e a Agente C sempre teve curiosidade em saber como um mordomo era contratado. Qual seria o processo de entrevista? Quem está interessado em se candidatar para esse tipo de trabalho especificamente? Por que alguém deve confiar em um mordomo "com experiência"? Afinal, se ele tem experiência, é porque já trabalhou para outra família. Por que não continuou? A justificativa do "foi tentar outra profissão" não se aplica, afinal está se candidatando para uma vaga de mordomo de novo. Será que um mordomo com experiência matou a família para quem trabalhava antes? Essa coisa de "a culpa é do mordomo" deve ser clichê por algum motivo.

Essas e mais outras mil perguntas sobre o assunto nadavam como um enxame de águas-vivas na mente da Agente C. E ela já estava cansada de não ter respostas!

Na mesa de entrevista, ao lado da Agente C, estava sua amiga de longa data (quatro meses), a Agente Seripaco. Seripaco vinha de uma família rica, que tinha um mordomo. Quando confrontada com o questionamento da Agente C, "De onde vêm os mordomos?", Seripaco não sabia o que responder. Nunca tinha passado por sua cabeça perguntar de onde seu mordomo tinha vindo e por que ele era de confiança. Infelizmente, em um incidente envolvendo criminosos, toda a família de Seripaco foi assassinada, inclusive o mordomo. A partir desse incidente, claro que, inevitavelmente, em um momento de sua vida, Seripaco encontrou-se em uma situação em que teve de escolher se queria uma vida de rebeldia completa e desenfreada, ou se queria ser espiã, que é basicamente ter uma vida de rebeldia completa e desenfreada, só que com carteira assinada. Seripaco aprendeu desde pequena que é importante sempre investir no INSS para ter uma aposentadoria tranquila, então decidiu pela carteira assinada.

Tal decisão trouxe muitos pontos positivos e negativos para a vida de Seripaco, mas a de maior relevância estava para acontecer naquela tarde.

– Bem, o primeiro candidato está marcado pra chegar daqui sete minutos – disse a Agente C olhando para o grande relógio redondo na parede. – Você está pronta?

– Às vezes – disse a Agente Seripaco com olhar desfocado –, eu me lembro, repentinamente, de que flamingos voam. Isso acontece com você?

A Agente C balançou a cabeça negativamente.

– É que sempre que eu penso em flamingos – continuou a Agente Seripaco –, eu me lembro da corrida graciosa deles. Mas raramente me lembro do voo.

– Eu não penso em flamingos com muita frequência – admitiu a Agente C.

– Que pena – comentou Seripaco.

Um momento de silêncio, outro de barulho de cadeira se arrastando para mais perto da mesa, e, enfim, uma batida na porta.

– Lembre-se – disse a Agente Seripaco –, não existem perguntas erradas.

A Agente C acenou com a cabeça e então chamou:

– Entre!

Uma mulher entrou e sentou-se diante das agentes.

– Interessante – comentou a Agente C.

– Não, não, não – disse a Agente Seripaco. – Ela é uma mulher.

– Isso te ofende? – perguntou a candidata.

– Claro que não – respondeu a Agente Seripaco. – Mas mordomos são homens, não?

– Na minha experiência, mulheres conseguem cumprir as mesmas tarefas com a mesma eficiência.

– Eu sei disso. – A Agente Seripaco revirou os olhos.

– O que ela quer dizer, acho – tentou ajudar a Agente C –, é que a palavra "mordomo" se aplica só para homens. Como se chamam mulheres que praticam a mesma profissão?

– Governantas? – sugeriu a Agente Seripaco.

Ambas olharam para a mulher, aguardando uma resposta.

– Bem – disse a mulher –, sim. Mas também já ouvi alguns usando o termo "mordoma".

– Olha só, que legal – comentou a Agente Seripaco.

Um momento de silêncio, outro de barulho das unhas de Seripaco coçando o nariz. A mulher limpou a garganta e estendeu um envelope para as agentes.

– Aqui estão as minhas credenciais.

A Agente C pegou o envelope, mas não o abriu.

– Então você tem experiência – perguntou a Agente Seripaco.

– Sim, dentro do envelope vocês vão encontrar...

– Por que você deixou de trabalhar onde trabalhava?! – interrompeu a Agente Seripaco, sua voz se alterando, a palma da mão caindo violentamente sobre a mesa. – POR QUE DEVERÍAMOS CONFIAR EM VOCÊ?

– A família para quem eu trabalhava teve problemas de negócios. Eles não tinham mais como me pagar, então, fui obrigada a sair.

– Então você só estava com eles pelo dinheiro? – A Agente C perguntou, genuinamente interessada. Está aí uma explicação que não tinha lhe ocorrido. Que besta.

– Cadê o seu senso de lealdade?! – indagou a Agente Seripaco, recostando-se na cadeira, balançando a cabeça em desgosto.
– Saia daqui, você me enoja!

A mulher franziu a testa, ergueu a mão para que a Agente C pudesse devolver suas recomendações. Ela o fez de imediato e agradeceu a mulher por ter comparecido. A mulher saiu sem falar mais nada.

– O que você acha? – quis saber a Agente C.

– Você tinha razão – respondeu a Agente Seripaco –, isto é interessantemente divertido.

A Agente C sorriu e chamou o próximo. Um homem de meia-idade entrou e sentou-se de frente para as agentes.

– Certo – disse a Agente Seripaco. – Não vamos perder tempo.

Ela olhou diretamente nos olhos do homem por um longo minuto. Um momento de silêncio, outro da Agente C fazendo barulhos experimentais com os lábios. Finalmente, a Agente Seripaco perguntou:

– Com que frequência o senhor pensa em flamingos?

De: Jordana Borges <jorges.publicidade@zoho.com>
Para: Camilla Pinheiro <cpinheiro@zoho.com>
Assunto: "C" é de "Caixinha de surpresas" (enviado em 5 de agosto, às 00:43)

Nossa, quem diria. Um drama na vida da Camilla. Ou devo te chamar de Menina C? Já que envolver nomes é desnecessário?
Sei lá, ainda estou rindo demais de toda a situação para ter alguma resposta apropriada. Por enquanto, a resposta que tenho é aquela padrão de: JUSHAFUIHASF ASLAIUGH AGHALDIGUHDA ADGHADOIGHADH.

Só de imaginar a cena toda, haha, já estou rindo de novo. Mantenha-me informada sobre os acontecimentos.

É com pesar que eu anuncio que minha presença na interweb também será menos frequente, já que EU CONSEGUI AQUELE ESTÁGIO QUE ESTAVA QUERENDO. Foi por isso que liguei, a propósito. Tinha acabado de sair da entrevista. No dia eu ainda não sabia se seria contratada, mas tive um feeling de que tinha ido bem.

Como sempre, eu estava certa.

Enfim. A gente se vira pra se comunicar. A tecnologia está aí pra isso, não é mesmo? EI! Não seria legal se eles criassem pombos-robôs correios? TOTALMENTE INESPERADO E REVOLUCIONÁRIO.

Beijos,
Jorges

Na segunda-feira, eu entro na sala e encontro João sorrindo para mim. Estou registrando isso porque não faz parte do comportamento padrão dele. Ele vem de van escolar e sempre chega mais cedo que o normal, então cai no sono na mesa e só acorda quando eu o cutuco, no minuto que o professor entra na sala.

– Qual o seu problema? – pergunto, arrumando minhas coisas na carteira.

Ele aponta para um papelzinho em cima da minha mesa. Eu franzo a testa e olho para ele.

– Você leu?

João dá de ombro, mas continua sorrindo.

– Que falta de respeito – eu digo, desdobrando o papel e lendo o que estava escrito.

> Preciso conversar com você.
> Bárbara.

Eu arregalo os olhos para João.

– O que ela quer comigo?

– Não sei, mas deve ser bom – ele responde todo alegre.

Eu sento, já cansada do dia que me aguarda.

– Hoje ia ser um dia perfeito pro Thiago fazer alguma coisa pra comprovar que ser amiga dele vale todo o estresse – murmuro.

João cutuca meu ombro.

– Que é? – eu resmungo, me virando.

– Você esqueceu isso aqui ontem. – Ele me entrega meu caderno de Notas Fantásticas.

No domingo, a gente teve que ir à escola fazer um simulado. Um absurdo, eu sei, como eu odeio ensino médio! Estendo a mão e pego meu caderno por cima do ombro.

– Nossa, obrigada. Eu nem tinha percebido.

Eu sequer me lembro de ter tirado o caderno da minha mochila, mas antes que possa pensar mais no assunto, Thiago aparece do meu lado.

– Preciso de um favor seu – ele diz sem nem me cumprimentar.

– Ai, Thiago, hoje não – eu reclamo, repousando minha testa na mão esquerda.

– A Bárbara quer conversar com você – ele fala, ignorando por completo meus desejos.

– Sim, fiquei sabendo.

Thiago apoia as mãos sobre a minha mesa e chega o rosto bem pertinho do meu. Esse é o jeito oficial dele de "falar sério".

– Ela já acha que você não gosta dela. Não diga nada que piore as coisas – ele alerta. – Tô falando sério.

Inacreditável.

– O que *eu* poderia falar pra piorar as coisas? – pergunto num tom um tanto quanto ultrajado.

– Sei lá, Camilla. Não é exatamente o que você fala. Mas você tem esse jeito que... às vezes afasta as pessoas.

– Puxa – eu falo, irritada –, que maneira magnífica de pedir favores. Você tem mesmo um talento especial.

– Camilla, por favor.

– Tá, ok – concordo de má vontade. – Agora sai daqui.

Ele sai e eu imediatamente abro meu caderno e começo a escrever.

***

– Nossa, por que você é amiga do Thiago mesmo? – Carol pergunta assim que eu termino de relatar os acontecimentos da manhã.

– Os pais dele me pagam uma taxa semanalmente.

Para Carol, meu relacionamento com Thiago é um dos maiores mistérios do universo. Não é que ela não goste dele. Ela o acha legal e tudo o mais. Ela só não consegue entender que houve um momento em que a amizade verdadeira foi selada entre nós dois. Para Carol, Thiago é um daqueles meninos que você conhece, e que é legal e amigável, e que se você encontrar anos depois, ainda achará válido cumprimentar e coisa assim. Mas ela não consegue imaginá-lo em uma situação de total desespero, às três horas da manhã, dando apoio moral para um amigo.

Eu consigo, porque eu já passei por isso.

No meu primeiro ano, eu tinha ido a uma festa de aniversário de 15 anos de uma menina da sala. Ela não era exatamente minha amiga, mas eu fui convidada mesmo assim, porque era uma daquelas festas que precisava ter no mínimo uns 500 convidados, então acho que a menina foi chamando qualquer um a torto e a direito. Por algum motivo, acabei me empolgando demais nessa festa e saí de carro com um cara. Eu não sabia exatamente quem ele era, admito que estava meio... alterada. Só sei que estava sentada em uma das mesas tentando fazer minha cabeça parar de rodar e esse garoto sentou ao meu lado, puxando papo. Tinha umas covinhas fofas, era engraçado e perguntou se eu queria dar uma volta. Eu aceitei, por que não? O nome dele era Igor e foi um amigo dele que nos deu carona. Não lembro direito o motivo, mas a gente teve que entrar na casa dele escondido.

Foi meio excitante, como estar em uma missão secreta, sei lá. Foi com ele que dei meu primeiro beijo. Eu estava empolgada, acho? Minha primeira experiência com um garoto e tal. Na festa, ele só tinha me dado um selinho, foi meio esquisito. Acho que eu queria que fosse tão bom quanto imaginava, por isso me deixei levar. Ele me beijava de forma rápida, a língua explorando a minha boca e passando pelos meus dentes, de uma forma nada sutil. Não era possível que beijar fosse daquele jeito, então coloquei na minha cabeça que continuaria beijando até aquilo fazer sentido, para ver se em algum momento ia melhorar. E não melhorava. Quando percebi, já estava na cama dele. Me senti mal com ele passando as mãos por cima do meu vestido, querendo fazer mais coisas, e eu não querendo deixar. Por fim, ele se sentou e perguntou se a gente ia transar ou não. Assim mesmo, na cara dura. Eu respondi meio sem graça que não. Então ele se despediu de mim, e eu não lembro exatamente os detalhes, mas apesar de não ter sido expulsa da casa dele, eu meio que me senti obrigada a sair.

Enfim. Eu estava na rua do lado de fora da casa do menino, sozinha, de madrugada. Eu tentei ligar para a Marcela ou para a Fran, que também foram na festa (ainda não tenho certeza como Marcela foi parar lá, já que ela nem conhecia a menina. E aonde Marcela vai, a Fran vai atrás), mas acho que não escutaram o celular tocar por causa do barulho da festa. Então liguei para o Thiago, para ver se ele conseguia encontrar alguém para me ajudar. Ele atendeu na hora e acabou passando o telefone para a Fran. Os dois foram me buscar, e eu passei o resto da festa chorando no ombro do Thiago.

Não um dos meus melhores momentos.

Mas desde então a gente é camarada. Ele já ligou para mim em momentos difíceis, por causa dos pais dele que brigam demais (ele acha que a mãe tem um caso, mas nada ficou muito óbvio até hoje, então não tem certeza). Ele se sente melhor conversando das coisas difíceis comigo do que com seus outros amigos, então eu deixo.

A Carol nunca ficou sabendo dessas histórias. Da parte do Thiago porque não são muito próximos, então não tinha que saber mesmo. Mas da minha parte... não sei. Apesar de ela saber muitas coisas intensas sobre mim, tem certas coisas que eu não consigo contar. Não me sinto confortável, sei lá. Acho que por ela ser uma pessoa religiosa, acabo me sentindo intimidada. O que é injusto. Ela provavelmente não me julgaria nem tentaria me dar uma lição de moral. Mas acho que me sinto como se ela fosse tão boa e pura (faz sentido?) que eu não tenho o direito de falar desse meu momento de PECADO, por assim dizer.

Eu não sei se ela percebe que eu nunca converso sobre assuntos muito picantes. Será que ela acha que não é do meu feitio ou prefere mesmo que eu fique quieta? Será que eu deveria perguntar?

De qualquer maneira, sempre que esses questionamentos sobre minha amizade com Thiago vêm à tona, faço alguma piada besta e deixo o assunto seguir seu curso. Talvez algum dia eu conte o que aconteceu. Mas esse dia não é hoje.

Carol descansa o queixo na mão.

– O que você acha que a Bárbara quer? – ela pergunta, se referindo ao bilhete. – Será que é algum aviso pra você ficar longe do Thiago, igual a Andreia fez?

– Não tenho a mínima ideia. – Dou de ombros e tomo um gole do meu suco de caixinha. – Não duvidaria se fosse.

Carol revira os olhos.

– E *essas* são as pessoas que estão na sala dos mais inteligentes – ela diz com sua voz de discurso revolucionário. – VOCÊS CONSEGUEM VER A FALHA DESSE SISTEMA?

Apesar de ela ter se dirigido a todos que estavam no pátio, com toda a barulheira e confusão acontecendo, só eu a ouço. Então só eu rio.

– Eu recebi um e-mail da Grow ontem – Carol me conta depois de um momento de silêncio.

– Sério? – pergunto empolgada. Uau, a Carol conseguiu uma resposta de uma das maiores fabricantes de brinquedos do país. – Falando o quê?

– Nada de muito empolgante, fique calma nas suas calças. – Mas eu vejo um brilho de empolgação em seus olhos. – Eles só me passaram mais um pouco de informações do tipo de pessoas que gostam de contratar e tal.

– Você devia mandar seu projeto de SUPER TRUNFO: CULINÁRIA. Eles te contratariam NA HORA.

– Talvez. Mas aí eu perderia toda a alegria do último semestre do ensino médio. E meu futuro seria para sempre vazio, sem essa valiosa experiência preenchendo minhas memórias.

– Você tem toda razão – digo em um tom de seriedade irônica. – Só é uma pessoa de caráter a pessoa que viveu, em sua completa intensidade, as inépcias do ensino médio e sua população.

– Inépcias?

– Uhum. – Balanço a cabeça. – Sinônimo de tolice, absurdo. Meu pai me ensinou essa palavra ontem. Estou muito satisfeita de ter tido a oportunidade de usá-la assim tão cedo.

Carol ri.

– Você é uma idiota. – Ela faz uma careta.

***

A temida conversa séria veio no fim da aula. Audaciosamente, Bárbara me encurrala enquanto arrumo minhas coisas (minha lerdeza para guardar materiais escolares chega a ser lendária e estou sendo punida por isso).

– Camilla, será que a gente pode ter aquela conversa agora? – ela pergunta.

João passa por nós e se despede. Thiago não está à vista. Estamos completamente a sós. Isto é, exceto pelos outros retardatários esporádicos que estão na sala, terminando de arrumar suas coisas. Mas também vão sair em breve.

– Hum, ok. – Suspiro e me sento à mesa. Não sei por que, mas parece o tipo de linguagem corporal que diz "estou pronta para escutar agora".

– Olha, eu sei que não sou sua pessoa favorita – ela começa.

Eu poderia contradizê-la, mas e se ela duvidar de mim e pedir para eu listar as coisas que gosto nela? Não, a tática mais diplomática é ficar quieta.

– Eu nunca fui sua maior fã, para ser sincera – ela continua, toda graciosa. – Na verdade, eu não pensava muito em você até o começo desse semestre, mas, de qualquer maneira, nós agora fazemos parte da vida uma da outra.

Sim, ficar quieta continua sendo o melhor plano de ação.

– Primeiro, preciso saber se já rolou alguma coisa entre Thiago e você.

É engraçado que ela use a palavra "preciso", como se fosse algo completamente crucial para sua vida e seu futuro. Descobrir o status passado do meu relacionamento com Thiago não vai influenciar na prova de vestibular dela, nem na quantidade de refeições que terá pelo resto da vida, nem nas possíveis doenças genéticas que seus filhos possam chegar a ter. Ela não *precisa* saber de nada, mas se quer essa informação, não acho que será muito inconveniente cedê-la. Bem, pelo menos não muito mais do que ficar aqui tendo essa conversa quando todo mundo já foi embora. E eu estou morrendo de fome.

– Não – respondo, finalmente. – Nunca rolou nada entre mim e Thiago. E nunca vai rolar.

– Mas algum de vocês já quis alguma coisa?

– *Não*. – Eu tento pôr o máximo de ênfase na palavra, se bem que, se for para ser sincera, não acho que Thiago teria me rejeitado se algum dia eu tivesse olhado para ele e falado "Quero seu corpo agora". Sua complacência (s.f. Tendência usual para concordar com outra pessoa na intenção de agradá-la ou para parecer agradável. Ato ou comportamento baseado nessa tendência; gentileza. Ação baseada na condescendência ou realizada por certa submissão censurável) em se envolver com qualquer garota que demonstra interesse é uma de suas características mais marcantes.

Mas acho que isso não vem ao caso.

– Eu só sei que o Thiago gosta muito de você. O que é legal e tal. Mas você entende como isso pode me incomodar um pouco.

Não! Eu não entendo! Por que tem que incomodar? Só porque sou menina? Sinceramente, em qualquer situação normal eu já consideraria isso um absurdo, mas nessa é além do comum. Porque eu definitivamente nunca teria nada com

Thiago. Sei que falar coisas do tipo "ele é como um irmão para mim" já é batido, então, usarei o seguinte: Thiago é como uma lesma venenosa para mim. Nojento e fatal. Eu não colocaria perto da minha boca por motivo nenhum além de desejo de vômito seguido por morte. Por que é tão difícil para as pessoas entenderem isso? Elas não acham que se fosse para acontecer alguma coisa, já não teria acontecido? Tá, eu sei, eu sei, existem incontáveis casos de amigos que viraram amantes ou sei lá o quê. Mas se o mundo ficar para sempre vivendo no receio de que o seu parceiro romântico pode começar a ter um rolo com o melhor amigo ou amiga dele, o mundo vai começar a erradicar o conceito de amizade, e aí é apocalipse e tudo o mais, porque ninguém quer viver sem amigos, e pessoas sem amigos criam violência. Olha o Hitler, por exemplo, não acho que ele tenha tido muitos amigos, pelo menos não antes de ter feito todas aquelas loucuras como Führer. Quem sabe se na juventude ele tivesse uns camaradas para jogar dominó, ou sei lá, não teria sido uma pessoa tão violenta?

Certo, saí um pouco do ponto principal aqui. O que quero dizer é: ter amigos é importante, e eles não são necessariamente futuros amantes. E não comece um relacionamento se você já está inseguro sobre o comprometimento da outra pessoa.

Mas em vez de falar isso tudo, eu apenas, com muita sabedoria e astúcia, respondo:

– Hum.

– Então, eu só queria deixar o clima mais leve. Já que é provável que a gente passe mais tempo juntos e tudo mais.

– Ok... – respondo baixo, balançando a cabeça. Essa garota é inacreditável.

Ela então pega seu fichário que estava em cima da minha mesa e sai. Eu pego meu celular para mandar uma mensagem para Marcela, mas ela já tinha me mandado uma.

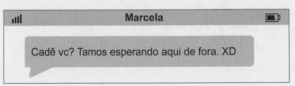

Toda segunda-feira, Marcela e eu almoçamos e passamos a tarde juntas, porque é o único dia da semana que não temos compromissos de ambas as partes. Normalmente, a gente só fica na casa dela, estudando e fazendo nada, como estaríamos fazendo se estivéssemos sozinhas. Mas, sabe, é melhor quando se tem companhia (vide: discurso retórico feito na página anterior).

Encontro Fran na porta do Coliseu me aguardando.

– Oi! Cadê a Marcela? – pergunto.

Fran aponta para o outro lado da rua, onde Marcela está comprando um pacote de algodão-doce.

– MENINA, VOCÊ VAI ALMOÇAR AGORA! – eu grito.

Marcela sorri e atravessa a rua correndo, sem olhar para os lados (ela gosta de viver perigosamente, sabe?), para me abraçar.

– Não faz isso! – Fran a repreende, acho que pela milésima vez desde que começou a trabalhar para Marcela.

– Por que você demorou? – Marcela pergunta, me oferecendo um pouco do algodão-doce. Eu recuso.

– Vamos almoçar – falo, andando em direção ao carro. – Daí eu te conto.

---

http://www.agentec.com.br

Segunda-feira, 6 de agosto

A Agente C pausou o filme que estava assistindo quando escutou o barulho da campainha. Verificando se seu canivete estava no bolso de seu jeans, ela se levantou para atender. Olhando pelo olho mágico, viu que dona Marta a esperava do outro lado da vida. Haha, brincadeira. Dona Marta, na verdade, a esperava do outro lado da porta.

– Oi, Inácia, querida! Como está? – Dona Marta a cumprimentou quando a Agente C abriu a porta.

A Agente C sempre se orgulhou de saber explicar várias coisas sobre várias coisas desse mundo. Mas ainda ficava um pouco confusa quanto ao motivo de ter escolhido Inácia como codinome quando se apresentou à sua vizinha.

Ela se lembrava do momento muito bem, claro. A Agente C não se esquece de nada.

Estava terminando de arrumar suas caixas da mudança no apartamento novo quando ouviu a batida na porta (na época, a campainha não funcionava).

– Bom dia! – uma senhorinha com sorriso simpático disse quando a Agente C abriu a porta. – Meu nome é Marta. Eu e meu marido moramos no apartamento ao lado. Como você se chama, querida?

Por algum motivo, a simpatia de dona Marta causou um branco na mente da Agente C. A televisão estava ligada e, no momento, passava uma propaganda dos hidratantes Monange. A Agente C considerou o nome Solange, mas achou que não era um nome muito legal. Xuxa estava fora de cogitação, mas o nome verdadeiro dela é Maria das Graças. Talvez? Não, não. Mas Maria pode ser uma boa. Maria alguma coisa. Daí a Agente C lembrou do nome de uma tia sua, Maria Inês, só que ela não queria ter um nome de tia, então pensou em Maria Inácia, mas de repente achou que Maria não fosse assim tão bom. Todo esse pensamento aconteceu em menos de um segundo, claro, porque cérebros de agentes secretos têm que trabalhar rápido. No segundo seguinte à pergunta de dona Marta, a Agente C estendeu a mão para um aperto e disse:

– Inácia, muito prazer.

E aí o nome ficou.

– Estou bem, dona Marta – a Agente C respondeu naquela manhã de filmes inacabados. – Em que posso ajudar?

– Bem, a sobrinha do meu esposo está aqui no Brasil para uma visita, sabe? – explicou. – Ela e o noivo, uma graça os dois. Esses dias eles tiveram que viajar separadamente, a negócios, e ela foi pra Aracaju e ele foi pra Salvador, e ambos voltariam hoje, só que o voo dela atrasou e agora ele chegou e está no aeroporto sozinho.

A Agente C esperou a continuação da história. Era possível que dona Marta quisesse que a Agente C fosse até o aeroporto buscar o rapaz, mas a Agente C não gostava de conclusões precipitadas. Podiam levar a erros. Sem contar que dona Marta tinha um carro e sabia dirigir.

– Só que esse rapaz é do Texas, sabe? Só fala inglês. E eu não falo nadinha de inglês, querida, além do *what's your name* e *thank you* e *please*. Então eu me lembrei daquela vez que um amigo seu estava aqui, e vocês estavam conversando em inglês, lembra? Eu até trouxe um pudim pra vocês.

A Agente C se lembrava. O amigo em questão era um criminoso que ela estivera torturando para saber mais sobre a máfia peruana. Por ser muito preocupada em manter uma convivência tranquila com o pessoal do prédio, ela tinha... "persuadido" o cara a conversar num tom cordial, como se fosse uma visita amigável, para não perturbar os vizinhos. A Agente C também se lembrava do pudim que dona Marta tinha trazido. Estava uma delícia. Ela não deu pedaço nenhum para o criminoso.

– Então, se você não estiver muito ocupada, será que você pode ir lá ao aeroporto comigo? Eu prometo que não vou incomodar por muito tempo.

– Não, tudo bem dona Marta – a Agente C disse, sorrindo e pegando as chaves do carro. – Não estou fazendo nada de importante mesmo.

O caminho de ida foi tranquilo, com dona Marta contando a história de como sua sobrinha e seu noivo se conheceram. Alguma coisa relacionada a um ataque alérgico à comida do avião, não empolgante o suficiente para a Agente C memorizar os detalhes.

Essa história fica muito mais interessante quando eles chegam ao aeroporto, porque é lá que a Agente C encontra o tão simpático noivo da sobrinha do esposo da dona Marta. Ele era, nada mais nada menos, o Agente Engenheiro-Doutor, ou Agente DocEn (Doctor-Engineer), responsável pela máquina do tempo que o pessoal usava na agência.

A Agente C e o Agente DocEn nunca tiveram um relacionamento amigável. Primeiro, a Agente C nunca chamou a Máquina do Tempo pelo Nome Difícil que ele insistia que todos usassem (DISPOSITIVO HOROMÉTRICO EXTRASSEQUENCIAL, ou DHES). Segundo, ela usava a

Máquina do Tempo constantemente para sair passeando por aí. O que era completamente contra as regras e levava o Agente DocEn à loucura.

O Agente DocEn é daquele tipo de pessoa que "gosta de seguir regras". A Agente C nunca entendeu esse pessoal. Não é tão difícil assim processar em seu cérebro que regras são apenas sugestões para melhor convivência em grupo em situações hipotéticas generalizadas, e não algo que você *precisa* seguir à risca o tempo todo. Principalmente se você tem um cérebro mais avançado de cientista.

Porém, o mais importante de tudo, a Agente C sabia que o Agente DocEn sabia falar português. Com um sotaque bem pesado, sim, mas falava.

O Agente DocEn não parecia feliz ao encontrar a Agente C.

– *What are you doing here?*[1] – ele perguntou entre dentes cerrados.

Dona Marta olhou para a Agente C confusa.

– Ele só está um pouquinho estressado porque tinha um bebê chorando no voo dele.

A expressão de dona Marta clareou em compreensão. Todos entendem o estresse de um bebê chorando em um voo. Principalmente o bebê.

– *I'm picking you up* – a Agente C respondeu em um tom doce. – *Are you following me?*[2]

– *What? No!* – o Agente DocEn respondeu, sorrindo. – *I'm engaged.*[3]

Dona Marta não sabia o que fazer, coitada. Ela parecia surpresa que sua vizinha e seu futuro Parente-Que-Não-Tem-Nome-Exato (também conhecido como Marido-Da-Sobrinha-Do-Marido) estavam se dando tão bem. Talvez estivesse se sentindo um pouco excluída. Mas no geral dava para perceber que estava se sentindo aliviada de não ter que interagir tanto assim com o rapaz do Texas.

---

[1] O que você está fazendo aqui?

[2] Vim te buscar. / Você está me seguindo?

[3] O quê? Não! / Eu estou noivo.

– *Why aren't you speaking portuguese?*[4] – a Agente C perguntou enquanto dirigia de volta para casa.

– *My cover doesn't.*[5]

– *Really?* – a Agente C ficou um momento em silêncio, para dar mais ênfase na frase que queria dizer a seguir. – *Your cover sucks.*[6]

– *Shut up*[7]– o Agente DocEn retrucou, emburrado.

Ninguém falou nada pelo resto do caminho. O único som vinha do rádio que estava ligado em uma frequência que tocava músicas da época da ditadura. A Agente C gostava da época da ditadura. Era uma época legal de estudar. É claro que ela tinha total consciência de que não era exatamente uma época MARAVILHOSA de se viver. Sabia disso. Tinha perspectivas.

Mesmo assim, ela gostava da época da ditadura.

Chegando ao andar em que moravam, a Agente C se despediu de dona Marta e do Agente DocEn, que usava o codinome Jack. Quanta falta de imaginação. Antes que dona Marta fechasse a porta, a Agente C disse:

– Ouvi dizer que texanos adoram costela cozida!

Dona Marta agradeceu a dica e, enquanto fechava a porta, a Agente C pôde ver que o Agente DocEn estava irritado com ela. Ele era vegetariano. Mas tecnicamente não poderia falar nada sobre isso, porque não entendia português.

– Hehe – riu a Agente C ao entrar em seu apartamento. Logo voltou para a sala e deu play no filme a que estava assistindo.

Infelizmente, teve que se levantar depois de três minutos, porque o disco estava travando.

Colocando-o na embalagem e pegando as chaves do carro para poder ir trocar a cópia na locadora, a Agente C pensou com desgosto: "É por isso que a indústria de aluguel de filmes está falindo".

---

[4] Por que você não está falando português?

[5] Meu disfarce não fala.

[6] Sério? / Seu disfarce é uma porcaria.

[7] Cale a boca.

— Sai desse computador! — Marcela diz me cutucando com o pé. Engraçado como ela declara querer interagir comigo, mas nem sequer se dá ao trabalho de se levantar da cama.

— Para quê? – reclamo. Se eu simplesmente deitasse junto com a Marcela para assistir TV, eu ia começar a me sentir culpada e puxar um livro para estudar. É melhor ser produtiva nas coisas bestas da vida do que não ser produtiva em nada e, por causa de consciência pesada, acabar sendo produtiva em algo importante. Bem, pelo menos uma vez na semana.

— Me conta direito essa história da Bárbara e do Thiago. — Marcela agora está com o pé inteiro repousado nas minhas costas. Eu sei que isso não está confortável para ela, mas continuará nessa posição, malhando os músculos da coxa, até que eu me vire. Eu me viro.

— Eu já contei tudo que tinha pra contar – respondo, dando um tapa no pé dela.

— Essa Bárbara é louca – Fran pronuncia solenemente do chão.

Pois é, no chão. É nessa situação patética que a Goiânia do mês de agosto nos deixa. Como a cidade é muito quente nessa época do ano, Fran gosta de enrolar o tapete do quarto de Marcela, subir um pouquinho a camiseta que está usando, deitar no chão e sentir o friozinho temporário que a cerâmica causa na pele. É um temporário praticamente instantâneo, já que a pele dela está tão quente por causa do clima, que rapidinho o chão fica quente também. Bem, não exatamente *quente*. Mas não frio.

Na Idade Média, quando a Igreja pregava sobre os tormentos que pecadores teriam no Inferno, estavam se referindo a esse calor. Eu pagaria mil indulgências para sair de Goiânia. Bem, de certo modo estou pagando. Isto é, vou pagar. Isto é, meus pais vão pagar. Sabe. As taxas de todos os vestibulares que vou prestar. Nenhum deles em Goiânia.

Marcela também tem planos de sair, o que me assusta um pouco. E se ambas formos para cidades muito separadas uma da outra? Mas vou deixar para pensar nisso depois. Bem depois. Lá para outubro ou novembro.

Indiferente aos meus pensamentos, Fran fica lá deitada até que alguém decida que precisa ser levado para algum lugar. Mas ninguém vai para lugar algum nesse momento. Fran pode ficar tranquila.

– O Thiago também não é uma mente brilhante – comenta Marcela. – Francamente, eu não entendo suas amizades do Coliseu. Além da Carol, claro.

Eu também não entendo. Quer dizer, eu me dou bem com as pessoas que considero amigas lá do Coliseu, mas são completamente diferentes das pessoas que eram minhas amigas no ensino fundamental. Marcela, por outro lado, fez exatamente o contrário. Não fez nenhum novo amigo. Diz que amigos demais no ensino médio, com todos os hormônios acontecendo, podem acabar sendo uma distração. Levando em consideração os acontecimentos dos últimos dias, sou obrigada a concordar.

– É apenas uma questão de tolerância – eu me defendo. – Você não entenderia.

Marcela ri sarcasticamente da minha alfinetada.

– Além da Bárbara, alguma coisa empolgante acontecendo?

– Um pessoal de agência de viagem entregou panfletos lá na escola, hoje. Será que está na hora de começar a planejar essas coisas?

– Eu acho que vou pra Uberlândia com o Dedé mesmo. E você?

Eu concordo com a cabeça. Dedé é um professor de matemática que temos em comum desde o primeiro ano. Ele faz as excursões de vestibulares seriados (aqueles que a gente faz uma fase a cada ano do ensino médio, em vez de fazer tudo de uma vez no fim do terceiro) e a gente sempre foi com ele.

Nessas viagens, eu fico achando que a Marcela tem alguma aura protetora que não a deixa perceber todos os acontecimentos loucos à sua volta, porque sempre que a gente viaja junto nessas excursões, acontece tudo quanto é tipo de doideira, como é de esperar de um bando de adolescentes com emoções à flor da pele juntos e uma supervisão apenas moderada. Mas mesmo assim eu me vejo obrigada a relatar tudo que aconteceu quando voltamos, porque por algum motivo ela não viu ou não percebeu, sendo que ela estava lá O TEMPO TODO. AO MEU LADO.

E pessoas têm coragem de dizer que *eu* sou a avoada.

– Certo, eu estava pensando – Marcela diz. – Para os vestibulares normais, e se a Fran levasse a gente?

Fran levanta a cabeça do chão.

– Oi?

– É meio que a ideia perfeita – Marcela continua. – Porque aí a gente não precisa lidar com a mistura de hormônios do pessoal de caravana.

Fran deita a cabeça de novo no chão.

– Se seus pais concordarem e pagarem – ela diz com os olhos fechados –, eu te levo pra onde quiser.

Marcela olha para mim, esperançosa. Eu dou de ombros.

– Eu tenho que falar com a minha mãe. Mas acho que tudo bem.

Marcela bate palmas, empolgada.

– Ok, então a gente só precisa decidir em quais cidades faremos provas!

***

– Então, mãe, a gente fez uma lista com as faculdades que queremos e que têm vestibular em datas diferentes.

Minha mãe levanta rapidamente os olhos das provas que estava corrigindo.

– Camilla, pelo amor de Deus. – Ela suspira, cansada.
– Deixa a Marcela resolver isso com os pais dela primeiro e depois eu ligo pra eles e a gente conversa.

– Então é uma possibilidade? – pergunto empolgada.

– É uma possibilidade – ela responde, acenando distraidamente com a mão e voltando para as provas. Eu decido sair do pé dela imediatamente, antes que mude de ideia.

Na sala, meu pai está sentado no sofá com Lenine. Minha sobrinha de três anos, Valentina, está brincando com blocos de montar no chão. Eu me sento ao lado dela enquanto escuto a conversa dos dois.

– ...insiste que só ela pode resolver essa situação – Lenine diz.

– Família é mesmo complicado – meu pai responde sem se comprometer. Ele não é muito de se engajar nesse tipo de conversa.

– Não é questão de ser complicado ou não! – Lenine explode. – Eles fingem que ela não tem uma vida e uma família, e ela faz a mesma coisa.

Meu pai não diz nada. Eu coloco Valentina no colo, ainda focada na conversa dos dois. Valentina tenta chamar minha atenção ficando em pé na minha frente e colocando as duas mãos no meu rosto, para eu olhar para ela. Eu dou um sorriso. Ela está superfofa de maria-chiquinha e um vestido lilás com gatinhos desenhados.

– Tia Camilla, você tem que prestar atenção – ela me repreende seriamente. – Do lado de cá ficam as torres, do lado de lá a gente vai fazer o mar.

– Ah, é? – eu pergunto. – E que tamanho vai ter o mar?

– Não pode ser muito grande. – Ela parece preocupada. Eu me seguro para não rir de sua expressão séria. – Porque daí pode ter tubarão. E aí é oooutra brincadeira.

– Que brincadeira?

– Uma que todo mundo morre. – Ela ri maleficamente.

– Até eu?

– Até você. – Eu faço uma cara indignada e ela ri de novo.

Meu pai e Lenine pararam de conversar por um momento. Ficam olhando para a gente, enquanto Valentina se concentra em montar torres de acordo com as cores dos blocos.

– Não sei, pai – Lenine finalmente diz com uma voz baixa. – Eu tô ficando cansado de carregar o peso sozinho.

Eu olho para o meu pai e ele simplesmente levanta as sobrancelhas. Ele não é a melhor pessoa para oferecer consolo. Então eu simplesmente me levanto e coloco Valentina no colo de Lenine, na esperança de que ele se lembre que ela vale a pena. Não foi uma ação de muito impacto, porque ela reclamou e saiu logo do colo para voltar a brincar com os blocos. Mas pelo menos Lenine foi se sentar ao lado dela e brincou com a gente.

***

São 7h20 no meu relógio e o professor ainda não apareceu. Eu cutuco João que levanta imediatamente, levemente assustado, como sempre.

– O professor não chegou ainda – eu anuncio.

– Então pra que você me acordou?

Eu reviro os olhos.

– Olha a hora! – eu digo, colocando o meu braço com relógio na frente dele. – Acho que hoje vai ser um daqueles dias.

– Você não está usando relógio, Camilla – João diz, afastando a cabeça do meu punho levantado para poder olhar para mim severamente.

Eu solto um barulho frustrado vindo do fundo da garganta.

– É simbólico, seu idiota – eu digo enquanto ele revira os olhos e olha para o próprio punho adornado com um relógio de verdade.

Vez ou outra, quando os deuses sentem piedade de nós, pobres gladiadores, vítimas do sistema que nos prendeu neste mundo de batalhas onde todos são inocentes, mas só a minoria é recompensada, decidem que um professor pode não comparecer na hora que devia comparecer. A última vez que isso aconteceu com a gente foi no começo do semestre do ano passado, quando o pai da professora de história teve um derrame e ela teve que viajar de última hora.

Eu sei que é horrível ficar feliz em uma situação dessas, onde algo potencialmente triste pode estar acontecendo com um professor, mas não conseguimos evitar. Esse é o sistema em que vivemos. Aulas são tão infernais que qualquer desculpa para não assisti-las é aceita de braços abertos.

Mário Braz, nosso diretor, entra na nossa sala. É oficial, o professor não virá dar aula.

– Gente, silêncio – ele pede. – O professor André bateu o carro e não vai conseguir chegar aqui a tempo para dar aula para vocês. Ele está bem, não foi nada grave. Ele deixou essa lista de exercícios para vocês resolverem durante a aula. Ele vai corrigir tudo na aula que vem.

Braz distribui as listas para a turma e sai de sala. Uma das vantagens de ser da turma dos "crânios" da escola é que todas as autoridades confiam que essa turma em particular terá juízo suficiente para não desmoronar o prédio ou montar uma bomba ou algo assim se ficar sem supervisão. O que é burrice, já que bombas foram inventadas por gênios. Não foi o tal do Nobel que inventou a dinamite?

Falando em dinamite, João me cutuca e aponta para Thiago que está saindo da sala, com Bárbara logo atrás. Uma vez na vida, Andreia não parece obcecada com os acontecimentos envolvendo os dois e em vez disso está folheando anotações em seu caderno sem dar bola para o casal.

– Para onde eles vão? – eu pergunto. – Eles vão ser pegos!

– Nah, eles provavelmente devem estar indo para o ponto cego da escola.

Eu me viro completamente na cadeira, cruzando minhas pernas que nem índio e apoiando os braços no encosto, cedendo toda a minha atenção para João.

– Como assim, ponto cego?

João sorri enquanto aponta seu lápis. Ele sempre usa lapiseira para fazer tarefas, então provavelmente vai desenhar ou algo assim.

– Ano passado – João começa, abrindo seu caderno –, quando eu namorava a Sibele, eu descobri um canto na escola sem nenhuma câmera e que ninguém visita. Tipo, nunca, nenhum professor ou monitor passa por lá. É completamente secreto.

Eu olho para João, um pouco desconfiada.

– Não faz muito sentido ter um lugar desses numa escola desse tamanho.

– Uma preocupação completamente válida. Mas, *tecnicamente*, não é na escola.

Eu o observo por alguns minutos enquanto ele traça o começo de uma caricatura na folha do caderno.

– Então onde é? – eu pergunto, finalmente.

Ele sorri, vira a folha do caderno e traça dois retângulos no papel.

– Aqui é o Coliseu. – Ele aponta para o retângulo maior. – E aqui é a república que fica ao lado do colégio. Mas aqui no meio tem tipo que um corredor meio que estreito que não é nem um nem outro. É simplesmente um espaço longo, fechado e vazio entre paredes.

Eu arregalo os olhos.

– Sério? – Não sei por que, mas fiquei empolgada. – E como você faz pra entrar nesse corredor sem sair da escola?

– Tem um buraco na parede da lateral esquerda da escola lááááá no canto do fundo.

Isso faz sentido. Ninguém gostava muito de passar tempo no fundo da escola, principalmente no canto. Possivelmente esse seja o motivo de o lugar não ser conhecido pelos grandes gladiadores.

– Como você descobriu esse lugar?

– Sei lá – ele respondeu, enquanto terminava de desenhar a cara do Braz. – Um dia estava ficando com a Sibele lá por perto e a gente viu o buraco e entramos e pronto. "Terra à vista" e essas coisas.

Eu começo a desenhar florezinhas no canto do papel.

– Você é um idiota.

– Elabore – João solicita.

– Você contou do ponto cego para o Thiago – eu digo, como se fosse óbvio.

– E daí?

– E ele está levando a Bárbara pra lá nesse momento! E se ele contar pra alguém?

– Bem – João diz, virando outra folha no seu caderno. – Esse é um risco que decidi tomar.

Eu descruzo as pernas e viro de volta para minha mesa. João me cutuca.

– O quê? – Minha voz sai um pouco ríspida.

– Você tá brava?

Eu não tinha percebido que estava até ele perguntar. Eu me viro.

– Sim – admito.

– Por quê? – Ele arregala os olhos e sussurra. – Você tá a fim do Thiago?

Eu lhe dou um tapa na cabeça. João ri idiotamente. Acho que não conhece a definição exata de humor (Fig. Disposição de ânimo de alguma pessoa para alguma coisa: ele está sempre de bom humor. Veia cômica, ironia delicada e alegre, que se disfarça sob uma aparência de coisa séria; humorismo.) (Tem também o humor fisiológico, que é uma geleca que a gente tem no olho, mas isso não vem ao caso.)

– Eu não sei exatamente por que estou chateada. Mas parece o tipo de lugar que é mais legal quando é segredo – eu respondo. – Você acha que a Sibele já falou do ponto cego para alguém?

João dá de ombros.

– Ok, não fale do ponto cego pra mais ninguém, combinado?

– Por quê?

– Argh, só me promete que você não vai levar mais ninguém pra lá – eu insisto.

– Tá, tá. – Ele arranca uma folha do caderno e começa a desenhar fileiras de pontinhos.

– E pede pro Thiago pedir pra Bárbara pra não comentar com ninguém.

– Você está estranhamente possessiva de uma coisa que poucos minutos atrás nem sabia que existia.

Eu reviro os olhos.

– É um lugar com potencial. Não podemos nos dar ao luxo de desperdiçar simplesmente por falta de cautela.

Ele me passa o papel pontilhado. Eu faço o primeiro traço.

***

Na hora do intervalo, naturalmente, levo a Carol para o tal ponto cego. Passar pelo buraco, um pouco baixo demais, é um desafio. Mas não impossível.

– Bem, tirando o fato de que agora minhas roupas estão sujas – Carol diz enquanto estapeia sua calça jeans –, é um lugar interessante.

Eu estava andando até o fim do corredor que dava direto para a rua atrás do colégio, ou pelo menos daria, se não tivesse uma parede tampando.

– Esse lugar nem faz sentido – eu digo. – É apenas um corredor de nada. Será que dá pra descobrir se é propriedade da escola ou da República?

Carol dá de ombro.

– Olha! – ela diz, apontando. – Uma torneira.

Eu encosto de lado na parede, olhando para ela.

– Esse lugar tem potencial pra alguma coisa.

– Tipo o quê?

– Não sei. Mas eu sinto que a gente devia usar isso aqui antes de o ano acabar.

– Você diz que não, mas os ideais revolucionários do seu pai estão completamente impregnados na sua psique.

– Meu pai não tem ideais revolucionários – eu a corrijo –, tem ideais comunistas. E não tem nada de errado em querer aproveitar oportunidades.

– Tá, ok – Carol diz, voltando para perto do buraco. – Vamos sair daqui antes que acabe o americano de salsicha na cantina.

```
http://www.agentec.com.br
```

Sexta-feira, 10 de agosto

A Agente C esperou pacientemente dentro do almoxarifado. Mentira. Paciência nunca foi seu ponto forte.

– Agente Brito! – chamou freneticamente pelo minimicrofone anexado no pulso de seu suéter. – Você está demorando demais para achar um documento que nem está trancado.

Silêncio do outro lado.

– Agente Brito! – a Agente C chamou de novo.

– Esse não é meu nome. – Ela ouviu a voz depois de um segundo.

A Agente C balançou as mãos em frustração.

– Qual meu nome? – ela ouviu o Agente Brito perguntar.

O nome do idiota era Agente Brito, foi assim que o Supervisor Geral o apresentou na semana anterior, quando ele tinha sido transferido para a unidade da Agente C. Mas o Agente Brito gostava que seus colegas usassem outro nome. Mas ela não ia cair de nível dessa forma. De maneira alguma.

– Se você não sabe, então não tenho nenhuma garantia de que você é mesmo a minha parceira nesta missão, então, serei obrigado a seguir sozinho.

Maldito seja.

– Frisson – ela disse em voz baixa. – Agente Frisson.

– Pois não? – ele respondeu em um tom que devia julgar, erroneamente, sexy.

Como ela o detestava.

– Eu adoraria poder sair desse quarto com cheiro de amônia e fazer algo de útil – a Agente C disse.

– Você está me entretendo, docinho – Frisson argumentou. – Posso declarar oficialmente que o status dessa missão estaria completamente comprometido se não fosse o fator crucial da sua presença melhorando meu humor.

– Argh. Você acha que está me seduzindo, mas é ridículo e clichê. E não me chame de docinho – a Agente C disse entre bufos. – E eu nem estou presente.

– O doce som de sua voz é o suficiente para alegrar 15 anos de miséria, baby.

– Continue conversando desse jeito e vou mutilar você com uma faca de manteiga.

– Não me tente.

A Agente C parou um segundo para listar os prós e contras de se envenenar com produtos de limpeza e dar fim àquela tortura. No fim, decidiu contra. Não queria que "Frisson" ganhasse.

– Sério, por que a demora? – ela perguntou, tentando soar o mais calma possível.

– Não se preocupe, já estou chegando.

Dois minutos depois, Frisson apareceu no almoxarifado.

– Tinha alguém no corredor?

– Não...

– Você decifrou onde está o controle?

O Agente Frisson confirmou com a cabeça. A Agente C balançou os braços em empolgação.

– Legal, então vamos lá buscá-lo.

– Sem estresse, já peguei.

A Agente C se virou lentamente para olhar para o colega.

– Como é?

– Estava em uma sala no caminho de volta. Então fui prático e já peguei.

Em um movimento repentino, a Agente C ataca o Agente Frisson, imobilizando-o no chão, enquanto segura seu braço em uma posição não muito confortável. Ainda assim, ele tem a audácia de rir.

– Você sabe o motivo de eu ter aceitado participar dessa missão, mesmo sabendo que você seria o responsável por ela? – a Agente C perguntou entre dentes cerrados.

– Você precisava da grana?

A Agente C aperta um pouco mais a torção no braço do Agente Frisson.

– Tudo que eu queria era brincar com a luva separadora de moléculas. E você tirou isso de mim. Eu não sou exatamente famosa pela minha clemência.

– Não, você é famosa pelo seu sex appeal.

A Agente C, frustrada, soltou o Agente Frisson. Qualquer tipo de conversa com ele era uma perda de tempo. Então começou a arrumar o equipamento para ir embora.

– Você ainda pode usar a luva separadora de moléculas – Frisson disse às suas costas.

A Agente C suspirou desejosa. A luva separadora de moléculas era o novo brinquedo desenhado pelo Agente DocEn. Era uma luva que, por algum motivo da ciência, separava moléculas e permitia que sua mão passasse por qualquer obstáculo. Você poderia atravessar muralhas, se a luva fosse grande o bastante para cobrir todo o seu corpo (mas aí, nesse caso, não se chamaria mais "luva").

– Até parece – a Agente C disse, virando-se para Frisson. – Você é o cachorrinho do Agente DocEn. E ele proibiu o uso da luva para atividades não relacionadas à missão.

Ele tinha usado essas exatas palavras, para falar a verdade.

– Eu posso desobedecer regras – o Agente Frisson disse, aproximando-se da Agente C –, se alguém me oferecer o incentivo certo.

Frisson estava muito próximo agora.

– Aqui é bem apertado – a Agente C declarou, desnecessariamente.

– Eu não estou muito incomodado – o Agente Frisson disse bem baixinho. – E você?

A Agente C fez que não com a cabeça. Mas quanto mais o rosto de Frisson se aproximava do seu, mais um sentimento de pânico subia-lhe pela garganta. No último segundo, virou a cabeça, e o nariz de Frisson encontrou com a parte lateral de sua testa.

Rapidamente, saiu dos braços dele, se virou e voltou a arrumar o equipamento.

– Toma – ela ouviu Frisson dizer uns minutos depois.

Quando ela se virou, viu que ele estava estendendo um par de luvas que pareciam cirúrgicas. Mas sabia o que eram.

– Sério? – ela perguntou, não conseguindo conter a empolgação em sua voz.

– Só não conta pra ninguém. Nem pra Seripaco. Ok?

A Agente C concordou e colocou as luvas. O primeiro lugar em que as testou foi em si mesma. Sempre teve curiosidade em saber como era a textura do seu lado de dentro.

Não foi uma ideia boa. Doeu. Muito.

O resto de agosto passa por nós como uma espada recém-forjada nas chamas de Mordor passa por um bloco de gelo: violentamente e nos derretendo. Além do calor, eu tenho que lidar com Thiago & Bárbara, a nova dupla (não sertaneja, mas tão melosa quanto) romântica do colégio. Thiago diz que ela acha que eu não gosto dela e que eu devia "me esforçar mais". Mas, sinceramente, eu não tenho a mínima ideia do que posso fazer. Eu sou cordial e amigável, O QUE MAIS ELE QUER? Se estiver pensando que em algum momento nós seremos supermelhores amigas, eu só tenho pena desse coitado, porque nada desse tipo vai acontecer, então é melhor ele ficar grato com o que tem. Andreia parece ter finalmente colocado um ponto-final em sua história com Thiago, o que é um alívio para todos, menos para Jordana, que realmente gostou de ficar ouvindo os dramas dessas duas.

João voltou a me cutucar constantemente para jogos do pontinho, o que é conveniente, porque chegamos em uma época em que todos os professores passam eras fazendo discursos sobre "nosso futuro" e como devemos "nos dedicar" porque o que acontecer agora vai "moldar o resto de nossas vidas" e, nossa, se eu fosse obrigada a ouvir isso sem uma chance de distração eu acho que me mataria. As atualizações do blog esse mês foram bem poucas, e o pessoal começou a reclamar, então estou determinada em achar um jeito de encaixar mais tempo para a Agente C de agora em diante. Provavelmente terei que sacrificar minhas aulas de redação (se bem que se você parar para pensar, eu estou PRATICANDO

ESCREVER, então não vai ser tão horrível assim) e em casa usarei o tempo de estudar química para atualizar o blog. Vamos ser sinceros, o que eu não consegui aprender sobre ligações de prótons até agora, não vou aprender nunca.

O último dia de agosto cai numa sexta-feira, e é o dia que o pessoal da empresa de festas aparece na nossa sala.

Explicações: pelo que sei, a maioria das escolas de Goiânia (inclusive a da Marcela) elege uma Comissão de Formatura composta de alunos de terceiro ano, para, sabe, planejar a festa de formatura.

No Coliseu, as coisas são um pouco diferentes. A *escola* contrata uma empresa de festas e eles aparecem durante as aulas de tempos em tempos para explicar como a festa vai ser, onde vai ser, quanto vai ser etc. Não nos oferecem muitas opções, só falam como as festas serão e ninguém tem direito de opinar sobre o assunto. Isso já seria o suficiente para me fazer NÃO querer participar, mas daí vem o preço, e, HAHAHAHA, não mesmo que vou pagar mais de mil reais (não importa em quantas vezes) para uma festa que provavelmente nem vai ser tão divertida, cheia de pessoas encostando em mim. Sem contar que nesse pacote eu só tenho direito a três convites, e levando em consideração que meus pais não teriam interesse em ir à festa, tentar dividir isso entre meus amigos e/ou familiares seria um pesadelo.

– Pessoal! – fala a mulher cujo nome não faço questão de lembrar. – Estamos aqui para avisar que a gente vai fechar a lista de convidados dia 15 de setembro, então vocês só têm até lá para poder decidir se vão participar ou não.

Taíssa, a menina que senta na carteira ao meu lado (curiosidade: foi ela que me contou todo o escândalo do intervalo de Andreia/Thiago/Bárbara no começo do semestre) levanta a mão.

– E se eu quiser ir pra festa como convidada e não formanda? – ela pergunta.

Eu suspiro e encosto a testa na mesa. Taíssa, você consegue ir além. Você pode mais do que fazer uma pergunta que é feita TODA VEZ que essa mulher aparece na nossa sala. Você pode mais. Eu sei que sim.

– Bem, para os que querem convites, a gente vende individuais por 200 reais até dia 15 também. Depois disso, você terá que negociar com algum de seus colegas. Mas quem comprar apenas convites não poderá participar da cerimônia. Que será linda, a propósito.

Reviro os olhos. Uma cerimônia envolvendo você dando uns passos em uma beca, pegando um cone e apertando a mão de professores (muitos dos quais você nem gosta) não parece assim tão empolgante. Sem contar o discurso. ARGH, O DISCURSO. A coisa certa a fazer seria deixar os alunos votarem em quem faria o discurso dos formandos, assim a pessoa escolhida seria aquela considerada pela maioria a mais apta para conseguir resumir a experiência do ensino médio em um monólogo de 15 a 20 minutos.

Mas nããããão! O Coliseu tem que tirar isso da gente também. São os professores que escolhem a pessoa que faz o discurso, o que significa que será provavelmente uma pessoa quieta com notas excelentes, que é completamente alienada com as coisas que todos os professores dizem e mal interage com as pessoas da turma. O discurso provavelmente terá muitas citações generalizadas, incluindo "melhor época de nossas vidas" e "nós somos o futuro" e coisas assim. Basicamente, tudo indica que será: uma droga.

João passa um bilhetinho para mim.

> Então você definitivamente não vai participar da formatura?

Pego minhas canetas e marcadores coloridos no estojo e escrevo um NÃO bastante artístico. Depois acrescento:

> *Fiz um NÃO bem bonito e colorido para ficar gravado na sua mente e alma pelo resto da vida e você nunca mais sentir a necessidade de me fazer essa pergunta de novo.*

Eu ouço João dando uma risadinha e, um minuto depois, recebo seu recadinho de volta.

> *Você é ridiculamente exagerada.*

Eu respondo imediatamente:

> *Guarde seu NÃO com muito carinho. Foi de coração.*

À noite, quando chegamos em casa, meu pai tira uma caixa grande do porta-malas do carro.

— Que é isso? — eu pergunto, enquanto ele carrega a caixa da garagem para a sala.

— Fecha a porta para mim, por favor? — Ele coloca a caixa no chão. — *Isso* é coisa do Roberto.

Eu tranco a porta da frente.

— Ele que mandou?

— Não, não — meu pai responde, sentando-se no sofá. — Ele encomendou em uma gráfica e pediu para eu buscar.

– E o que é? – eu insisto.

Meu pai dá de ombros.

– Não sei. Ele disse que só posso abrir no dia que ele chegar.

– E eu, posso abrir? – pergunto, tentando ser espertinha.

Meu pai me ignora e minha mãe aparece na sala.

– Camilla, telefone para você – ela diz sentando-se ao lado do meu pai e apontando para a caixa. – O que é isso?

Eu vou para o meu quarto atender o telefone. Eu odeio telefone. Faria de tudo para evitar. Mas alguns dos meus amigos parecem achar extremamente crucial que nos comuniquemos dessa forma, então sou obrigada a lidar com isso sempre que acontece.

– Alô? – falo, deitando na minha cama.

– CAMILLA!!!! – Imediatamente reconheço a voz bêbada do Thiago.

Suspiro.

– Sim, Thiago, em que posso ajudar?

– Olha, só estou ligando para avisar que não levo para o lado pessoal. Tá tudo bem.

– Tá tudo bem o quê?

– Que você odeia minha namorada.

– Eu não odeio a Bárbara. – Suspiro de novo. – Ela só é chata. E louca.

– Viu só? – Eu o escuto falando para alguém. – Ela não odeia você.

– Thiago, desliga esse telefone. – Ouço a voz da Bárbara mais esganiçada que o normal. Deve estar bêbada também.

E aí o telefone fica mudo. A ligação caiu.

Eu coloco de volta no gancho e fico pensando na nova realidade em que vivo.

Apesar de Thiago ter tido muitos rolos desde que o conheci, nunca namorou ninguém. Isso faz com que as coisas pareçam um tanto quanto diferentes. É como se agora eu tivesse menos permissão de ser amiga dele, ou algo assim. Agora eu tenho que me vigiar o tempo todo, o tanto que encosto nele, o quanto converso com ele, até que ponto posso confidenciar algo íntimo. Agora nem sei se é ok ligar para ele às três horas da madrugada. Eu nunca liguei antes (além do fiasco da festa de 15 anos), mas eu sempre soube que podia.

Por um segundo fico frustrada com a injustiça do mundo. Duvido que o João esteja pensando nesses tipos de limites. Simplesmente porque ele é um garoto, não precisa se preocupar com "tabus" ou sei lá qual é o termo correto. Só porque eu sou menina agora posso ser uma ameaça para Bárbara, então todo mundo fica de olho no meu relacionamento com o Thiago. Não só a Bárbara. TODO MUNDO. Porque todo mundo quer saber se vai ter algum escândalo e, sei lá, acho que estão torcendo para algo acontecer. Muita gente acha que eu sou apaixonada por ele, ainda mais depois daquela confusão em que ninguém acreditou que minhas lágrimas eram de tanto rir da briga ridícula da Andreia com a Bárbara. Francamente! Mas as pessoas gostam de colocar mais lenha na fogueira.

Não vou mentir, eu gosto um pouco desse tipo de coisa também. Mas, mesmo assim, não me conformo de ter que perder a liberdade de agir com um dos meus melhores amigos só por causa do meu sexo. NEM FAZ SENTIDO, SE VOCÊ PARAR PARA PENSAR. Ok, pode existir uma tensão sexual entre mim e Thiago. Mas também pode existir uma tensão sexual entre Thiago e João. Ninguém considera *essa* possibilidade, né? E se o Thiago for gay e simplesmente estiver usando a Bárbara para disfarçar enquanto tem noites quentes na casa do João nos fins de semana? Ele vive dormindo na casa do João! E NINGUÉM SE PREOCUPA COM ISSO, não é mesmo?

Eu me levanto da cama, um tanto quanto irritada, não nego, e pego meu caderno de Notas Fantásticas na mochila. Folheio-o por um minuto e então me sento em frente ao computador e começo a digitar.

De: Camilla Pinheiro <cpinheiro@zoho.com>
Para: Jordana Borges <jorges.publicidade@zoho.com>
Assunto: "C" é de "Confusão" (enviado em 31 de agosto, às 18:17)

Oi, Jorges.
Como andam as coisas no estágio? A última mensagem que você me mandou foi reclamando do pessoal do financeiro e eu fiquei um pouco preocupada. Eles ainda estão fazendo coisas erradas?
Eu ando tendo um pouco de crises de identidade/momentos de frustração com a sociedade por causa do namoro do Thiago. Eu meio que sinto falta do meu amigo e a culpa nem é dele, porque ele não se afastou de mim, eu que meio que me senti obrigada a me afastar por ser a "amiga mulher que pode ser uma ameaça" e agora me sinto uma idiota. NÃO PRECISO ME SENTIR CULPADA POR UMA AMIZADE, CERTO? NÃO PRECISO ME SENTIR OBRIGADA A ME AFASTAR, E MESMO ASSIM ESTOU SENDO BURRA E FAZENDO O QUE A SOCIEDADE ESPERA DE MIM.
A Agente C ficaria decepcionada comigo.
Vestibulares estão se aproximando, só falta um mês para o ano letivo terminar e eu posso até mentir e falar que não, mas estou ficando um pouco ansiosa (COMPLETAMENTE APAVORADA). Em breve vão nos separar por turmas de interesse, e se tem uma coisa pior que uma sala dos "mais inteligentes", é uma sala dos "mais inteligentes de exatas". COMO VOU SOBREVIVER??
Meu irmão está dormindo aqui em casa até hoje, então acho que os problemas do casamento devem ser bem sérios... Eu não sei exatamente como me sentir sobre isso, porque eu não gosto da Bruna, então não me importo se ela sair de cena, mas ter o Lenine aqui perto o tempo todo meio que acentua as nossas

diferenças e, às vezes, eu fico olhando para ele e pensando "nossa, você é tão idiota". Ontem ele falou aquela frase ridícula de que "um homem que não é comunista antes dos 18 não tem coração; o que é depois dos 18 não tem cérebro" e foi bem na frente do meu pai, e, nossa, o que é que ele estava pensando? Eu não sou comunista, mas até eu entendo os ideais do meu pai. Poxa, ele não quer uma revolução nem nada. ELE SÓ GOSTA DAS IDEIAS. Que que tem de errado nisso?

Enfim, pelo menos a Valentina (minha sobrinha) está aqui o tempo todo e ela é bem linda. Se bem que esses dias eu estava mostrando uns vídeos engraçados na internet pra ela e eu ouvi Lenine dizendo que seria uma má influência. Ele falou brincando, mas sabe quando essas brincadeiras super têm um tom de "é isso que eu acho de verdade, mas não quero machucar muito seus sentimentos"? Enfim.

Vou atualizar o blog agora para a sua alegria. DE NADA.

Beijos,
Capim

---

http://www.agentec.com.br

AGENTE C

Sexta-feira, 31 de agosto

Seripaco saiu de seu esconderijo no laboratório.

– Pode entrar – disse em voz alta. – Não tem ninguém aqui.

A Agente C chutou a janelinha do duto de ar onde estava se escondendo e desceu como uma graciosa preguiça até o chão. As paredes do laboratório eram muito altas, cheias de obstáculos.

Mais cedo, a Agente C e a Agente Seripaco bateram um papo agradável com o Agente Madrugada, o responsável pelas câmeras de segurança durante a noite.

O Agente Madrugada era fã de baralhos e pessoas charmosas, então sempre que a Agente C precisava dele, comprava um conjunto de cartas com uma estampa peculiar e passava uns 15 minutos conversando com ele sobre coisas pretensiosas, como música e/ou fotografia, em seu tom de voz mais sedutor.

Funcionava toda vez. E assim conseguia passear pelos laboratórios sem autorização sempre que queria.

O Agente DocEn, ciumento do laboratório do jeito que era, tentou mais de uma vez convencer Os Chefes das infrações do Agente Madrugada e da Agente C. Mas aí ele se deu conta de que ninguém se importa, porque todo mundo gostava do Agente Madrugada e da Agente C. Eles eram legais. Engraçados, até. Sempre tinham uma anedota sobre alguma missão ou loucuras da noite na ponta da língua.

Então o Agente DocEn decidiu usar outra tática de proteção. Codificou o acesso de todos os instrumentos do laboratório com senhas de que só ele tinha conhecimento.

E foi por isso que a Agente C trouxe a Agente Seripaco junto consigo para o laboratório dessa vez. Tinha tentando usar a Máquina do Tempo na noite anterior, mas a senha, A MALDITA SENHA, tornou tudo impossível.

Mas a Agente Seripaco é um gênio. Conseguiria entrar no sistema.

– Por favor, diz que você consegue entrar no sistema! – a Agente C suplicou, desesperada. Tinha ficado realmente viciada nessa coisa de viagem no tempo. O que ela sentia poderia ser rotulada apenas como crise de abstinência. SEU ORGANISMO GRITAVA POR UMA DOSE.

– Calma – a Agente Seripaco disse. – Eu ainda nem liguei o computador.

Ela então liga o computador. Ambas aguardam em silêncio enquanto o sistema carrega. Enfim, uma musiquinha indica que o computador está ligado.

– Vai, vai, vai, vai! – a Agente C incentivou.

A Agente Seripaco digitou uns números na área de senha e pressionou Enter. A página identificou a senha como inválida. Seripaco ficou olhando para o espaço em branco onde devia estar a senha por uns minutos. E, então, em um ato de coragem, ela simplesmente pressionou Enter de novo.

– A senha dele era em branco? – Seripaco pareceu surpresa.

– Que burro! Chega a ser um insulto!

A Agente C mal escutou, já estava digitando informações no computador para a viagem que queria fazer. Quando terminou, entrou sem delongas na cápsula transportadora.

Seripaco ainda estava no meio de seu discurso revoltado quando percebeu que sua amiga não estava mais lá.

– C? – Seripaco chamou, incerta.

Um segundo depois, a Agente C reaparece na cápsula transportadora. Em suas mãos, uma sacola cheia de esmaltes da mesma cor.

– Essa cor saiu de catálogo dois anos atrás! – a Agente C contou, toda empolgada. – Não sei por que empresas de cosméticos fazem isso. Se a cor é bonita e faz sucesso, pra que parar de fabricar?

– Talvez não fazia tanto sucesso assim – a Agente Seripaco opinou enquanto jogava paciência no computador que acabara de "hackear". – Talvez essa cor, na verdade, seja horrível.

Era uma indireta direta. A Agente Seripaco odiou aquela cor. Mas mesmo assim teve que aturá-la por anos nas unhas da Agente C.

Minha mãe está ao telefone com o pai de Marcela para conversar sobre as viagens de vestibular. Eu estou ao telefone com Marcela para conversar sobre nossos pais conversando sobre as viagens de vestibular. Meu pai está me olhando feio por gastar uma ligação de celular para conversar sobre nossos pais conversando sobre as nossas viagens de vestibular, mas eu não me importo. Isso é importante. Meu futuro está em jogo.

Marcela e eu traçamos um plano bem bonito e bem pensado. Depois, passamos esse plano para a Fran que deu seu ok, e só então passamos o plano para os pais da Marcela, que fizeram umas pequenas mudanças e aprovaram. Agora o pai da Marcela está passando esse plano para a minha mãe (é claro que eu já mostrei um esquema geral para ela. Não ia deixá-la entrar em uma conversa sem saber o que estava acontecendo). O plano era o seguinte:

- 11 de novembro: dirigir até Brasília para fazer prova da Unicamp (originalmente a gente queria ir para São Paulo para fazer essa prova, mas infelizmente os pais da Marcela sabiam que tem como fazer a prova em Brasília e seria muito mais prático – e barato – ir para lá. Como se a gente estivesse pensando em praticidade!)
- 16 a 19 de novembro: dirigir até São Paulo para fazer prova da Fuvest. Existe a possibilidade de nossos pais preferirem que a gente vá de avião, e, se esse for o caso, a gente só fica lá nos dias 17 e 18.

- 23 a 26 de novembro: ir com a caravana do professor Dedé até Uberlândia para fazer a terceira fase do PAAES – Programa de Ação Afirmativa de Ingresso no Ensino Superior (o vestibular seriado da UFU).

- 1 a 2 de dezembro: dirigir até Brasília para a terceira fase do PAS – Programa de Avaliação Seriada (UnB).

Acho que a parte mais complexa para nossos pais é a viagem para São Paulo. No começo do ano, quando a gente listou quais vestibulares queríamos tentar, devem ter concluído automaticamente que um deles iria viajar com a gente e que só se preocupariam com detalhes quando a hora chegasse. Mas agora nós apresentamos uma opção em que não precisarão se locomover de nenhuma forma.

Menos a viagem de São Paulo.

– Eu não sei qual o problema de a gente ir sozinha – Marcela diz. Eu ouço seu pai rindo debochadamente ao lado.

Para ser sincera, eu não tenho vontade nenhuma de ir sozinha. Se fosse uma viagem a passeio, ok, adoraria ter a metrópole só para mim. Mas é uma viagem para fazer uma prova, e acho que já estarei nervosa suficiente. Não preciso do estresse adicional de ser a turista que não tem a mínima ideia do que está fazendo e para onde está indo.

– Eu ainda não entendi o problema com a Fran – eu falo alto o suficiente para minha mãe ouvir.

– É – Marcela concorda. – Qual o problema da Fran?

– Problema nenhum – minha mãe responde. – Mas é uma viagem longa demais para ela ficar dirigindo sozinha o tempo todo. E com todos os gastos de paradas e gasolina, seria pouco prático. O melhor mesmo é mandar vocês de avião.

Ficamos em silêncio por um momento.

– E se eu mandasse a Fran junto com elas? – eu ouço o pai da Marcela finalmente dizer. Deduzo que ele está sentado ao lado da filha, pois sua voz passa pelo celular como se estivesse falando comigo.

– Pagar passagem e estadia dela? – minha mãe responde um pouco incerta. Meu pai continua em silêncio observando a cena sem entender muita coisa. Não seria mais fácil se usássemos o viva voz?!

– É. Eu teria que pagar para ela dirigir de qualquer maneira. E eu sei que ela conhece a cidade e tem amigos por lá, então tudo ia ser tranquilo – o pai da Marcela explica. Parece lógico.

– Não sei... – Minha mãe faz uma pausa. Para Marcela e seu pai, essa hesitação poderia soar como insegurança. Mas eu sei qual o problema. Ela está se sentindo mal com todo o dinheiro que o pai de Marcela gastaria com isso, e como eu acabaria me beneficiando como consequência. Mas como falar isso em voz alta?

– Mãe – eu sussurro. É uma daquelas coisas que filhos fazem para poder fazer pressão nos pais, mas sem querer implicar que mandam nos pais. É uma chamada à razão. No momento que você diz "mãe" (ou "pai") e apenas olha para ela (ou ele), eles se lembram do papel deles na situação em questão. Se lembram de que são mães (ou pais) e que devem fazer o que é melhor para os filhos.

Pelo menos eu acho que é isso, porque no minuto seguinte ela suspira e diz:

– Tudo bem. Se não é incomodo para vocês, então não é incomodo para mim.

Marcela e eu vamos ao delírio no telefone. Meu pai se levanta para buscar alguma bebida na geladeira. Minha mãe e o pai da Marcela combinam os detalhes finais. O MUNDO SE TORNA UM LUGAR MAIS BONITO E CHEIO DE POSSIBILIDADES. O futuro se aproxima!

***

Mais um dia de torneio de Super Trunfo na sala da Carol. Para quem não sabe, Super Trunfo é um jogo de cartas que valoriza a capacidade de coisas específicas em seu campo específico de atuação. Ok, isso foi confuso. Vamos tentar de novo. Super Trunfo é um jogo com temas. Vamos usar "aranhas" como exemplo. Aí se faz um conjunto de cartas com vários tipos de aranhas e suas características, com categorias e pontuações. Na categoria "veneno", uma aranha doméstica teria uma pontuação baixa, enquanto uma armadeira teria uma pontuação alta. O objetivo do jogo é conseguir as cartas dos outros competidores, então na sua vez você escolhe a categoria com a maior pontuação que você acha que vai ganhar a jogada, e boa sorte para os envolvidos. É um bom jogo porque é interessante e tem muitos temas, então você acaba descobrindo muitas coisas interessantes sobre os mais variados assuntos.

Desde que Carol iniciou esses torneios em fevereiro, mais e mais pessoas começaram a ficar interessadas na brincadeira. No começo, era apenas eu, Carol, Daniel (um menino da nossa turma do ano passado e, agora, por causa do sistema de notas, da turma C), e às vezes o Thiago e o João.

Agora, umas quinze pessoas com quem a gente mal conversa comparecem e Carol os separa em grupos e tudo o mais, e ela tem tabelas e é LOUCURA. Chegou a um ponto que o diretor, sendo um sugador de almas que é, ameaçou proibir os jogos, porque estava, de acordo com ele, "virando farra". Estaríamos perdidos se nosso super-herói P.A. não nos defendesse, dizendo que a hora do intervalo é a nossa hora POR DIREITO de descansar a mente de toda a sobrecarga de matérias em nossos cérebros, e que se o torneio está "virando farra" isso é uma coisa boa, pois significa que mais pessoas estão aproveitando desse direito em vez de ficar fazendo quinze mil exercícios durante o intervalo e se estressando, o que inevitavelmente levaria tais pessoas a um colapso mental, e aí não passariam no vestibular e o nome da escola perderia prestígio.

Foi muito legal da parte do P.A. fazer isso. E ele nem participa dos torneios.

Então agora nós temos esse superevento em nossas mãos todas as terças. Eu digo "nossas" de maneira figurada, porque a Carol é que quem faz todo o trabalho. Tudo o que eu faço é comparecer, e às vezes a Carol me deixa escolher a categoria das cartas que meu grupo vai jogar. Regalias de ser melhor amiga da organizadora.

Mesmo não sendo um dos Top Vencedores, eu tenho uma mesa própria e direito de escolha de participantes. Oficialmente, Carol diz que isso é "Privilégio de Jogadores Seniores". Daniel também tem uma, mas ele é um dos Top Vencedores, então não sei se conta.

Hoje, porém, eu não estou muito a fim de jogar, então simplesmente sento num canto da sala com meu caderno de Notas Fantásticas.

– Uau, você já escreveu isso tudo? – Carol comenta. – Já está na hora de te fazer outro.

Carol se considera a designer oficial das minhas Notas Fantásticas. Eu não me importaria de comprar cadernos novos sempre que um acabasse, mas ela agora acha que é tradição fazer as colagens nas capas do meu caderno. Esse que eu estou terminando já é o terceiro. No primeiro, ela imprimiu umas fotos em preto e branco da época em que a câmera fotográfica tinha acabado de ser inventada, daí ela pegou seu estojo de hidrográficas e coloriu partes aleatórias das fotos. Às vezes uma peça de roupa, um objeto, um pedaço da paisagem ao fundo. E no canto da capa, na vertical, ela colou em letras de máquina de escrever: "CADERNO DE NOTAS FANTÁSTICAS de Camilla Pinheiro".

No segundo, Carol fez uma colagem com várias fotos de águas-vivas, que é meu animal preferido, e o título em letras prateadas na parte superior da capa. Neste caderno que escrevo agora, embalagens de diversos chocolates estão coladas umas sobre as outras. Ela me disse que teve que comer uma quantidade absurda de bombons para essa arte em particular, mas que, por amor a mim, estava disposta a fazer o sacrifício. Acho que não passou pela cabeça dela que eu provavelmente adoraria tomar parte na tarefa. Ou talvez tenha passado. Carol é uma pessoa generosa, mas comida é realmente seu ponto fraco (ponto fraco de todos, acho). Ela não divide com ninguém. Em dias em que decide comer coisas de pacote, como Doritos ou bolacha recheada, na hora do intervalo, ela insiste para que fiquemos mais tempo no nosso canto mais isolado, assim não precisa oferecer nada para ninguém. Uma das ocasiões em que a vi mais revoltada foi quando estava comendo seu salgado e uma menina de sua turma pediu um pedaço.

– Que tipo de pessoa pede um pedaço de salgado? – ela indagou em fúria, depois de ter cedido o pedaço e a menina ter ido embora. – É praticamente o mesmo que pedir uma lambida do sorvete.

Ela balançou a cabeça, e eu pensei que pararia por ali, mas logo depois ela respirou fundo e continuou:

– Completamente inaceitável, a não ser que você tenha trocado fluidos com a pessoa em questão. E quer saber, isso é desculpa! Eu troquei muitos fluidos com meu ex e nem por isso a gente ficava dividindo comida. A não ser que fosse M&Ms ou Mentos ou algo assim. SE VOCÊ ESTÁ COM FOME, COMPRE COMIDA PARA SI MESMO. OU TRAGA BOLACHA DE CASA. SEI LÁ!

É claro que eu achei exagero. Afinal, eu mesmo passei intervalos e intervalos dividindo salgados. Mas eu a deixei falando à vontade. No geral, a Carol é uma pessoa bastante razoável, seria injusto pegar no pé dela com uma das únicas coisas em que exagera um pouco.

Pensando bem, a culpa talvez nem seja dela e sim da forma que tenha sido criada. Uma vez eu fui para a sua casa, o pai dela me ofereceu amendoim do pacote que estava comendo e eu respondi com um "não, obrigada", e ele logo rebateu com um "eu que agradeço".

De forma alguma estou dizendo que a família da Carol a criou de forma errada. Porque eu não acho isso. Nem um pouco. A família da Carol é muito legal e descolada. A Carol é muito legal e descolada.

Tão legal e descolada que nem expulsa Bárbara da sala no momento que ela entra com Thiago. João aparece logo atrás.

Nossa surpresa deve estar estampada em nossas expressões, porque Thiago já chega se explicando:

– A Bárbara queria experimentar a adrenalina do jogo.

A gente ri, fingindo achar graça, mas a situação está obviamente tensa.

Carol age rápido. Ela senta João, Thiago e Bárbara na mesa designada para Daniel, entrega as cartas deles (Super Trunfo: Aviões) e deixa com que os jogadores mais experientes lidem com a Bárbara sozinhos. Os meninos que geralmente se sentam à mesa de Daniel começam a reclamar, mas uma olhada de Carol é o suficiente para calar a boca. Em recompensa, abre uma exceção e oferece uma mesa só para eles, e os deixa escolherem a própria categoria (Super Trunfo: Helicópteros). E então ela lida com todos os outros jogadores que estão na sala.

Eu abro meu Caderno de Notas Fantásticas e pego uma caneta dentro do estojo da Carol. Mas antes que comece a escrever, repouso meu queixo na minha mão esquerda, em minha posição oficial "para pensar". Pelo menos, essa era a minha intenção. Mas em vez de pensar em aventuras da Agente C, eu me pego genuinamente observando o torneio. Vez ou outra eu me flagro pensando nessas pessoas aleatórias que vêm aqui todas as terças para jogar. Eu mal sei o nome de grande parte. Quem aqui é amigo de quem? Será que tem alguém que não é amigo de ninguém e só vem aqui pela alegria do Super Trunfo? Ou então pela empolgação da competição?

Meu olhar cai na mesa de Daniel. O tempo todo Thiago pausa o jogo por um segundo, para explicar alguma coisa para Bárbara. Ela está total fazendo aquele papel de "namorada fofa que está aprendendo algo pelo namorado só para fazê-lo feliz. Olha como sou adorável!". Se isso fosse um jogo de golfe, totalmente seriam aquele casal enroscado um no outro, sob a desculpa de ensinar como segurar o taco de forma correta e acertar a bola.

Será que ela vai gostar? Será que ela vai querer vir jogar todas as semanas? Ou será que vai odiar e proibir que Thiago apareça aqui de novo? Qual dessas opções eu prefiro? (E será que tem campo de golfe em Goiânia? Será que eu gostaria de golfe?)

O jeito que Bárbara está agindo perto de Thiago é ridículo. É basicamente a tal "marcação de território" que a gente tanto ouve falar em documentários de animais e filmes de comédia romântica. Vez ou outra ela olha para a minha direção e deliberadamente coloca uma mão em alguma parte do corpo do Thiago. Age como se nem tivesse me vendo, mas eu sei que ela está mandando mensagens para mim. COMO SE EU ME IMPORTASSE. POXA, GAROTA, PODE FICAR COM ELE TODO PARA VOCÊ. EU REALMENTE NÃO ESTOU INTERESSADA.

Eu desvio o olhar um pouco para a esquerda e vejo que João está olhando para mim. Quando ele percebe que eu vi, sorri amarelo e revira os olhos. Acho que também percebeu o jeito patético que Bárbara está agindo. Eu sorrio de volta e dou de ombros, mas ele já está com a atenção de volta em suas cartas.

Eu finalmente olho para baixo, para o meu caderno, e começo a escrever.

Meus pais sempre foram fiéis discípulos de "momentos em família". Isso significa que ninguém é autorizado a passar Natal e Ano-Novo fora de casa, é completamente proibido cancelar algum programa de família para comparecer em outro compromisso (a não ser que seja uma situação muito extrema e sem jeito), e todos os dias todos os membros da família se sentam à mesa para compartilhar a ceia, partir o pão, comungar a refeição, almoçar.
    Infelizmente (sarcasmo), desde que eu comecei a estudar no Coliseu, almoçar todos os dias em casa se tornou pouco prático. Então, os dias que eu tenho aula ou prova à tarde, eu almoço lá por perto da escola mesmo. Daí, temos as segundas-feiras, dia especial de encontrar a Marcela. Único motivo de meus pais permitirem eu almoçar fora em dia que eu poderia almoçar em casa é porque a Marcela realmente tem uma boa imagem com eles. Sempre foi estudiosa. Sabe quando um grupo combina de se encontrar para estudar e fazer um trabalho da escola e no fim das contas acaba mais conversando e brincando do que fazendo o trabalho? Isso nunca acontecia quando Marcela estava no meio. Ela sempre achou procrastinação idiota.
    – Para que ficar fazendo nada com aquela luzinha vermelha no seu cérebro o tempo todo avisando que você devia estar fazendo alguma coisa? – ela costuma dizer. – É melhor completar seus trabalhos tudo de uma vez agora e fazer nada depois, com consciência limpa.

Esse é o lado da Marcela que meus pais conhecem, e por isso que confiam tanto nela, e acham que é uma boa influência para mim e sei lá.

O mais engraçado é que eu sou aquela que traz o pior da Marcela à tona. Quer dizer, eu geralmente sou bastante tolerante com esse lado psicótico dela, mas tinha dias que eu realmente queria ficar parada, olhando para o vento. Independentemente da luzinha vermelha. Eu nunca tinha mencionado isso, até que um dia, na sétima série, estávamos na minha casa resolvendo uns exercícios de matemática e do nada eu disse:

– Gah! Não aguento mais.

Então me levantei, fui para o sofá e liguei a televisão.

Eu já estava preparando todos os meus argumentos, disposta a entrar em uma briga, certa de que Marcela me chamaria para voltar a trabalhar naquele segundo.

Em vez disso, alguns minutos depois, eu a ouvi organizando seus materiais. Pensei que fosse embora sem nem falar comigo. Mas o que ela fez foi se levantar da mesa e sentar no sofá onde eu estava. Ninguém falou nada, só ficamos ali descansando. Até a hora que a mãe dela foi buscá-la. No dia seguinte, ela apareceu com todos os exercícios prontos, então acredito que, como eu, tenha resolvido-os durante a noite. Mas desde então descobri que quando eu preciso de um tempo, a Marcela tira esse tempo comigo. Quando eu procrastino, ela procrastina junto. Por isso que nossas segundas são geralmente morgadas.

Mas hoje é terça-feira, o que significa que eu provavelmente vou morgar sozinha.

Terças e (algumas) sextas são agora os únicos dias da semana que volto para casa para almoçar. Engraçado que no começo meus pais agiam como se esses fossem os dias mais importantes da semana, o nosso dia de família. Mas agora estão muito mais indiferentes quanto a isso. É engraçado e estranho. Por um lado é um alívio, porque essa obsessão com "momentos de família" é bem irritante. Por outro, é como se eu já estivesse me desvinculando deles de alguma forma.

Minha mãe coloca a última travessa na mesa e se senta, enquanto meu pai e eu começamos a nos servir.

– Eu preciso de uma carona de volta para a escola – ela avisa meu pai.

Minha mãe é professora de segunda série numa escola pequena, não muito longe do Coliseu. Mas ela só dá aulas pela manhã, e por isso meu pai levanta uma sobrancelha.

– Uma professora do vespertino está doente, aí pediram para eu substituir.

Meu pai acena com a cabeça e volta a comer. Depois, em um lampejo de genialidade, ele olha para ela de novo e diz:

– Quem sabe, na hora de te buscar, eu possa te levar para sair. Te fazer sentir *mulher*.

Minha mãe ri e eu faço a minha reação padrão de filha enojada com o excesso de informação. Mas, na verdade, estou empolgada.

Geralmente, quando passo minhas tardes em casa, eu me tranco no quarto para mexer no computador. Minha mãe acha que estou estudando (e bem, às vezes estou, mas não *sempre*). Mas se eu for ficar sozinha em casa, eu não preciso fingir estudo! LIBERDADE! E tudo indica que meus pais vão chegar tarde. É uma situação típica *Esqueceram de Mim*. Eu seria uma tola em não pedir uma pizza de queijo. (Isso é uma metáfora. Não estou com vontade de comer pizza. "Pizza", nesse caso, simboliza "aproveitar oportunidades", *carpe diem*, coisas assim. Espero que isso tenha ficado claro.)

Assim que terminamos de arrumar a mesa, eu pego meu celular e mando uma mensagem para a Marcela.

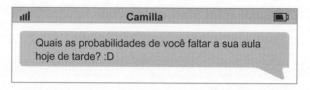

Cinco minutos depois, recebo sua resposta.

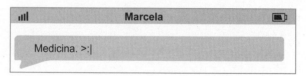

Essa é a resposta que Marcela sempre usa quando eu sugiro alguma coisa completamente estúpida. Ela diz que está estudando para passar no curso mais concorrido do universo e não tem tempo para os meus disparates. Foi interessante quando ela fez isso pelas primeiras vezes, mas parece que atualmente usa isso muito deliberadamente. Eu sugiro que a gente assista algum filme idiota, ela responde "medicina". Eu a chamo para sair comigo e com Thiago, ela responde "medicina". Eu ofereço a azeitona da minha pizza, ela responde "medicina".

(Acho que para entender esse último é importante declarar que Marcela odeia azeitonas. Sente verdadeira repulsa. Então quando eu ofereço alguma para ela, não é generosidade genuína, e sim uma piada. Não é uma piada muito boa, eu sei, mas não consigo evitar. É que nem quando alguém faz pavê de sobremesa e SEMPRE tem algum infeliz com humor de tio que faz aquela piada infame que não vou nem me dar ao trabalho de contar.)

Porém, dessa vez parece que "medicina" é uma resposta apropriada. Uma coisa é fazer a Marcela ficar de bobeira em uma tarde em que ela não tem nada para fazer. Outra é realmente convencê-la a faltar à aula. Hora do plano B.

Meus pais se despedem de mim e saem para suas vidas de adulto. Eu considero a possibilidade de simplesmente ficar em casa assistindo *Sessão da Tarde* ou algo assim. Mas parece que ficar sozinha é realmente um desperdício de oportunidade. Eu fico sozinha o tempo todo, quando minha família está aqui. (Sei que isso soa contraditório, mas não é.)

Eu pego o telefone e ligo para o Thiago.

– Opa – ele atende já sabendo que sou eu. Ele tem um identificador de chamadas, porque a mãe dele às vezes suspeita que é traída. O que é engraçado, já que Thiago acha que ela é quem trai.

– Que você está fazendo? – pergunto.

– Nada. Quer dizer, o João está aqui, a gente acabou de almoçar. Acho que a gente vai jogar videogame.

– Vocês não querem vir pra cá?

– Fazer o quê?

– Sei lá. Quando vocês chegarem a gente decide.

Thiago fica em silêncio por um momento.

– Ok, 'pera um segundo.

Eu ouço Thiago e João conversando à distância. Dois minutos depois, ele volta para o telefone.

– Tá bom, a gente tá indo.

***

Os meninos chegam vinte minutos depois, estacionando um carro na porta da minha casa.

– Vocês dirigiram até aqui?! – pergunto enquanto abro o portão.

Thiago desce do lado de passageiro e dá de ombros.

– Não tinha ninguém para nos trazer. E João é um bom motorista.

Thiago passa por mim, me dando um beijo rápido na bochecha, e entra já se sentindo em casa. João e eu ficamos para trás.

– Mas e se vocês forem pegos?

João dá um sorrisinho de lado e me cumprimenta com um beijo no rosto. Um beijo mais demorado que o do Thiago. Hum.

– É um risco. – Ele dá de ombros, entrando.

Eu balanço a cabeça e fecho o portão.

Quando entro em casa, vejo Thiago já sentado no sofá, trocando canais na televisão. João está em pé um pouco sem saber o que fazer. É a primeira vez que ele vem na minha casa, acho que está um pouco sem graça.

– Pode sentar – eu digo sorrindo. Vez ou outra consigo reunir palavras e produzir uma frase que pode ser denominada como "simpática" (adj. Relativo à simpatia. Que inspira simpatia; agradável: pessoa simpática).

João sorri de volta e se senta em uma poltrona que minha mãe gosta de sentar para corrigir cadernos de caligrafia. Eu me sento ao lado de Thiago.

– E agora? – pergunto, afundando nas almofadas.

Thiago continua a mudar os canais. Para por um segundo em um documentário sobre alces violentos chamado "Quando Alces Atacam".

– Que tal um tour pela casa? – João sugere.

Esse é basicamente o programa mais idiota que alguém poderia propor, mas não consigo pensar em nada melhor. Então, de má vontade, me levanto do sofá e João me acompanha. Começo pelo escritório, que fica numa sala na parte da frente de casa. Depois a varanda e a garagem. Depois a sala de entrada, onde Thiago ainda está mudando os canais, depois a segunda sala, onde meus pais gostam de ficar conversando com os amigos quando vêm nos visitar. À direita, tem a parte mais reclusa da casa, onde ficam os quartos e um banheiro. Eu mostro o meu. Ele faz piada envolvendo hibernação ou algo assim. A gente volta para a sala de visitas e dessa vez segue reto para a sala de jantar. João pega umas castanhas em cima da mesa e a gente continua para a cozinha. Daí, saímos pela porta dos fundos.

– E aqui é o quintal. – Eu mostro não muito entusiasmada.

– Fascinante – João comenta e abaixa para pegar Joaquim, o jabuti de estimação do meu pai. Eles se olham por um segundo, então João o coloca de volta no chão e se levanta.

Eu suspiro.

– Isso aqui está uma droga – reclamo.

– Nah, podia ser pior – João diz, e então, abaixando a voz, complementa: – A Bárbara podia estar aqui.

Eu rio.

– Sério – ele continua, ainda em voz baixa. – Essa Bárbara é louca. Hoje, antes de a gente sair da sala de aula pra ir embora, ela agarrou o Thiago por trás e ficou falando que era a mochila dele. Acho que ela pensou que ia ser engraçado ou algo assim, mas foi esquisito.

Eu rio mais ainda, mas subitamente fico séria e balanço a cabeça.

– Eu acho que ele gosta muito dela.

– É... – João concorda.

Eu me sento na cadeira-rede que Roberto deu para meu pai uns anos atrás e fico olhando para os movimentos circulares que meus pés estão fazendo. Um segundo depois, vejo os pés de João parados a centímetros dos meus.

– Quer ver uma coisa legal? – ele me pergunta.

Eu olho para cima, desconfiada.

– Isso é algum tipo de insinuação sexual...?

João ri.

– Não, não. É um teste neurológico.

– Tipo teste de Q.I.? – Eu franzo a testa. – Não estou com muita paciência pra isso, não.

– Não, não é teste de Q.I. – Ele pega as minhas mãos e me puxa até eu ficar em pé diante dele. – É tipo um teste de localização espacial e corpórea.

– Ok...

João dá três passos para trás.

– Tá. Levanta um dos seus braços, deixa bem esticado e aponta para mim.

Eu levanto meu braço direito e aponto para ele, como instruída. Ele então levanta o braço esquerdo dele e encosta seu dedo indicador no meu.

– Agora feche os olhos.

Eu obedeço.

– Estique seu braço para o lado e traga de volta para o lugar exato que ele estava. Eu afastei meu dedo um pouco, então você não vai senti-lo, vai ter que fazer isso de memória.

– Ok... – concordo ainda de olhos fechados.

Lentamente, movo meu braço esticado para a minha direita e o trago de volta até o ponto onde estava encostando-se à ponta do dedo de João.

– Agora abra seus olhos.

Eu abro e meu dedo está um pouco à esquerda e acima de onde o dedo de João está.

– Você mexeu seu dedo?

– Não. Eu juro. – Ele abaixa o braço.

Eu abaixo o meu também, um pouco assustada.

– Eu tenho algum problema?

João sorri simpaticamente e eu meio que começo a pensar que é legal quando ele faz isso. Sorri. Tipo, genuinamente, não quando está rindo ou tentando ser engraçadinho ou sei lá.

– Não, existe certa margem de erro que é normal, sabe – explica. – Mas existem umas doenças que as pessoas não têm noção nenhuma do próprio corpo e como ele ocupa o espaço e tal. Como se não soubesse onde o corpo está.

Eu concordo lentamente com a cabeça.

– Sabe, isso foi de fato legal – declaro depois de um minuto de silêncio. – Estou surpresa.

Antes que João possa responder, Thiago aparece na porta dos fundos.

– Já sei o que a gente pode fazer!

Cinco minutos depois estamos no carro indo para um supermercado.

Eu não acho que seja uma ideia boa. Não só porque vai envolver três adolescentes com zero de experiência culinária seguindo instruções de uma complicada receita francesa, mas porque eu não posso simplesmente entrar em um carro sendo dirigido por um menor de idade sem carteira e ficar tranquila. Eu adoraria ser como meus companheiros de aventura, que burlam regras e pouco pensam nas consequências de seus atos, simplesmente "aproveitam o momento". Mas esses meus companheiros não têm os pais que eu tenho. Sério, minha mãe é assustadora. Se ela sequer sonhar que eu estou envolvida em alguma atividade criminosa, acho que eu nunca mais veria a luz do dia de novo. Eu nem ia acompanhá-los. Minha intenção era apenas ensinar como chegar ao supermercado mais próximo e deixar que lidem com suas próprias peripécias ilegais.

Porém, depois de quatro tentativas frustradas de mostrar a melhor rota para chegar ao supermercado (uma delas envolvendo um mapa muito inspirado desenhado por mim), percebi que estava lidando com dois dos piores navegadores do planeta. Não sei como conseguiram chegar na minha casa! Não sei sequer como conseguem encontrar o banheiro na casa deles. Provavelmente não encontram. Devem usar fraldas geriátricas ou algo assim.

Enfim, agora estou aqui, no carro. Prestes a ser pega pela polícia, eu consigo *sentir*. Nada de futuro para mim, não mais. Tudo acaba aqui. Meu destino de agora em diante envolve apenas trabalhos comunitários e bicos diários e apostar dinheiro que não tenho em Tele Sena.

Estou sentindo um nó subindo pela garganta. O mesmo que senti quando tomei cerveja pela primeira vez (eca!) e tive certeza que meus pais descobririam (e eu ficaria de castigo eterno por causa de um troço que tem o pior gosto do universo). Acho que é pânico o nome disso.

– Pessoal, é melhor voltarmos pra casa. A gente liga para o McDonald's ou pede uma pizza.

– Camilla, pelo amor de Deus, relaxa – Thiago diz do banco do passageiro.

João olha para mim pelo retrovisor e pisca um olho, mas não diz nada.

Isso que estamos vivendo agora é repercussão de um dos maiores problemas do Thiago, além da Bárbara. Se ele coloca uma coisa na cabeça, ninguém tira. Pensando bem, posso até colocar Bárbara nessa categoria. Então, enquanto João e eu estávamos do lado de fora, tocando dedos e compartilhando fascínios com descobertas de noções corpóreas, Thiago continuava trocando de canais na sala de TV, até chegar em um programa de culinária onde o cara estava preparando... vixe, nem lembro.

– Thiago, que é que você quer fazer mesmo?

– Profiteroles! – ele responde com um sotaque francês medíocre, soando "prrofituaile".

Isso, o cara estava preparando profiteroles e Thiago ficou empolgado para fazer. O programa já estava no fim, então ele entrou no meu computador (sem minha autorização) e procurou a receita dessa coisa aí. E agora estamos a caminho do supermercado para comprar ingredientes.

Além de eu não querer estar ilegalmente nesse carro, eu não quero cozinhar. Se não é algo que já vem pronto para esquentar, eu não acho que valha a pena, independentemente de quão divino o sabor é. Mas também não quero ser a pessoa que força todo mundo a não se divertir, então desisto dos meus protestos o resto do caminho e só abro a boca para indicar onde e quando virar o carro.

No supermercado, a gente se divide para catar os ingredientes. Thiago vem comigo.

– E aí, o que você o João estavam fazendo? – ele pergunta enquanto eu empurro o carrinho.

– Ué, nada.

– Hum...

Eu reviro meus olhos.

– Pelamor, você não vai ficar nessa de "eu super senti um clima" nem nada assim, vai?

– Não, não – Thiago diz com uma risadinha, parecendo sincero. – Eu só queria saber mesmo. Sabe, interesse genuíno.

– Ah.

Ok, talvez eu esteja vivendo a síndrome de "complicada e perfeitinha", mas subitamente sinto vontade de que Thiago tivesse sentindo um clima. Não que eu queira algo com o João. Sei lá. Não consigo explicar. Mas alguém sentindo algum clima pós-dedos-se-tocando-no-quintal parece algo positivo, por algum motivo. Mas Thiago não sentiu clima nenhum, então esquece o clima, continuando.

– Ele só estava me mostrando uma coisa legal. – Eu conto e Thiago arqueia as sobrancelhas. – Sem insinuações sexuais, por favor.

***

Os profiteroles não deram certo, é claro.

A parte do creme foi ok, mas depois que colocamos para gelar e começamos a fazer a massa, o caos começou a reinar.

Deve ser ótimo ser capaz de seguir instruções, mas basicamente nós somos uns burros com isso e não há como negar. A massa ficou na panela mais tempo que deveria, e, quando a receita instruiu que mexêssemos vigorosamente, nós não o fizemos com muito entusiasmo (apesar de isso ter inspirado muitas piadas de João e Thiago). Adicionar os ovos depois de a massa (mais parecida com uma gororoba) ter virado uma bola meio consistente foi um desafio hercúleo, e no fim parecia uma bagunça bem homicida, que é uma expressão que nem deve fazer muito sentido com a situação, mas tudo bem, porque sentido não se aplica àquela coisa. Mas mesmo assim a gente colocou para assar, só que nos esquecemos de ficar mudando a temperatura de minuto a minuto e, bem, vamos pular para o final: o troço foi para o lixo.

Só que o creme parecia estar gostoso, então decidimos comê-lo com bolacha enquanto assistíamos a um filme besta na Netflix.

A gente todo apertado no sofá de frente para televisão, assistindo *Velozes & Furiosos 5 – Operação Rio* (nem perguntem, não tenho a mínima ideia como chegamos aqui, mas de algum jeito foi uma decisão unânime), quando Lenine entra em casa com Valentina no colo.

– Oi – cumprimento. – A que devemos a honra?

Lenine dá de ombros.

– Só visitando. O que vocês estão fazendo?

– Estudando.

É incrível, quando eu minto para os meus pais, praticamente tenho um ataque epiléptico. Mas é tão simples com o Lenine. A mentira simplesmente flui. Não que ele acredite nelas, como posso perceber com sua arqueação de sobrancelhas.

– Bem, não agora – explico. – Agora a gente tá descansando.

– E comendo – João complementa desnecessariamente.

– Que meleca é essa? – É assim que Lenine tem a audácia de se referir ao nosso creme delicioso feito com tanto esforço e amor.

– *Crème de profiterole.* – Thiago responde no sotaque francês idiota. Ele nem fala francês, não sei o que está fazendo.

– Hum – Lenine diz, colocando Valentina no meu colo. – Cadê meus pais?

Eu olho para o relógio na parede. Já passou das seis, então já devem ter saído do trabalho.

– Eles saíram como "um casal". – Faço o gesto de aspas.

Lenine enche suas bochechas de ar em uma expressão que é meio "estou frustrado" e meio "estou pensando".

– Escuta – ele diz, enfim –, você pode ficar cuidando da Valentina por um tempinho? Minha cabeça tá explodindo, eu preciso deitar.

Eu faço que sim com a cabeça e Lenine vai para o seu quarto. Thiago olha para mim e levanta as sobrancelhas.

– Você acha que...

Eu aceno com a cabeça de novo. Lenine deve ter brigado com a Bruna mais uma vez.

– E agora? – Thiago pergunta.

Eu dou de ombros e arrumo o cabelo de Valentina, que balança a cabeça irritada e desce do meu colo para pegar algo na mochila.

– Olha só, tia Camilla. – Ela traz uma folha de papel com um desenho da bandeira do Brasil pintada a lápis de cor.

– Nossa, você que pintou? – pergunto.

Valentina faz que sim entusiasticamente, subindo no sofá e se afundando ao meu lado.

– E eu aprendi o hino nacional – complementa, olhando timidamente para João ao seu lado. Ele sorri.

– Esse é meu amigo João – eu informo, e ele formalmente estende a mão para se apresentar.

Valentina olha para mim incerta e eu a incentivo a apertar a mão dele.

– Muito prazer, Valentina – João diz quando ela finalmente estende a própria mão. – Quer dizer que agora você é oficialmente uma cidadã brasileira?

– Hum... – ela diz meio sem graça, olhando com um sorriso vago para mim.

– Você sabe o que é cidadã? – pergunto. Ela faz que não com a cabeça. – Então vai lá pegar meu dicionário no quarto, vamos descobrir.

Valentina sai correndo e o celular do Thiago começa a tocar. Ambos vemos no visor que Bárbara está ligando.

– Oi, princesa – ele atende com a voz melosa.

Não consigo evitar o barulho de desgosto que sobe à minha garganta e reviro os olhos para João.

– Na casa da Camilla – Thiago está dizendo, e nós escutamos Bárbara perdendo a compostura do outro lado da linha. Thiago se levanta e vai para a outra sala.

– Tá tudo bem? – João pergunta.

– Ah, ela só está sendo louca, você sabe.

– Não, tipo, com seu irmão.

Eu dou de ombros.

– Sei lá. Ele anda brigando muito com a esposa, sempre que vem visitar está estressado.

– Poxa, que chato – João comenta.

É sempre desconcertante ter que revelar esse tipo de coisa para amigos. Não porque seja vergonhoso ou algo assim (bem, às vezes por isso também), mas porque eles sempre se sentem na obrigação de falar alguma coisa, mesmo quando não têm nada para falar, então acabam soltando coisas genéricas.

– É... – Eu dou de ombros. João levanta a mão e coloca uma mecha do meu cabelo atrás da minha orelha, o que é completamente desnecessário e eu começo a suspeitar de coisas.

Mas antes que eu possa comentar algo, Valentina volta com o dicionário em mãos.

– Vamos lá. – Eu a sento no meu colo. – Onde está a letra C?

– Aqui! – Valentina responde, abrindo o dicionário para mim. Eu rio e procuro rapidamente por "cidadão".

– Achei – informo depois de um segundo. – "Na Antiguidade, o que gozava o direito de cidade: cidadão romano. Membro de um Estado, considerado do ponto de vista de seus deveres para com a pátria e de seus direitos políticos."

Valentina franze o rosto para mim.

– Vixe, não entendi nada – ela declara, fazendo João rir.

Thiago aparece de volta na sala, com uma expressão de culpa.

– A gente tem que ir... – diz.

— Você não está falando sério — eu digo ao mesmo tempo em que João diz:
— Deixar a Camilla sozinha?
Thiago apenas dá de ombros.
— A Bárbara quer fazer alguma coisa agora à noite...
Silêncio tenso.
— Tá, ótimo. — Eu me levanto, colocando Valentina sentada no sofá (ela está distraída se divertindo ao folhear o dicionário), e, como uma criança pirracenta, vou a passos duros até a cozinha, coloco o resto do "cremê de não sei o quê" numa vasilha, tampo e trago de volta para Thiago levar para casa.
— Não, pode ficar... — Thiago começa.
— Não quero — interrompo. — Você comprou os ingredientes e fez a maior parte do trabalho. É seu.
— Ok — ele diz e me dá um beijo na testa se despedindo.
João se levanta e se despede de Valentina. Depois vira para mim com um meio sorriso no rosto
— Tchau. — E me dá um beijo rápido no rosto.
Eu fico na sala e só saio para fechar o portão quando ouço o carro indo embora.
— Já vai tarde — murmuro em uma pirraça estúpida, porque não tem ninguém por perto para me ouvir além da Valentina.
Se bem que, tecnicamente, todas as pirraças são estúpidas. Mas enfim.

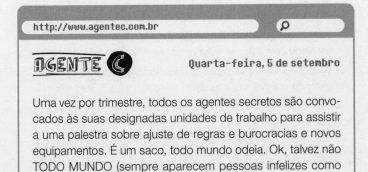

http://www.agentec.com.br

AGENTE C

Quarta-feira, 5 de setembro

Uma vez por trimestre, todos os agentes secretos são convocados às suas designadas unidades de trabalho para assistir a uma palestra sobre ajuste de regras e burocracias e novos equipamentos. É um saco, todo mundo odeia. Ok, talvez não TODO MUNDO (sempre aparecem pessoas infelizes como

Frisson, que acham importante manter um bom relacionamento com as autoridades), mas, no geral, os agentes não ligam muito para burocracia e deixam o pessoal da Inteligência corrigir possíveis erros em formulários e relatórios.

A galera da Inteligência é legal. Existia todo um potencial de ter uma rixa entre eles e os Agentes de Campo, mas eles se consideram tão superiores aos Agentes de Campo, porque são inteligentes e podem brincar com os equipamentos descolados quando quiserem sem correr nenhum risco de vida, que quando têm de arrumar alguma bagunça fiscal que algum Agente aprontou, simplesmente acham adorável e arrumam tudinho, como se fossem um bando de senhoras sentadas em uma calçada assistindo crianças serem descuidadas e tolas, mas pelo menos "aproveitando a juventude". Os Agentes de Campo não se importam com as opiniões condescendentes que a Inteligência tem deles, porque ao menos não têm que se dar ao trabalho de prestar atenção no que escrevem em formulários e relatórios.

Quanto aos novos equipamentos... todo mundo (ok, de novo, nem TODO MUNDO) é a favor do método de "aprender fazendo". Então, o saldo total dessas palestras obrigatórias trimestrais era: são inúteis.

Geralmente, a Agente C leva algum livro para ler durante essas reuniões. Com a evolução da tecnologia e a introdução de livros eletrônicos as coisas ficaram ainda mais práticas, porque agora não fica óbvio que está desrespeitando o Supervisor Geral, e ninguém tem seus sentimentos feridos.

Dessa vez, porém, esqueceu seu tablet em casa e já estava incrivelmente entediada. E a palestra nem tinha começado ainda.

– Nossa, hoje é o pior dia para assistir essa coisa – a Agente C comentou com a Agente Cupuaçu, sentada ao seu lado direito.

– Eu sei! – a Agente Cupuaçu, lixando as unhas, respondeu. – Meu namorado terminou comigo ontem.

– Mentira! – a Agente Seripaco, ao lado esquerdo da Agente C, entrou na conversa. – Mas ele parecia tão legal!

– Pois é – a Agente Cupuaçu disse. – Ele falou que eu sou muito obcecada com meu trabalho e que eu teria que escolher.

A Agente C e a Agente Seripaco balançaram a cabeça em simpatia.

– Bem, foi tarde – concluiu a Agente C.

– É! – concordou Seripaco.

– É! – exclamou o Agente Frisson do banco de trás. Ninguém o tinha chamado para a conversa, então ninguém o engajou no assunto.

– A gente devia fazer alguma coisa pra... sabe. Evitar que a palestra comece – a Agente C sugeriu.

– Tipo o quê? – perguntou Cupuaçu.

Nessa hora, o Supervisor Geral entrou no auditório.

– Já sei... só sigam minha deixa – Seripaco sussurrou.

– Bom dia – o Supervisor Geral começou. – Temos muitos assuntos a tratar hoje, então...

– SUA IDIOTA! – Seripaco gritou de repente, se levantando e olhando com ódio para Cupuaçu. – DEPOIS DE TUDO QUE EU FIZ POR VOCÊ.

Cupuaçu não perdeu a compostura.

– Não acho que aqui seja o melhor lugar para discutir esse assunto – ela disse, ainda lixando as unhas.

– Ah é?! Que lugar você acha melhor? Quando eu estiver dormindo na cama do seu irmão de novo? LÁ FICA BOM PRA VOCÊ?!

Em um movimento de fúria, a Agente Cupuaçu joga sua lixa no chão e se levanta para olhar nos olhos de Seripaco.

– OLHA COMO VOCÊ FALA DO MEU IRMÃO – ela gritou. – O MÍNIMO QUE ELE MERECE É RESPEITO.

– Ele merece muito mais que respeito e é isso que estou tentando dar para ele! EU O AMO!

A Agente Cupuaçu riu sarcasticamente.

– Querida, você não sabe o que é amor!

– Sei, sim!

– Não sabe, não!

– Sei, sim!

– Não sabe, não sabe, não sabe, não sabe, não sabe!

Mas a Agente Seripaco já não estava mais ouvindo.

– Depois de tudo que passamos juntas, o mínimo que eu esperava era seu apoio nessa situação!

– Meninas... – a Agente C tentou remediar.

– Não, C! Não é justo! – a Agente Seripaco disse, com lágrimas nos olhos.

– Justo? JUSTO?! – gritou a Agente Cupuaçu. – Justo é tentar garantir que meu irmão tenha uma vida normal! Justo é que ele encontre alguém que possa dar o que ele merece.

– Agentes... – o Supervisor Geral tentou tomar conta da situação, mas já não adiantava, todos estavam envolvidos na briga. Uns tentavam argumentar que o poder do amor é algo que vale a pena, e talvez a Agente Cupuaçu não devesse se envolver. Outros diziam que se Seripaco amava mesmo o sujeito, devia abrir mão dele, para que ele possa ter uma vida normal, sem perigos e segredos.

– Nada que você disser ou fizer vai nos separar! – Seripaco gritou. – NADA!

Finalmente, o Supervisor Geral puxou as duas para fora do auditório. Quando a porta se fechou atrás dele, todos ficaram em silêncio por um segundo. E então a sala explodiu em aplausos.

– A Cupuaçu pegou a Seripaco na cama do irmão dela? – Frisson perguntou ao ouvido da Agente C.

Ela o ignorou. Tinha achado um livro de bolso em sua bolsa.

De: Jordana Borges <jorges.publicidade@zoho.com>
Para: Camilla Pinheiro <cpinheiro@zoho.com>
Assunto: Não vou dizer que tá ruim, também não tá tão bom assim. (enviado em 6 de setembro, às 15h54)

  Camilla, não se preocupe com os problemas do meu trabalho! Eu mesma mal penso neles. Só estava ficando intenso antes porque minha chefe veio me perguntar se eu sabia de alguma coisa, e eu não sabia de nada só que ao mesmo tempo tinha suspeitas. Mas você sabe como sou paranoica. Sei lá. De qualquer maneira, agora a agência meio que me oficializou, então em vez de ser a "faz-tudo" eu estou só na parte de criação. Eu ainda sou uma estagiária e ainda "faço-tudo", mas parece que agora pelo menos tenho um foco. É engraçado trabalhar em uma agência de publicidade. Quando você tem prazos e coisas pra fazer é uma LOUCURA, mas têm umas horas que você não faz NADA, geralmente épocas que você só está mandando conceitos para clientes, e nessa área eu nem mexo muito, então muitas tardes eu fico fazendo... nada. Só mexendo no computador e atualizando meu e-mail para ver se eu tenho ordens ou algo assim. Nesse meio-tempo eu fiz um monte de *sketches* da Agente C e tal, depois mostro pra você. Ainda acho que a gente devia se unir e começar uma HQ. Ficaríamos famosas! Você tem certeza que é essa vida de engenheira que você quer?

Espero que as coisas entre seu irmão e a esposa dele estejam melhores agora que ele voltou a morar com ela. Nem sei se é válido falar que não estavam morando juntos só porque ele dormiu na sua casa uns dias. Eu não me preocuparia tanto se não fosse por sua sobrinha. Ela parece adorável, e diz a lenda que brigas e separações são bem difíceis pra filhos, né?

Sobre o seu amigo... sei lá. Não existe maneira correta de lidar com isso, acho. Vocês ficam juntos quando estão juntos e separados quando estão separados. Às vezes a amizade continua, às vezes acaba. Tipo, tecnicamente, metade do relacionamento está nas mãos dele (mesmo que você goste de falar que manda em tudo), então essa situação toda não depende só de você.

Se serve de consolo, meus amigos às vezes se afastam de mim quando estão namorando. Mas quando o namoro termina, eles voltam. Antigamente eu costumava guardar rancor, mas é realmente uma situação complexa. A gente tem que entender que eles não querem perder a gente, mas ao mesmo tempo não querem perder as namoradas. Acho que o que mais me incomoda é essa coisa de separar "a gente" de "as namoradas". O mundo seria um lugar mais bonito, se todos se dessem bem e ninguém suspeitasse da fidelidade de ninguém. MAS POBRE DE NÓS, NÃO É!

Bem, é isso. Sem querer fazer pressão, mas... CONTINUE ATUALIZANDO O BLOG! A sanidade de algumas pessoas depende disso. (Não a minha. Mas de algumas pessoas...)

Beijos,
Jorges

Eu não sei como acontece no resto do Brasil, mas aqui em Goiânia, todo 7 de setembro o Exército e os alunos do Colégio Militar marcham com uma banda em uma avenida no centro da cidade até chegar à Praça Cívica, onde fica a casa do governador onde... alguma coisa acontece. Tenho que perguntar para a Carol exatamente o que acontece, eu nunca fiquei até o fim.

Para ser sincera, eu nunca tinha ido à marcha nenhuma até o ano passado, quando conheci a Carol que, sendo ex-aluna militar, é claro que fazia questão de prestigiar seus colegas, e acabou me arrastando junto. Eu saí mais cedo da vez anterior porque meus pais tinham um churrasco para ir, e eu queria ir junto, então eles me buscaram. Dessa vez eu não tenho desculpa.

Não que eu *queira* sair mais cedo. Quer dizer, eu estou com a Carol, então, mesmo que seja super-ruim, no fim acaba sendo bom.

A gente compra uns amendoins e água de um vendedor de rua e a Carol me deixa por um momento para ir cumprimentar os amigos dela. De longe, eu a vejo conversando com uma menina que acho que se chama Mayara, ou Amanda, ou algo assim, depois pergunto para a Carol. É uma amiga dela da época de Militar, mas também são da mesma igreja. Daí, junta-se a elas nada mais, nada menos que Arthur, o ex-namorado da Carol.

Carol se vira para olhar para mim e verificar se estou testemunhando o que está acontecendo. Eu aceno para mostrar que estou vendo tudinho.

A história de Carol e Arthur é complicada, e eu nem tenho certeza se sei de tudo. Eles começaram a namorar no fim do primeiro ano. Daí a Carol conseguiu a bolsa no Coliseu e o namoro deles virou à distância. Eles conseguiram segurar por muito tempo, mas em outubro do ano passado muitas coisas relacionadas à família da Carol aconteceram, e ela estava extraestressada e acabou terminando com o Arthur porque "era demais para ela". Todo mundo achou que seria uma daquelas situações "é claro que eles vão voltar daqui a pouco", e provavelmente teriam voltado, se não fosse a burrice do Arthur de ficar em uma festa com uma menina que costumava ser amiga da Carol. Ainda mais com os rumores de que ele tinha dormido na casa dela, quando Carol o confrontou sobre o assunto, ele acabou confessando. Isso tudo apenas uma semana depois de a Carol ter terminado com ele.

De qualquer maneira, o Arthur levou toda essa coisa de "vamos continuar amigos" a sério, mesmo depois da besteira que fez. Ele age como se tudo tivesse normal, e é megaóbvio para todo mundo que ele ainda é apaixonado pela Carol. O mais esquisito disso é que ela não consegue se livrar dele. Eu não sei se ainda tem resquícios de sentimentos por ele ou se simplesmente não sabe lidar com a situação, mas sempre que ele está por perto, fingindo que tem direito de estar por perto (e às vezes, pasmem, até de sentir ciúmes de outros amigos que a Carol tem), e ela não consegue dar um basta na situação. O que é especialmente chocante levando em consideração que estamos falando da Carol, a menina que não aguenta chororô de ninguém.

Carol vem até mim com um sorriso amarelo no rosto.

– Beleza? – eu pergunto quando ela chega.

– Ah. – Ela dá de ombros. – Sabe como é...

– Como está a Mayara? – mudo de assunto.

– Maysa. – ISSO! – Tá bem. Ela perguntou de você também.

– Sério? – eu digo, genuinamente empolgada.

Carol revira os olhos.

– Eu não sei qual é a da timidez de vocês.

Eu também não. É só que essa coisa de amiga de amiga é sempre algo um pouco complexo. Você sabe que ela é legal, e quando estão todas juntas, vocês se dão superbem e interagem e é como se fossem amigas de infância. Mas querendo ou não vocês dependem da amiga em comum para essas ocasiões aparecerem. E eu sei que esse tipo de coisa pode acabar se tornando superamizade de Jeans Viajantes, mas eu quase nunca encontro com a Maysa. Sem contar que eu sou horrível e sequer consigo memorizar o nome dela. Me pergunto se ela esquece o meu também (tomara que sim, senão vou ficar muito sem graça, me sentindo mais horrível ainda).

E não sei quem Carol pensa que é para me julgar. Ela e a Marcela se adoram, e mesmo assim não têm o que Aurélio definiria como "relacionamento" (s.m. Ato ou efeito de relacionar. Amizade, intimidade: travar relacionamento com alguém).

– Ei, o que acontece no fim da cerimônia, quando o pessoal chega na praça? – pergunto antes que me esqueça.

– Nada demais – Carol responde. – No geral, o pessoal só é liberado pra ir embora. Mas tem uns que gostam de ficar pra cumprimentar o governador.

Ah. Interessante. (Não muito.)

A cerimônia de marcha começa e a Carol se mostra mais empolgada. Acho que ela sente falta do sistema militar. Não exatamente da escola, mas de ser ela mesma na escola. Ok, isso ficou confuso. O que eu quero dizer é que a Carol gosta de ter experiências, e estudando no militar ela sempre tinha uma novidade absurda para contar quando chegava em casa (do tipo "hoje eu aprendi um movimento novo em que gritam 'FRENTE PARA RETAGUARDA' e a gente tem que dar um salto virando 180° no ponto que estamos e gritar 'RÁ!'"). No Coliseu só acontece idiotice não digna de relato.

Enfim, no meio da quarta música ("Can't Take My Eyes Off You", de Frankie Valli) escutamos uma grande explosão. Carol dá um grito e aperta meu braço, e ouvimos o mesmo barulho de novo, só que um pouco mais distante. E de novo, e mais distante. E de novo, e mais distante.

A banda continua a tocar e os alunos continuam a marchar, mas todos parecem um pouco abalados. Algumas pessoas estão tentando ir embora e pais seguram seus filhos pequenos no colo. Será que foi um atentado? Daí nós percebemos que começou a chover papel. Folders de propaganda.

Eu e Carol pegamos um ao mesmo tempo. Diante de nós está uma imagem do governador muito mais jovem, vestindo uma camiseta vermelha com o símbolo comunista e um sombreiro. Sem calças (mas de cueca, graças a Deus). Na sua mão um copo de chope quase vazio. Na parte superior do folder, as palavras "VIVA LA REVOLUCIÓN!", bem assim, em letras maiúsculas. Era um folder meio idiota. Meio que escandaloso, sim, mas não exatamente prejudicial. É mais uma daquelas fotos vergonhosas de juventude. Por algum motivo, sinto um impulso de olhar para trás. E olho.

Sem erro, avisto um carro estacionado na rua que faz cruzamento com a avenida onde a marcha está acontecendo. É um modelo parecidíssimo com o do meu pai. Parecidíssimo até demais. Reconheço sua silhueta. Percebo que meu pai e seu amigo Roberto estão morrendo de rir. Meu pai me vê olhando para ele e acena. Eu aceno de volta e cutuco a Carol com meu cotovelo. Ela olha para onde aponto. Suas sobrancelhas sobem e sua expressão muda de confusão para compreensão.

– Esse é aquele amigo do seu pai?

– Sim – confirmo, notando que apesar de estar sem bigode, Roberto continua o mesmo. – Esse é aquele amigo do meu pai.

E nós duas assistimos enquanto eles ligam o carro e vão embora cantando pneu. Provavelmente para tentar ver com clareza a cara do governador.

**

Minha mãe convidou Carol para vir almoçar com a gente e ela aceitou. Então nas últimas duas horas ficamos observando meus pais conversarem com Roberto e os outros amigos comunistas deles enquanto todos comemos churrasco no quintal de casa.

Mais uma vez, por motivos de segurança, não posso contar aqui com detalhes a história mais emocionante da tarde, mas envolve a época da ditadura, uma pessoa precisando fugir e um avião adquirido de formas não convencionais.

Carol quase chorou ao ouvir essa história. Não exatamente porque era triste e cheia de lutas, mas porque estava em estado de incredulidade diante de tantas pessoas com tantas histórias empolgantes.

Nós, é claro, já tínhamos perguntado como é que eles tinham conseguido executar a peripécia de hoje, mas nenhum deles disse uma palavra. Talvez mais tarde, quando estivessem mais alterados pelo álcool.

Por agora, já estou cansada da alta exposição a interações sociais.

– Vamos para o meu quarto – eu falo para Carol, que imediatamente se levanta para se servir de sorvete. – Se você melecar a minha cama, eu juro que espalho um rumor de que você é afim do Thiago – aviso.

– Haha, como se alguém fosse levar a amante dele a sério – Carol responde.

O que prova que ser amiga de alguém sagaz tem seus altos e baixos.

***

João viajou para pescar com seu pai no feriado e levou Thiago junto. Eles faltaram segunda, terça e quarta. Então foi uma surpresa encontrá-los no Formiguinhas.

– Apareceram as Margaridas – eu digo, porque ficar fazendo piadinhas assim melhora meu humor às vezes, ok? Não me julguem. – Como foi a lua de mel?

– Haha, eu tinha esquecido a extensão da elegância do seu humor – João diz, me cumprimentando com um beijo no rosto (ele só me cumprimenta assim, agora!) e sentando-se ao meu lado.

Thiago não parece muito bem.

– Vocês chegaram muito tarde ontem? – pergunto.

– Nada, chegamos antes do almoço – João responde.

Eu franzo a testa.

– Então por que vocês não vieram hoje?

João dá de ombros.

– Porque eu não quis – ele responde. – Por que, sentiu minha falta?

Sim. Mas isso não vem ao caso. Eu me viro para Thiago.

– E você?

Ele esfrega as mãos no rosto.

– Eu fui ao cinema com a Bárbara ontem à tarde.

João e eu apenas aguardamos em expectativa. Não é exatamente uma declaração que explica muita coisa, e não existe uma resposta para ela.

– E tipo... – ele continua. – A gente estava, sabe, se beijando e tal. E, bem, eu acabei colocando a minha mão...

– LALALALALALALALALA! – cantarolo fechando os olhos e tapando os ouvidos. Quando os abro, vejo que Thiago parou de falar, então baixo minhas mãos.

– O que faz você pensar que eu quero ouvir sobre isso?!

– Você perguntou – ele responde sem entender a minha reação. João balança a cabeça em descrença.

– Isso não significa que você deva entrar em certos detalhes, seu palerma – eu rebato.

– Tá. Ok. Digamos que nós fomos além do que já tínhamos ido antes. – Ainda não gosto dos resquícios de imagens que ficaram impregnadas em minha mente, mas não adianta chorar pelo leite derramado. É melhor deixar Thiago continuar. – E eu pensei que estava tudo bem, sabe. Que ela tinha gostado. Mas aí quando a gente saiu do cinema e estava caminhando pelo parque Vaca Brava, ela terminou comigo.

OPA, REVIRAVOLTA! João e eu estamos exponencialmente mais interessados nesse episódio.

– Terminou por que, exatamente? – João pergunta.

– Ela disse que tudo estava indo rápido demais e que ela não aguentava a pressão e sei lá...

– Como assim, não aguentava a pressão? Ela não estava a fim da pegação? – Um pensamento horrível passa pela minha cabeça e eu arregalo os olhos. – Thiago, pelo amor de Deus me diz que ela estava a fim da pegação.

– Estava! – ele responde com veemência. – Eu juro, Camilla. Eu não forcei nada e fui devagar e ela estava gostando, eu juro, juro.

Ok. Bem. Sei que é só um ponto de vista da história, mas até hoje Thiago não me deu motivos para duvidar.

– Então vocês terminaram por causa disso? – pergunto. Thiago faz que sim com a cabeça e esfrega as mãos no rosto de novo.

– Mas eu não estava conseguindo dormir, sabe. Eu não queria que a gente acabasse. – Suspira. – Então eu liguei pra ela e a gente ficou um tempão conversando, sabe? E aí ela me chamou pra ir para o apartamento dela e eu entrei pela área de serviço e a gente foi para o quarto dela e ficamos...

Thiago olha para mim.

– Bem, eu fiquei lá até o dia amanhecer e depois saí escondido pra ir pra casa.

Ok. Calma.

Eu olho para João, um pouco confusa.

– Então... vocês não terminaram? – João pergunta.

Thiago faz não com a cabeça.

– Agora tá tudo bem. Só que eu estava exausto hoje de manhã, por isso faltei. – Ele se levanta. – Eu ainda tô bem cansado, pra falar a verdade. Vou beber água.

Eu assisto Thiago sair da sala.

– É impressão minha – eu digo – ou essa foi a história mais inútil já contada por algum ser humano? Minha vida seria exatamente a mesma com ou sem o relato dessa história. Nada de efeito borboleta acontecendo nesse momento. Nenhuma realidade alternativa sendo criada.

João dá de ombros.

– A Bárbara é, pra valer, bem louca – ele conclui e eu rio.

– Acho que isso já tá virando um bordão no nosso círculo social.

***

Exceto pelos dias que a gente tem torneio de Super Trunfo e/ou exercícios para fazer, Carol e eu agora passamos nossos intervalos no ponto cego. É um lugar legal, meio que dá a impressão que a gente está fora da escola, mas não está. Tipo um limbo. Um mundo paralelo. Principalmente porque terceiranistas podem se sentir bem isolados no terceiro andar da escola sem outras pessoas das outras turmas aparecendo com frequência para nos visitar. Nós temos nosso próprio refeitório no terceiro andar, então acabamos ficando com preguiça de sair de lá.

Uau, o Coliseu é separatista em todos os sentidos.

Mas, enfim, quando se encontra um lugar mágico como o Ponto Cego, que não é lotado de pessoas completamente desequilibradas por causa das pressões da escola, é incrivelmente desagradável encontrar uma dessas pessoas por lá. Principalmente se ela está chorando.

Normalmente Carol e eu sairíamos da cena do crime de fininho, sem olhar para trás. Mas a pessoa em questão era nada mais, nada menos que Ana Luísa, uma menina do segundo ano que é, pausa para efeito, a namorada do P.A. Então é claro que Carol se interessa nos acontecimentos da vida dela.

– Oi – Carol diz, enquanto Ana Luísa limpa rapidamente suas lágrimas. – Tudo bem?

Pergunta idiota, sim, mas de que outra forma podemos puxar assunto?

Ana Luísa respira fundo e começa a rir, ainda com lágrimas nos olhos.

– Não muito.

– O que aconteceu? – Carol pergunta. Eu lhe dou uma cotovelada. Mas não adianta. Ana Luísa está na lista de pessoas interessantes (P.A. não se apaixonaria por ninguém *à toa*).

Ana Luísa cruza os braços, um pouco defensiva.

– Somos amigáveis – Carol afirma, apontando para si mesma e para mim. – Você é a namorada do P.A., né?

Isso faz com que ela comece a chorar de novo. Carol vai até ela e coloca o braço em volta de seus ombros.

– Meu nome é Carol – ela diz depois de um tempo. – E aquela é a Camilla.

Eu aceno, que nem idiota, para confirmar que, de fato, eu sou a Camilla. Como se ela fosse pensar que é o nome de alguma das paredes.

– Vocês são do Clube do Super Trunfo ou algo assim, né? – Ana Luísa diz.

Ela está mais calma agora, então o contato físico entre ela e Carol é um pouco perturbador. Felizmente, Carol parece achar o mesmo e a solta.

– O Pedro acha legal o que vocês fazem – Ana Luísa continua. – É do tipo de coisa que ele gosta, sabe. Gente que não tem vergonha de brincar e tal.

Mesmo que Carol seja do tipo de pessoa que não se importa muito com o que os outros aprovam ou não, tenho certeza que está satisfeita em saber que P.A. a acha legal.

Ei, fugindo um pouco do assunto, mas sabe o que eu acho superbonitinho? O jeito que namoradas às vezes chamam os namorados de nomes diferentes que o resto do mundo. Por exemplo, a Ana Luísa chama o P.A. de Pedro, sendo que todo mundo usa P.A. o tempo todo. Meio que passa uma mensagem de que a namorada é alguém especial, que tem uma forma especial de entrar em contato com o namorado. Não que a demonstração pública de afeto não seja mensagem suficiente, mas mesmo assim. No meu ensino fundamental tinha um menino que todo mundo chamava de Pijama (nunca fiquei sabendo o porquê disso, é uma história misteriosa para pessoas do lado de fora do círculo social dele). Enfim, na oitava série ele começou a namorar uma menina chamada Yana, e às vezes ela chegava na gente falando "Vocês viram o Rafael?" e a gente ficava "Mulher, quem é Rafael?!" e aí a gente se dava conta que ela estava falando do Pijama.

Enfim, sei que pode ser idiotice que eu ache *isso* bonitinho, mas todos têm suas particularidades, NÃO ME JULGUE.

Ok, voltando.

– Vocês brigaram ou algo assim? – Carol pergunta para Ana Luísa.

– Não, não – Ana Luísa responde, finalmente decidindo confiar na gente (sei disso porque ela descruzou os braços e sou ótima em leitura de linguagem corporal). – Tá tudo ótimo. Ironicamente, isso é parte do problema.

– Ei, como é que você descobriu esse lugar? – eu pergunto, alheia aos problemas na nossa nova amiga.

– *Camilla!* – Carol me repreende. – A gente está tendo uma conversa séria aqui, deixa de ser grossa.

Ok. Eu até poderia estar sendo grossa, mas a Carol sabe que não pode me desafiar em público. Eu acabo levando para o lado pessoal.

– Grossa é você que fica perguntando coisa pra uma menina que nem conhece.

Carol está prestes a me responder, mas Ana Luísa cai na risada.

– Vocês são engraçadas – diz, fungando. Normalmente fungadas são nojentas, por motivos óbvios, mas ela faz de um jeito bonitinho.

A gente não estava tentando fazer graça, mas decidimos seguir o fluxo. Antes fazer a menina rir do que ofendê-la.

– A Sibele me falou daqui – Ana Luísa me responde. – Geralmente eu combino de encontrar o Pedro aqui, durante a aula. Porque a gente é, sabe, rebelde. – Ela dá uma risadinha.

Eu decido que gosto de Ana Luísa. Mesmo que tenha ficado implícito que ela é amiga da Sibele (eca).

– Então, continuando – Carol incentiva. – Seu problema...

Ana Luísa se encosta na parede e cruza os braços. Mas dessa vez não em um ato de defesa, mas de frustração. Pensa por um minuto e nos conta a história toda.

Resumindo, o pai da Ana Luísa era contra o namoro dela com o P.A. Ele é um cara rico do interior (acho que é médico) e ela mora aqui em uma república, por causa dos estudos e tal. Ela quer ir para alguma faculdade fora de Goiânia (ficou implícito que ela quer ir para onde o P.A. for, mas não de um jeito louco nem nada assim). Daí, quando Ana Luísa e P.A. começaram a namorar ano passado, o pai dela proibiu o relacionamento imediatamente, dizendo que ela era nova demais para namorar e que o foco dela em Goiânia era o estudo.

Mas o problema com isso tudo é que amor na adolescência é extraintenso. Francamente, o pai dela nunca ouviu falar em Romeu em Julieta? Enfim, P.A. e Ana Luísa se gostavam demais para terminar, então continuaram namorando em segredo. Daí, no feriado, a mulher que cuida da república viajou e a Ana Luísa falou para os pais dela que ia ficar "para estudar" e, claro, como qualquer outra pessoa nessa situação (digo, em um relacionamento e cheio de hormônios), chamou o P.A. para dormir com ela. No fim das contas, a dona da República (presidente? Hum, provavelmente não, porque presidente é votado, e ninguém vota na dona da República para ser dona da República. Por que chama República para começo de conversa?! Ok, calma. Foco.) apareceu por lá e pegou os dois juntos e ela foi "obrigada" a avisar para os pais da Ana Luísa o que estava acontecendo. O pai dela, obviamente, ficou muito IRAAAADO e disse que assim que o ano acabasse ela voltaria para casa e terminaria o ensino médio lá.

Ana Luísa está desesperada não só por causa do namoro. Na verdade, acho que essa é a menor das preocupações dela, porque parece bem confiante que um relacionamento à distância entre os dois daria certo, e quem somos nós para dizer o contrário? O que realmente a atormenta é o vestibular. Ela não acha que tenha chance de passar se terminar o ensino médio em algum colégio no interior.

O que é outra coisa bem intensa. Não sei se isso é verdade ou não, mas os professores vivem enchendo nossas cabeças de como nós deveríamos estar gratos porque estamos em um grupo de pessoas que têm mais chances de passar no vestibular (e no meio desses discursos sempre começa um debate sobre cotas em universidades e são sempre os mesmos argumentos superficiais dos dois lados, e supercansativo, demora tanto que às vezes dá tempo de eu escrever pelo menos duas histórias no Caderno de Notas Fantásticas). Todo mundo enfia tanto na nossa cabeça que estamos recebendo simplesmente a melhor das melhores educações disponíveis. Uma vez ouvi um professor dizer que em outros estados o povo considera os japoneses e os goianienses como os "ladrões de vagas". Outro professor falou que nossa escola é a escola com mais dias letivos do mundo, perdendo só para as mais difíceis do Japão. Eu não tenho a mínima ideia de por que isso é um motivo para se vangloriar, mas é o jeito que as coisas são.

E aí isso entra na cabeça, e quando surge alguma ameaça de que a gente vai ter que mudar de escola, vem o pânico. Aconteceu isso comigo no fim do primeiro ano, quando minha mãe estava achando difícil demais pagar a mensalidade e estava pensando em me colocar em uma escola mais barata. Eu realmente achei que minha vida ia acabar. Não conseguia me imaginar passando no vestibular se estivesse estudando em uma "escola de burros". É claro que foi a Carol que mudou essa ideia idiota na minha cabeça, mas a Ana Luísa não tem uma Carol na vida dela. Bem, ela tem um P.A., mas isso parece estar mais atrapalhando que ajudando.

– E se você pedir uma bolsa pra escola? – Carol sugere.

– Uma bolsa? – Ana Luísa repete.

– Sim – Carol confirma. – Eu consegui uma, e você é uma aluna bem melhor que eu.

– Você conseguiu uma bolsa porque é parente de um professor – comento.

– Sério? – Ana Luísa perguntou surpresa. – Quem?

– João Leandro, de literatura – ela responde. – E ele não é meu parente, ele é tio do namorado da minha irmã.

– Eu gosto do João Leandro – Ana Luísa comenta. – Ele não fica nessa de fazer gracinha e ser amigo do aluno. E ele sabe de tudo.

Motivo exato de Carol e eu gostarmos do João Leandro. E por isso nós começamos a gostar ainda mais da Ana Luísa.

– Olha, a gente pode fazer um abaixo-assinado – Carol fala. – O P.A. é superpopular, você sabe. Muita gente assinaria, seria facinho.

Ana Luísa balança a cabeça, considerando.

– E onde eu moraria?

– Você não tem nenhum parente aqui? – eu pergunto.

Ela faz que não com a cabeça.

– Nenhuma amiga com quem você poderia ficar? – Carol sugere. Mas ela sabe que por mais próximo que você seja de alguém, não pode simplesmente chegar na família dessa pessoa e pedir para morar com eles.

– Talvez – Ana Luísa diz e o sinal toca. – Eu vou falar com o P.A., pensar e tal.

A gente fica quieta por um momento ouvindo o barulho do pessoal do outro lado da parede voltando para as salas de aula.

– Bem... – diz Ana Luísa desencostando da parede e indo para o buraco. Antes de passar, ela nos olha e sorri. – Obrigada, meninas.

E vai embora.

Carol olha para mim.

– Uau.

– O quê?

– Até o P.A. tem problemas.

De: Camilla Pinheiro <cpinheiro@zoho.com>
Para: Jordana Borges <jorges.pinheiro@zoho.com>
Assunto: Sei lá, sei lá. (enviado em 13 de setembro, às 22h27)

Querida Jordana, seria mesmo adorável começar uma HQ da Agente C, tenho total confiança de que seríamos um sucesso absoluto. E famosas! E logo acabaríamos no mundo das drogas e loucuras e nos envolvendo com homens violentos que inevitavelmente teríamos que matar e esconder os corpos. Esse segredo traria uma tensão tão terrível pras nossas vidas que nós brigaríamos constantemente e nos afastaríamos e ficaríamos sozinhas, e uma de nós ia acabar se matando ou morrendo de overdose, e nossos fãs, coitados, nunca teriam a continuação (final?) das aventuras da amada Agente C e tudo seria um desastre, provavelmente começo da terceira guerra mundial etc. Como você pode ver, eu na engenharia é por um BEM MAIOR.

Ok. Então devo dizer que acho que tenho notícias. Tipo, do tipo de notícia que eu não tenho normalmente.

É possível que alguma... empreitada romântica esteja acontecendo na minha vida no momento. É um menino da minha turma que senta atrás de mim. Eu não sei exatamente o que tá acontecendo, mas às vezes acho que ele, talvez, quem sabe, esteja interessado. E eu acho que talvez, quem sabe, eu esteja interessada. Nada aconteceu de verdade, sabe? Mas houve um momento de tocar dedos que soa idiota em palavras, mas na hora pareceu intenso. E sei lá, a gente conversa muito mais agora. Sei lá, sei lá.

Eu nem sei se quero alguma coisa com alguém, porque seria perda de tempo de qualquer maneira. Eu já tenho que lidar com estudos e minha família e os dramas dos meus amigos e sei lá. E é provável que a gente vá pra faculdades em cidades diferentes, e enfim. Eu não falei disso nem com a Marcela, nem com a Carol nem com ninguém. Parece tão besta. Você já percebeu o tanto que é besta virar pra alguém e falar "eu acho que gosto de fulano"? Admitir sentimentos é uma coisa muito... inadequada, acho? Às vezes é melhor quando alguém simplesmente percebe quando algo está acontecendo e aí tudo já fica subentendido e não é necessário ter a conversa horrível onde você expõe e rotula sentimentos. É fácil falar para você porque não estou te olhando e a gente nunca se encontra, então é praticamente como se estivesse falando comigo mesma. A parte boa é que as respostas são muito mais interessantes que as respostas que meu consciente elaboraria.

Mas, enfim, acho que ninguém vai "perceber" que eu esteja talvez, quem sabe, interessada em alguém. Eu simplesmente não sou o tipo de pessoa que passa por isso com frequência. Isso pode ser uma bênção, mas também uma maldição.

De qualquer maneira, acho que vou é deixar de lado mesmo. Nem sei se essa coisa é uma coisa de verdade. Tá mais com cara de coisa nenhuma.

Bem. É isso por enquanto.

Beijos,

Capim.

 Sexta-feira, 14 de setembro

Era um daqueles dias esquisitos em que a Agente C acabava chegando de formas misteriosas em lugares peculiares da internet.

A página da Wikipédia que ela tinha aberto dizia:

"Tchoukball (pronuncia-se chukebol) é um esporte coletivo indoor sem contato físico desenvolvido na década de 1970 pelo biólogo suíço Dr. Hermann Brandt, com o objetivo de ser uma ferramenta para trazer paz às equipes."

Era fascinante para a Agente C que alguém projetasse um jogo específico onde os atletas não se machucassem. Não só fascinante, mas... adorável. Adrenalina não é um dos maiores incentivos em praticar algum esporte? Adrenalina e aquele outro hormônio que deixa você feliz quando malha. Como chama mesmo? A Agente C procurou.

Endorfina, isso. Se bem que endorfina ainda pode ser liberada em uma partida de tchoukball. Será que adrenalina também? Será necessário perigo para liberação de adrenalina, ou só empolgação é o suficiente? A Agente C não estava curiosa o suficiente para pesquisar. Em vez disso, continuou lendo as informações na página.

"O tchoukball foi criado após Dr. Hermann Brandt perceber que vários atletas se lesionavam na prática de atividades físicas. Dr. Brandt decidiu, então, criar um esporte que não permitisse contato físico, como forma de construir uma sociedade humana viável."

– Gente, que coisa! – a Agente C comentou em voz alta para ninguém em particular. Olhou para o celular e considerou seriamente em ligar para a Agente Seripaco para conversar sobre o assunto.

Antes que pudesse se decidir, porém, Raposa e Falcão entraram na sala.

Ah, sim. Com toda essa empolgação com tchoukball, não foi mencionado que a Agente C estava na casa de seus arqui-inimigos Raposa e Falcão. Eles tinham roubado alguma coisa blá-blá-blá nuclear que deixou o Agente DocEn completamente DESESPERADO, então ela foi designada para uma missão de última hora, em seu dia de folga, porque já é familiar com os criminosos e tudo o mais.

De pirraça, decidiu comer as coisas boas que tinham na geladeira e futricar o histórico da internet deles. E foi aí que ela encontrou esse incrível artigo.

– Que você está fazendo aqui? – Raposa perguntou, jogando a bolsa no sofá.

A Agente C revirou os olhos e nem se deu ao trabalho de responder. Do canto do olho, viu Falcão pegando algo no bolso.

– Calma, antes de qualquer coisa, deixa eu te perguntar sobre isso aqui.

Falcão se aproximou dela com a testa franzida. Por cima do ombro da Agente C, viu o que ela estava olhando.

– Ah, sim – ele disse como se entendesse completamente a fascinação da Agente C. – Meu sobrinho ouviu falar disso na escola e me contou. Achei muito curioso.

– O quê? – perguntou Raposa, também se aproximando e lendo. – "Paz às equipes"? Que graça tem isso?

– Não sei, mas parece que é o que o pessoal de Taiwan gosta! – a Agente C comentou, maravilhada.

– A minha parte favorita é a "Cartilha do Tchoukball" – contou Falcão, apontando para um canto inferior na página.

– "... exclui qualquer esforço por prestígio", as pessoas gostam disso? – Raposa estava descrente.

– Claro! – a Agente C disse, rindo. – Afinal, é um exercício social mais que uma atividade física.

– Puxa – comentou Raposa. – Que coisa.

Os três ficaram em silêncio, absorvendo a informação.

– Então... você sempre soube onde a gente morava? – perguntou Falcão.

A Agente C fez que sim com a cabeça e fechou as janelas no computador.

– E você sabe nossos nomes? – perguntou Raposa.

– Sim, sim – disse a Agente C. – Mas não se preocupem, eu prefiro Raposa e Falcão.

– Por que você nunca prendeu a gente? – Falcão parece chocado.

A Agente C deu de ombros.

– Sei lá, ia dar trabalho. E eu sempre acabo parando os crimes de vocês, então...

– Você veio buscar o reator nuclear – Raposa quis saber.

– Sim. Vocês vão me dar?

– Sinto muito, mas já temos um comprador esperando – Falcão declarou.

A Agente C suspira.

– Ok – ela disse e eles começaram a lutar.

Na segunda-feira, P.A. e Ana Luísa vêm ao Ponto Cego para falar comigo e a Carol. Nós, por outro lado, estamos bem concentradas no nosso jogo de dominó, então levamos um susto quando os vemos.

– Dominó? – pergunta P.A. rindo. – Isso é jogo de velho.

Certo. Ok.

Apesar de a gente se conhecer e já ter trocado algumas palavras uma vez aqui, outra ali, essa é a primeira vez que estamos tendo uma interação assim tão direta com Pedro Augusto, principalmente num lugar tão... remoto. Estreito, até. Não é como se estivéssemos apertados, ralando coxa, mas de certa forma estamos perto demais.

Na nossa cabeça, P.A. sempre foi mais que um menino legal da escola. Ele é meio que nosso herói. E a gente já passou tanto tempo falando dele, acho que virou meio um ideal. E todos sabem que o que é ideal acaba sendo destruído pela realidade. Então Carol e eu estamos vivenciando um ritual de passagem nesse momento.

Logo, ninguém pode nos culpar por termos ficado paradas, olhando para P.A. e Ana Luísa com (talvez, mas espero que não!) as bocas entreabertas e sem saber o que dizer.

– Eu contei a sua ideia para o Pedro – Ana Luísa diz, finalmente.

– É. De fazer o abaixo-assinado e tal – P.A. completa.

Carol e eu nos levantamos do chão e limpamos nossas calças. Acho que Carol ainda não sabe o que dizer, então eu decido pular no abismo primeiro.

– Qualquer pessoa pode gostar de dominó – declaro.

Carol olha para mim em descrença.

– Dentre a infinidade de coisas que você poderia falar, é isso que você escolhe? – ela sibila. – Ninguém se importa com o dominó.

– Olha, eu só queria deixar claro, tá? É ok gostar de dominó. É ok gostar do que a gente quiser – explico. – A vida é nossa.

– Ele não estava repreendendo a gente, sua pamonha. Era só um comentário – Carol sussurra.

– Eu também só estou fazendo um comentário – rebato.

– Sim, mas... – Ela não termina porque Ana Luísa começa a rir.

– Desculpa – ela diz. – É que vocês parecem duas senhoras mal-humoradas em um asilo ou algo assim.

– Você está falando isso por causa do dominó? – pergunto, um pouco alterada. Qual é o problema desses dois? Dominó é superdescolado e eu, geralmente, venço. O que aumenta significativamente a emoção do jogo.

– Esqueça o dominó! – Carol diz exasperada, fazendo Ana Luísa cair na risada de novo, P.A. junto com ela.

Eu olho para Carol sem saber exatamente o que fazer. Ela olha para os céus pedindo paciência. Mas só encontra o teto encardido do túnel em que estamos.

– Então – ela quer saber –, minha ideia?

– Sim – P.A. se recompõe –, bem, a Ana me falou que você tem uma bolsa de estudos.

Carol afirma com a cabeça.

– Então, você conseguiu isso porque você é parente de um professor, certo?

– Não sou parente! – ela diz, frustrada.

– O João Leandro – eu digo ao mesmo tempo.

– Isso – P.A. prossegue. – Você acha que consegue o apoio dele para o nosso abaixo-assinado?

Carol e eu nos olhamos. A gente adora o João Leandro. De todo o coração. Mas ele não é exatamente uma pessoa acessível. Ele é bem intimidante, para falar a verdade. Dentro e fora de sala. Você pode chegar nele para fazer perguntas sobre a matéria, é claro (a não ser que seja uma pergunta que mostre claramente que você não estava prestando atenção. Nesse caso, você está ferrado). Mas ninguém chega no João Leandro simplesmente para "bater um papo".

– Eu posso tentar... – Carol fala, incerta.

– Ótimo – P.A. responde.

Todos nos olhamos em um momento desconcertante de silêncio.

– Então... – Eu quebro o clima. – Você tem um plano?

– Mais ou menos – Ana Luísa explica. – A gente vai passar a semana pegando assinatura de pessoas e tal. Daí na sexta ou no sábado a gente vai até a sala do Braz com o João Leandro, se ele aceitar, ou com algum outro professor que a gente conseguir, tentar convencê-lo a me ceder uma bolsa.

– E se você conseguir, já pensou onde vai morar?

– Ainda não...

– Comigo – P.A. diz ao mesmo tempo.

Opa. Tensão! Assuntos inacabados! Dramas! Carol olha para mim e arqueia as sobrancelhas.

– Antes de você ter falado da sua ideia para a Ana – P.A. explica –, eu meio que já estava pensando em soluções para o problema. E uma delas... bem, a única que tinha conseguido pensar, na verdade, envolvia conversar com meus pais para pagarem a escola da Ana e deixar que ela more com a gente.

– O que é um absurdo, claro – Ana diz. – Como se nosso namoro já não tivesse problemas suficientes.

Bem, essa é claramente uma conversa em que Carol e eu não deveríamos participar. Então ficamos quietas, assistindo.

– Olha – ela diz para a gente, mas claramente tentando vencer uma briga com P.A. –, ano que vem ele provavelmente vai estar em alguma faculdade fora de Goiânia e eu vou morar de favor com meus sogros, que eu só vejo por uns cinco minutos por semana. E olhe lá! E se a gente terminar?

– A gente não vai terminar – P.A. afirma, mas não de um jeito brega de pessoa ingênua que não sabe nada da vida e pensa que amor adolescente dura para sempre. Mas de um jeito simples e convicto, como o de alguém que já achou o valor de uma variável em um exercício particularmente complexo de matemática, e já fez o teste com esse valor para averiguar se a equação faz sentido.

Então é óbvio que, mesmo sendo pessoas bastante maduras e discretas, Carol e eu não conseguimos conter o nosso "aaawww".

Ana Luísa revira os olhos.

– Sim, sim. Muito fofo. – Ela mexe as mãos, inquieta. – Mas estou simplesmente sendo prática, ok? Vamos primeiro resolver essa coisa da bolsa e depois a gente pensa nos detalhes.

Carol decide que essa é a melhor hora de deixar os pombinhos a sós com suas discussões.

– Tá, então a gente vai lá falar com o João Leandro.

– Como é? – Eu fico surpresa. Não estou preparada psicologicamente para tentar uma interação com o João Leandro nesse momento.

– Vamos logo – Carol diz, puxando meu braço.

– Espera! – P.A. chama e nós nos viramos para escutá-lo. – Seu dominó?

– Ah, sim. – Eu me abaixo e começo a catar minhas peças de dominó que estão no chão mais para o meio do corredor. Todos ficam me assistindo, então eu meio que fico constrangida. Será que ninguém pode puxar um assunto enquanto estou nessa posição vulnerável?

Aparentemente não, porque termino o serviço ouvindo nada além do silêncio.

Acho muita falta de consideração, depois de tudo que já fiz e/ou estou prestes a fazer por eles. Mas não sou de guardar rancor.

Quando Carol e eu estamos saindo, vejo Ana Luísa e P.A. se aproximando, provavelmente para uma sessão de pegação, e, por um milésimo de segundo, assim, bem rápido mesmo, eu imagino João e Sibele aqui, se pegando também. Mas é tão rápido que é fácil de tirar isso da minha mente e focar apenas no estresse de ter que me encontrar com o João Leandro fora da sala de aula.

**

Conversar com João Leandro não foi tão horrível quanto pensei. Principalmente porque a Carol foi quem mais falou. Ok, ela foi a única que falou. Mas acho que fiquei sorrindo meigamente lá no pano de fundo, e quem sabe essa imagem tenha influenciado na resposta, que foi sim, claro, adoraria ajudar.

Então, o resto da semana nós fomos de pessoa em pessoa falando da situação difícil da Ana e pedindo assinaturas para a nossa lista. Como previsto, o nome do P.A. foi um fator mágico, então todos estavam dispostos a ajudar.

Na quarta-feira, enquanto pedimos assinatura para o pessoal do Formiguinhas, João diz estar impressionado com meus esforços.

– Por quê? – pergunto na defensiva. – É muito difícil acreditar que eu possa me importar com alguém? Você não consegue me imaginar fazendo trabalhos filantrópicos?

– Não! – João ri. – Por que você sempre pensa o pior? Estou só elogiando.

– Ah. – Sinto meu rosto esquentar. – Hum.

E vou atrás de mais assinaturas.

Definitivamente não vou incentivar qualquer tipo de sentimentos românticos. Definitivamente. Provavelmente.

Enfim, no fim da semana a gente entrega todas as assinaturas que conseguimos para o P.A., que fica de conversa com João Leandro para combinar um dia para ir até o Braz. Tudo que a gente pode fazer agora é esperar.

***

Sábado no fim da tarde, depois da minha prova, Lenine me busca no colégio, porque meus pais viajaram para o interior para resolver algo do trabalho do meu pai que não sei exatamente o que é. Minha mãe foi junto porque os dois gostam de passar praticamente todo o tempo juntos. O que é adorável, eu sei, mas tento não pensar muito no assunto.

Valentina está no assento especial dela no banco de trás, então eu me sento com ela.

– Oi, Tina!

– Tia Camilla, a gente vai comer pizza hoje! – ela me conta empolgada.

– Ah, é? – Eu olho para o Lenine pelo retrovisor para confirmar.

– Estou com preguiça de fazer compras e cozinhar – ele explica.

– Eu que não vou falar "não" para pizza! – respondo, fazendo caretas para Valentina.

Lenine tinha decidido juntar o útil ao agradável (apesar de não ter nada de agradável nessa situação) e dormir lá em casa enquanto meus pais viajam. Mas eu não sabia que a Valentina ia ficar com a gente. Não que eu esteja reclamando, mas eu estou começando a achar que ela passa tempo demais comigo. Só que tempo nenhum com a Bruna. Não é normal a mãe ficar longe da filha esse tempo todo, é? Uma parte de mim quer perguntar para o Lenine o que anda acontecendo com eles nesses últimos tempos, mas não me sinto no direito.

131

Mesmo sendo irmã. Mesmo que as coisas que estão acontecendo na vida dele estejam afetando diretamente a minha vida. Então, quando chegamos em casa, eu não digo nada, só coloco o DVD da *Galinha Pintadinha* (pela centésima vez) para assistir com Valentina enquanto Lenine liga para a pizzaria.

Meu Deus, como as crianças conseguem ouvir essas músicas repetidas vezes? Isso é o inferno na Terra para qualquer um. Mas tenho que confessar que estou arrasando nos meus passos do galo carijó e a Valentina morre de rir toda vez que eu grito "popopó". Antes, porém, que a música chegue ao ápice, a gente ouve uma gritaria. Lenine se levanta meio assustado e pede para eu não sair de casa. Mas assim que ele abre a porta eu reconheço a voz de Bruna.

Eu me levanto e quando chego à garagem, ela já está atacando Lenine.

– EU NÃO VOU PERMITIR QUE VOCÊ ME TRATE DESSE JEITO, SEU VAGABUNDO! – ela grita descontroladamente, agitando os braços no meio da rua. – EU NÃO SOU UMA CRIANCINHA QUE VOCÊ TEM QUE CONTROLAR!

– Bruna, por favor...

– NÃO FALA MEU NOME – ela interrompe. – NÃO FALA DROGA NENHUMA. EU NÃO QUERO OUVIR DROGA NENHUMA SAINDO DA SUA BOCA!

De onde eu estou, consigo ver algumas pessoas aparecendo nos portões de suas casas para verificar o que está acontecendo, e eu sinto uma vergonha súbita e violenta, e acho que nunca na minha vida eu odiei a Bruna como nesse momento.

Lenine destranca o cadeado do portão para Bruna entrar e pede para eles resolverem isso dentro de casa.

– AH, QUER DISCUTIR DENTRO DE CASA, É? QUER SE ESCONDER? TEM VERGONHA DAS COISAS QUE VOCÊ FAZ? – Ela olha em volta, rindo maniacamente. – ELE ESTÁ COM VERGONHA DE REVELAR QUEM REALMENTE É!

Eu sinto alguma coisa na minha perna e olho para baixo e vejo Valentina abraçada ao meu joelho.

Eu penso: ela vai se lembrar desse momento pelo resto da vida.

E eu penso: ela não merece isso.

E eu penso: isso é traumático para mim. Isso é traumático para ela.

Eu sinto pânico, e raiva, e vergonha, e tristeza, e desespero, tudo ao mesmo tempo. Enquanto Bruna entra em casa ainda gritando com Lenine, coloco Valentina no braço e vou em direção ao quarto dos meus pais.

– AONDE VOCÊ PENSA QUE VOCÊ VAI COM MINHA FILHA?

Eu congelo.

– Bruna, não grita com a minha irmã – Lenine pede.

Ela começa a rir loucamente de novo e eu tento sair mais uma vez.

– NÃO – ela grita novamente. – SE VOCÊ QUISER SAIR, NÃO ESTOU NEM AÍ, MAS MINHA FILHA FICA. ELA TEM QUE SABER QUEM O PAI DELA É DE VERDADE!

Meus olhos se enchem de lágrimas. Valentina está abraçada forte ao meu pescoço, mas bem quieta, bem quieta. Eu não sei o que fazer, então olho para Lenine. Ele também está prestes a chorar, e eu não sei se sinto pena ou raiva do desamparo.

– Bruna – eu digo, tentando soar calma, mas minha voz sai fraquinha, fraquinha –, eu sei que vocês têm coisas pra resolver. Mas acho que essa gritaria é ruim pra uma criança de três anos.

– Eu tenho três anos – declara Valentina, que sempre gostou de exibir sua idade com os dedos.

– Sabe o que não é bom pra uma criança de três anos? – Bruna questiona. – Esse homem. ESSE CARA É UMA MERDA PRA QUALQUER PESSOA QUE CRUZE SEU CAMINHO. E O AZAR É O MEU DE ESTAR NO LUGAR ERRADO NA HORA ERRADA NO DIA QUE TE CONHECI, SEU IDIOTA, EU TE ODEIO, EU ODEIO A SUA

133

FAMÍLIA. VOCÊ SÓ ME FAZ MAL, EU NUNCA FUI FELIZ, EU PENSO EM MORRER O TEMPO TODO...

Bruna está completamente focada no Lenine agora, então eu aproveito a oportunidade e saio de fininho com Valentina.

No quarto dos meus pais, coloco a menina na cama e tento pensar no que fazer. Ela ainda está bem quieta, sentada comportada na cama. Eu pego meu celular e ligo para Fran.

– Pois não, princesa – eu a ouço dizer e, por algum motivo, isso é o suficiente para fazer minhas lágrimas começarem a cair e de repente eu estou chorando para valer.

– Fran... – consigo dizer entre soluços. – Você pode vir me buscar?

***

Eu consigo sair escondida pela janela junto com Valentina, e a gente espera por Fran na rua. Em poucos minutos, ela chega com a Marcela, ambas parecendo bastante preocupadas, o que me faz chorar de novo. A gente entra no carro, e ninguém me faz perguntas, só me deixam chorar por enquanto.

– Não chora, não chora, titia – Valentina diz enquanto coloca suas mãozinhas em meu rosto, e isso me faz chorar mais ainda, mas eu tento sorrir.

Depois de uns dez minutos de Fran dando voltas em quarteirões no meu bairro, consigo me acalmar.

– Obrigada – agradeço, finalmente.

– Para onde vamos? – Marcela pergunta.

Eu olho para Valentina.

– Você ainda quer pizza?

Ela sorri imediatamente e faz que sim com a cabeça, empolgada.

– Pizza, então! – Fran anuncia. – A propósito, Camilla, eu tenho uma pergunta muito séria pra fazer.

Eu aguardo.

– Por acaso nós estamos sequestrando essa criança? – ela pergunta.

Sua intenção é me fazer rir, e dá certo.

– Quer saber? Eu acho que sim.

Eu a vejo arqueando sobrancelhas pelo retrovisor e ela pisa mais forte no acelerador.

***

Nós temos uma hora exata de paz até Lenine ligar para perguntar onde eu estou. Ele afirma que Bruna está bem mais calma agora e pede para eu voltar com a Valentina porque ela está preocupada.

Chegando em casa, vejo Lenine esperando no portão. Eu desço do carro e entrego Valentina para ele.

– Tudo bem? – ele pergunta para mim. Eu afirmo com a cabeça.

– E você? – pergunto de volta. Ele dá de ombros.

– Escuta! – Fran diz do carro. – Tudo ok se a Camilla dormir na casa da Marcela hoje?

Lenine olha para mim.

– Você quer ir?

Eu olho para Valentina.

– Olha, eu não quero parecer crítica nem nada, mas você tem certeza que é ok a Valentina ficar com a Bruna desse jeito?

– Ela está bem calma agora. Se sentindo um pouco mal com tudo que falou na frente dela. – Lenine suspira, cansado. – Eu acho que... sei lá. Isso não é normal, é?

Eu faço que não com a cabeça.

– Sei lá. Você que é o enfermeiro aqui.

– É...

A gente fica um tempo em silêncio constrangido.

– Então tá – finalmente digo. – Vou pra casa da Marcela. Mas qualquer coisa, me liga.

Eu começo a caminhar de volta para o carro.

– Ei! – Lenine me chama. Eu me viro. – Você não vai pegar suas coisas?

Eu dou de ombros

– Eu tenho coisas na casa dela, já.

– Ah, sim. – Ele parece desconcertado. – Camilla.

– Sim?

– Desculpa.

Eu apenas dou de ombros e encaro meus pés, meio sem graça.

– Camilla – Lenine me chama de novo. Eu levanto o rosto um pouco impaciente. – Obrigado.

Eu sorrio com tristeza e entro no carro.

***

Eu preciso me distrair de toda a situação com a Bruna, então acabo contando minhas suspeitas de sentimentos para com João para Marcela e Fran enquanto comemos brigadeiro de colher deitadas no chão da sala, às três da manhã.

– Eu acho que nunca te vi apaixonada antes – Fran declara.

– Não está me vendo apaixonada agora – respondo na defensiva.

– Eu acho que a última vez que a vi com sentimentos foi... sétima série? – Marcela diz. – Nem lembro o nome dele, era um menino do seu inglês...

– Tarcísio – eu ajudo (Deus sabe por quê).

– Isso! – Marcela continua. – E depois disso só aquele fiasco da festa de 15 anos. Mas aquilo nem envolveu sentimentos.

– E sentimentos não estão envolvidos agora! – reforço. – Eu não estou apaixonada.

Fran se senta e puxa o laptop de Marcela.

– Qual o nome dele mesmo?

– João Victor...

Marcela olha para mim. Suspiro derrotada.

– Lustosa – completo.

Fran abre a página dele no Facebook.

– Opa, gatinho, hein! – comenta, e eu não sei se devo sentir vergonha ou orgulho, então acabo sentindo os dois.

– Então, quando é que vocês vão fechar negócio? – Marcela pergunta.

Meu rosto esquenta.

– Nã-não sei – gaguejo. – Quer dizer, nunca! Provavelmente. Não pretendo alimentar essa ameaça de começo de talvez sentimento.

Marcela e Fran riem do meu exagero.

– Sei lá – eu concluo. – Não parece sábio.

O celular de Fran começa a tocar.

– Cruzes – digo, aliviada pela atenção ter se desviado de mim. – Quem poderia ser uma hora dessas?

– É a Vanessa – Fran diz, atendendo. – Oi, Nessa... Ah, sim. Oi, Sabrina... Sei... Aqui onde?... Sim, mas em que lugar?... Uhum... Acho que sei... Tá, eu chego daqui uns quinze minutos.

Fran desliga o telefone, rindo e balançando a cabeça.

– Qual o problema da vez? – pergunto.

– Vanessa está bêbada demais pra dirigir para casa, e o pai dela não atende o telefone, então ela está pedindo pra eu ir buscá-la. – Fran olha para Marcela. – Tudo bem por você?

– Claro – Marcela diz, e depois, sentando-se de repente, completa. – A gente pode ir junto?

– Uai, pode – Fran concorda colocando calça jeans por cima de seu pijama. – Mas não vai ser nada glamoroso.

– Não importa! – Marcela diz, empolgada, me chutando do chão. – Vamos, vamos, vamos!

E nós três saímos vestindo pijamas e jeans.

No carro, Marcela coloca Guilherme Arantes para tocar, então é claro que somos obrigadas a cantar junto, com todo o coração.

– EU NEM SONHAAAVA, TE AMAR DESSE JEITO!!! HOJE NASCEU NOVO SOL NO MEU PEITO!

Arte! Poesia! Amor! Aventura! Amizade!

Fran e eu nos cansamos depois da segunda estrofe, então Marcela, sozinha, continua cantando as repetições enquanto conversamos.

– Para onde a gente está indo?

...VOU APRENDENDO QUE AMAR VALE A PENA!

– É uma festa na casa de um amigo nosso que é aqui perto. Mas a casa da Vanessa é bem longe, é num condomínio lá para as bandas do Flamboyant – Fran explica.

...QUE ESSE DIÁLOGO É MUITO IMPORTANTE.

– Por que você não foi para essa festa também?

...POSSA EXPRESSAR O MEU SÚBITO AMOOOOR!!!!!

Fran ri de Marcela antes de me responder.

– Eu ia, mas decidi ficar com vocês. Mas nem precisa ficar se sentindo culpada nem nada disso. Eu geralmente nem curto muito essas festas, e achei que todos sairiam ganhando se eu ficasse em casa.

Eu mostraria minha gratidão, mas nesse momento a música chega a seu ápice, em que repete e interrompe a si mesma, e todo mundo precisa cantar, é mais forte que qualquer outro trabalho do cérebro. Estou falando sério, se começassem a tocar essa música em debates diplomáticos, eu tenho certeza que guerras seriam evitadas.

Nós chegamos à tal festa, e a amiga de Fran já está esperando por nós em frente à casa.

Marcela vem para o banco de trás enquanto Fran desce do carro para cumprimentar sua amiga. Ela olha para Marcela e para mim, e acena animadamente. Depois de uns 60 segundos sólidos, só nos dando tchauzinho, ela se aproxima do carro. Nós descemos o vidro da janela.

– Oieeee! – ela cumprimenta extraempolgada. Ela é daquelas bêbadas felizes. – Como é que vocês estão?!

– Bem – a gente responde em uníssono.

– Qual de vocês é a Marcela? – Marcela levanta a mão. – Olha, sério, foi muito gentil de sua parte ceder a Fran. Sério, eu não sabia mais o que fazer.

Fran ri e puxa Vanessa pelo braço, tentando levá-la para o lado do passageiro.

– Vamos, Vanessa. Já tá tarde – Fran diz.

– Meu nome é Sabrina! – Vanessa corrige.

Ela entra no carro, e enquanto Fran dá a volta para entrar no lado do motorista, Vanessa se vira em seu banco para olhar para nós. Ela é bem bonita, de altura mediana e cabelo curto e ralo, bem vermelho. Mas o que mais chama a atenção é o quão perfeita sua maquiagem é. Ela obviamente adora maquiagem e gasta muito dinheiro com isso e passa horas brincando com os produtos.

– Sabe – ela diz com um tom bem mais sério –, a gente pode acabar fazendo muita coisa idiota quando está bêbada, vocês não concordam?

Nós concordamos seriamente com a cabeça, apesar de não sermos exatamente as pessoas mais experientes do universo.

– Então! – ela continua, juntando suas mãos. – Eu descobri que é ótimo inventar um nome só para esse tipo de situação. Porque aí você se apresenta para as pessoas e faz as merdas que quiser, e ninguém sabe quem você é.

Fran liga o carro e sai do estacionamento.

– E se as pessoas com quem você estiver fazendo merda forem pessoas que você conhece? – Marcela pergunta.

– Bah! – Vanessa (Sabrina?) responde com um gesto de desprezo. – A gente faz merda com pessoas que a gente conhece estando bêbado ou não.

Fran sorri.

– Sempre muito sábia, minha amiga Sabrina. Muito mais perspicaz que minha amiga Vanessa jamais conseguiria ser.

Vanessa/Sabrina dá uma risada alta, despenca a cabeça desacordada no banco e quase imediatamente começa a roncar.

http://www.agentec.com.br

   Segunda-feira, 24 de setembro

A Agente C estava considerando seriamente se ajoelhar na frente do Supervisor Geral e implorar.

– Senhor – ela disse –, com todo o respeito, mas já faz tempo demais que não vou em uma missão no tempo.

– Agente C, não comece.

– Sério, senhor. Modéstia à parte, eu sou a melhor agente por aqui. A que mais mostrou resultados com menos gastos nos últimos meses.

– O Agente DocEn não quer você na sala de Experimentos Extrassequenciais. Se resolva com ele.

A Agente C já havia tentado. Comprou chocolates, paquerou, ameaçou. Mas nada deu resultado (ele é alérgico, noivo e corajoso). (A propósito, não é à toa que ele está sempre de mau humor. Uma vida sem chocolates, que triste!)

– Eu posso levá-la na minha próxima missão – convidou o Agente Frisson, que, como sempre, entrou na sala e na conversa sem ser convidado.

– Eu consigo lidar com missões sozinha, obrigada – a Agente C respondeu de dentes cerrados.

O Supervisor Geral suspirou, cansado.

– Olha, C. Você foi contra as regras do Agente DocEn e ele a baniu desse tipo de missão por um período indeterminado. Eu não vou questionar a autoridade dele nisso. Agora, se algum agente precisar de seu auxílio em qualquer tipo de missão, sou obrigado a aprovar.

A Agente C roeu a unha de seu polegar esquerdo, em angústia.

– Então me coloca com outro agente – ela pediu.

– O Agente Brito está indo em uma agora. Não sei quando será a próxima.

A Agente C encarou Frisson, que estava com um sorriso presunçoso colado naquela cara de pastel.

– Tá – ela concorda de má vontade.

O Agente Frisson ofereceu seu braço para a Agente C, que o ignorou e saiu da sala em passos duros.

– Ela é tão orgulhosa – Frisson comentou, balançando a cabeça.

O Supervisor Geral olhou para os céus, pedindo ajuda.

– Não me obrigue a mandá-los para terapia de casal.

O Agente Frisson suspirou, desejoso.

– Adoraria que fôssemos um casal.

E saiu correndo para alcançar a Agente C.

– Por que o Supervisor Geral pode te chamar de Agente Brito? – ela perguntou quando ele se aproximou.

Frisson deu de ombros.

– Ele é o Supervisor Geral.

Claro.

– Para onde vamos? – perguntou quando chegaram à sala de figurinos.

– Primavera, 1932 – Frisson respondeu – França.

A Agente C bateu palminhas animadas e escolheu suas roupas.

Enquanto estavam no vestiário, o Agente Frisson tentou puxar assunto.

– E aí, o que você fez no fim de semana?

– Coisas que estão na lista de "não é da sua conta". Se você quiser uma cópia, eu mando por e-mail, mas em resumo é isto: tudo relacionado a mim.

> Eles terminaram de se trocar em silêncio.
>
> Quando a Agente C saiu de sua divisória, esbarrou com tudo no Agente Frisson, que a esperava do lado de fora.
>
> – Eu deixo você me chamar de Brito se você me disser seu nome verdadeiro.
>
> A Agente C genuinamente considerou a possibilidade por um segundo, o que fez o coração de Frisson bater mais forte.
>
> – Vamos – ela disse finalmente. – Eu quero apreciar a expressão do Agente DocEn quando me vir.
>
> O Agente Frisson balançou a cabeça em derrota.
>
> – Você está muito bonita – ele elogiou.
>
> – Eu sei – foi sua resposta.

A reunião com Braz acontece na quinta-feira, e todos na escola estão ansiosos. Quer dizer, não sei se TODOS estão ansiosos, mas todos que conheço, sim.

João e eu passamos a aula inteira brincando do jogo do pontinho. Prestar atenção não parece uma opção. Na última aula, ele diz que cansou e a gente começa a trocar bilhetinhos em vez de jogar.

> Você acha que já acabou?
>
> Provavelmente não. Pedi pra Sibele me mandar uma mensagem se ela soubesse de alguma coisa.
>
> Você ainda fala com a Sibele?
>
> Falo, oras. Por que não falaria?

Eu fico uns minutos pensando em uma resposta. Depois considero não responder nada. Finalmente escrevo:

> *Por que vocês terminaram?*

João demora um pouco mais que o normal para responder.

> Sei lá, não tava dando certo.
> Conta logo.

Dessa vez, João demora muito.

> Eu gostava de outra menina.

Meu coração bate superforte. Antes que eu possa pensar em alguma coisa para responder, o sinal toca indicando o fim da aula.

Enquanto arrumo meus materiais, me pergunto se devo puxar algum assunto relacionado ao que a gente estava falando nos bilhetinhos. Será que pergunto quem é a menina? Eu meio que acho que sou eu. Eu meio que quero que seja eu. Mas e se não for? E se for?

Mas não digo nada e logo Thiago e Bárbara aparecem perto da gente procurando por notícias.

– Alguém sabe de algo? – Bárbara pergunta.

Todos negamos. E então Carol aparece na sala.

– Eles estão lá fora. – Ela não fala o que sabe, mas pela expressão dela, a gente já entendeu que as notícias não são boas.

143

A gente chega do lado de fora da escola e encontra Ana Luísa chorando, e P.A. bastante... alterado. E vermelho.

– Eu encontrei com João Leandro assim que o sinal tocou – Carol nos conta. – Ele disse que o Braz não queria ir contra a vontade dos pais de Ana Luísa e que a cota de bolsas de estudos para o ano que vem já está lotada.

Quando nos aproximamos, P.A. começa a desabafar toda a sua frustração.

– Ele nem fingiu estar considerando a possibilidade. Ele nem olhou pra gente direito. *ELE NEM FINGIU SE IMPORTAR, SABE?*

Ele está cuspindo de raiva.

Eu me aproximo de Ana Luísa.

– Tudo bem? – pergunto (idiotamente, eu sei! Mas já disse, de que outra forma podemos puxar assunto?).

Ela apenas balança a cabeça.

– Eu meio que tinha quase certeza que ia dar certo – ela responde chorosa.

P.A. estende a mão para segurar a dela.

– A gente vai achar um jeito. Mas eu estou falando pra vocês, eu vou aprontar muito por causa disso. Eu vou achar um jeito de cutucar a ferida do Braz, eu juro pra vocês.

E bem nessa hora, verdade!, soa um trovão e começa a chover! Depois de mais de noventa dias nesse inferno de secura, é nessa hora que a meteorologia decide dar uma reviravolta. E apesar da seriedade da situação, é um dos momentos mais legais da minha vida.

De: Jordana Borges <jorges.publicidade@zoho.com>
Para: Camilla Pinheiro <cpinheiro@zoho.com>
Assunto: O FIM! OU O COMEÇO! OU O PRÓXIMO CAPÍTULO! PODE ESCOLHER! (enviado em 29 de setembro, às 23h17)

Nossa, Camilla, mil desculpas! A bateria do meu celular acabou, aí eu fiquei com preguiça de procurar o carregador, e só agora fui ver sua mensagem!

Sinto muito mesmo que o plano pra conseguir a bolsa pra sua amiga não deu certo. Esse Braz parece um babaca. Espero que seu ídolo, o P.A., pense em um malfeito bem descolado pra ficar na história da escola e esse cara aprender a lição.

E como andam as coisas com sua paixonite? Sei que você tá indecisa e que acha que é perda de tempo, mas sabe, sei lá, se vocês são bons amigos, não vejo mal em levar um tantinho assim adiante. Nem que seja só pra matar as vontades dos hormônios! Existe a possibilidade de um coração partido, sim. Mas é melhor um coração partido do que passar o resto da vida pensando "e se...?", não?

Ou talvez eu só esteja empolgada porque nunca tinha te visto romântica antes (não que você esteja romântica agora, mas sabe, a mais leve das inclinações de sentimentos é muito mais do que você costuma oferecer normalmente). Enfim, espero ansiosamente pela continuação dessa história.

Ei! Hoje você fez sua última prova de ensino médio, não? PARABÉNS!!!! Sei que o pessoal da sua turma já passou de ano semestre passado ou algo assim, mas mesmo assim! Você terminou hoje o ensino médio! De agora em diante é só maratona pra vestibular! COMO SE SENTE??? VOCÊ É PRATICAMENTE UMA ADULTA!

Ok, minha amiga tá me ligando, então vou terminar o e-mail por aqui. Depois a gente se fala mais.

Beijos,
Jorges

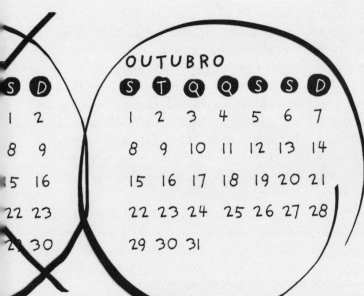

Com o fim do ano letivo, o clima nas aulas fica mais intenso e ao mesmo tempo mais tranquilo. Professores agora não precisam mais correr com as matérias, alunos não precisam mais ter presença nas aulas etc. Mas, por outro lado, agora todo mundo está pensando no vestibular. Ele está mais perto do que nunca. O Enem é daqui duas semanas. Agora é meio que a hora para a qual nós passamos os últimos três anos da nossa vida nos preparando. O período de inscrições para os vestibulares já tinha acabado. Em breve, receberíamos informações como locais de provas, horários, relação de candidatos por vaga, por aí.

Apesar de todos na minha turma já terem passado de ano, ninguém está mais "relaxado" no estudo. Para ser sincera, por ser a turma "F", todos já tinham passado de ano no terceiro bimestre, então foco total no vestibular já era o estado padrão de todo mundo há algum tempo.

O projeto Formiguinhas continua firme e forte. Mas agora os participantes mais frequentes são alguns alunos do terceiro ano que ficaram de recuperação em algumas matérias.

– Acho que essa é a tarde mais movimentada que a gente já teve o ano inteiro – comento com João.

– É estranho, todo mundo está estudando de verdade – ele responde, me fazendo rir.

– A gente sempre estudou.

João arregala os olhos para um garoto tirando um, dois, três, quatro... treze livros da mochila!

– Não assim – ele argumenta, e eu sou obrigada a concordar.

O clima dentro da sala está intenso demais, então a gente decide sair para tomar um refrigerante ou algo assim.

Thiago não veio hoje, e percebo que estou sozinha com João.

João acaba comprando uma Coca-Cola para ele e uma para mim, e a gente se senta em uma das mesas do refeitório. E aí, silêncio.

– Então! – nós dizemos ao mesmo tempo, e eu rio de nervoso.

– O quê? – ele pergunta.

– Sei lá. – Eu tento me controlar. – A gente nunca ficou assim.

– Assim como?

Ah, ele sabe.

– Ah, você sabe.

Ele arqueia as sobrancelhas. O maldito vai me fazer falar palavra por palavra.

– Sozinhos – respondo. – Nós nunca ficamos sozinhos. Tipo assim. Isolados. A gente sempre foi mais de ter amigos em comum.

– Eu te considero minha amiga – ele diz meio ofendido.

– Não, eu também – tento explicar. Minhas mãos estão suadas. Maldição. – Mas é recente.

Ele concorda com a cabeça e ao mesmo tempo tomamos um gole da Coca.

– Você quer que sejamos mais amigos? – ele pergunta devagar.

Eu cerro meus olhos, desconfiada, e quase me engasgo.

– Isso é alguma insinuação sexual? – Sinto meu coração bater mais rápido. Mas que porcaria de conversa é essa? Ele ri.

– Você é meio que obcecada com insinuações sexuais – ele declara.

– Quando um dos seus melhores amigos é o Thiago, você fica meio defensiva com essas coisas.

Ele toma outro gole de seu refrigerante, pensativo.

– Ele já deu em cima de você?

Dessa vez eu definitivamente engasgo e o líquido quase sai pelo meu nariz.

– O Thiago?! Fala sério, João, você consegue fazer perguntas mais inteligentes que essa.

– Eu sei que nada nunca rolou entre vocês. – Ele parece nervoso. – Mas é difícil imaginar o Thiago não tentando nada...

Então me lembro da noite em que Thiago me ajudou. Antes disso a gente ainda estava começando a se falar, não éramos exatamente amigos. Acho que naquela noite Thiago começou a se sentir protetor a meu respeito, talvez porque nunca tinha passado por uma situação tão intensa com ninguém antes. É como aquele laço que pessoas do mesmo exército têm depois de uma guerra. Não que o que tenha acontecido naquela noite tenha sido tão traumático como uma guerra, mas, sabe, foi marcante. Talvez tenha sido para o Thiago também. Marcante o suficiente para mudar seu comportamento de Sedutor Sempre comigo.

– Posso fazer uma pergunta? – João diz, de repente.

Ah, a pergunta mais idiota de todos os tempos. Mas eu decido ser boazinha e aguardo em silêncio.

– Que parada foi aquela com seu irmão naquele dia lá na sua casa?

Aqui estamos. A tentativa de João de se aproximar de mim. Eu ainda não tenho certeza se é isso que eu quero. Na verdade, tenho quase que completa certeza absoluta que NÃO quero isso.

Mas que mal faz uma amizade? Isso pode ser apenas amizade, oras. Quem sou eu para dizer não para uma boa amizade? Amizades são legais! Pessoas ficam traumatizadas quando não têm amigos. Pessoas são viciadas em internet por causa de amizade (e pornografia). Então é ok eu me aproximar do João. Por amizade. É completamente aceitável.

– É meio complexo...

– Tudo bem, não precisa me contar – ele se apressa a dizer. – Eu só estava... sei lá, curioso.

– Não, não. – Eu rio. A gente está *tão estranho* um com o outro. – Não é uma desculpa pra não contar. É só que é realmente complexo, eu não sei explicar.

– Vocês não se dão bem?

– Não sei. Quer dizer, a gente nunca interagiu muito no passado pra eu saber se eu me dou bem ou mal com ele. Esse ano que ele começou a ir mais lá em casa e a gente começou a se encontrar com frequência e tal.

Eu bato na tampa da latinha com a unha, pensativa.

– O problema é minha cunhada, acho – continuo. – Ela traz toda uma tensão para tudo. Uns tempos atrás ela fez toda uma cena lá em casa, foi péssimo. Desde então a gente não sabe se ela tem algum distúrbio de personalidade ou é só horrível mesmo, sabe.

– Ela já foi ver algum médico? – João pergunta. Eu nego com a cabeça.

– Ela não quer ir. – Me sinto inquieta. – E é meio... difícil tocar no assunto. A gente não pode simplesmente chegar na pessoa e falar "e aí, beleza? Seguinte, acho que você pode ter transtornos mentais". Então o Lenine agora anda triste, o tempo todo. O tempo todo. E nem é isso que me incomoda mais.

João franze a testa.

– Não que eu queira que ele fique triste – eu explico. Por algum motivo acho importante que João mantenha uma boa opinião sobre mim. – Mas a gente não é muito conectado, então não me abala muito quando ele está triste ou feliz. Eu *quero* que ele seja feliz, é claro. Mas eu só não... sabe... *sinto* por ele.

Eu suspiro antes de continuar:

– Para mim o fator mais... atenuante de tudo é minha sobrinha. Porque, nossa, eu gosto demais dela. Ela é linda e novinha e sei lá. Você já percebeu que quando você tem uma criancinha que é próxima de você, você acaba se apegando? Mesmo se não gosta de crianças. Tem alguma coisa... no potencial de uma que acaba cativando. Ela ainda está começando a ser alguma coisa, então ela pode acabar sendo qualquer coisa. Então você acaba... sei lá, projetando algo superlegal nela, vendo as possibilidades. E meio que sente essa responsabilidade? De tipo... se você expuser essa criança a todas as coisas corretas ela pode acabar se tornando a melhor pessoa do universo. Sei lá. Eu olho para Valentina e sinto mais conexão com ela do que com qualquer outra pessoa da minha família.

Eu percebo que ainda estou cutucando a tampinha da lata, o que provavelmente deve estar irritando João, então me forço a parar. Mas quando olho para ele, vejo que só está sorrindo e fico sem graça.

– Enfim! Agora é sua vez de me contar alguma coisa sua.

Mas nesse momento P.A. brota do chão e senta-se na nossa mesa.

– E aí! – ele cumprimenta como se estivesse sentado ali há horas.

João olha para mim confuso. Eu só dou de ombros. P.A. é simplesmente um mistério para mim.

– Eu acho que já sei o que vou fazer – P.A. declara.

João e eu continuamos em silêncio. Ainda não sabemos qual é a do P.A. Sem contar que estamos um pouco incomodados com a interrupção. Estávamos tendo um bom momento, sabe.

Não romântico, claro. Óbvio. Mas sabe. Um momento agradável entre amigos. AMIGOS! (Negação: s.f. Ação de negar. Advérbio ou conjunção que serve para negar, como não, jamais, nunca, nem etc.)

– Meu trote – P.A. explica. – Para me vingar do Braz.

– Aaahh – João e eu dissemos, sem muito entusiasmo.

– Eu vou roubar a escola.

Ok, isso sim chama a nossa atenção. Atos criminosos são sempre um bom gancho em uma história, anotem aí.

– Como assim, roubar? – João pergunta.

– Eu conheço o cara que fica de olho nas câmeras no período matutino – P.A. explica. – Ele é legal. Acho que se explicar pra ele a situação, ele topa fingir não estar vendo nada.

– Mas... roubar para quê? – quero saber.

– É meio que simbólico – P.A. diz. – Eles acham que ceder uma bolsa pra Ana dá prejuízo, então eu vou dar prejuízo de verdade pra eles.

Meu coração começa a bater mais forte. Sendo filha de quem sou, qualquer ideia de rebelião me deixa empolgada, por mais absurda que seja, por menor que a ideia pareça ser.

– Mas eu não sei exatamente como agir – P.A. admite. – Tipo, o que devo roubar primeiro? Coisas de mais valor? De menos valor? Eu quero que eles percebam logo de cara ou só depois de um tempo? Onde guardo as coisas que pego?

Para a última pergunta, eu tenho a resposta.

– O ponto cego – falo, e João arqueia as sobrancelhas para mim.

– Ponto cego? – P.A. pergunta.

– É! Onde você e Ana Luísa... sabe... se pegam e tal. – Breve imagem de Sibele e João se pegando. DELETAR! DELETAR!

P.A. concorda, pensativo.

– Aquele corredor é uma boa... – murmura, e então continua, mais claramente: – ...mas ainda tem o problema do *que* roubar pra começo de conversa.

– O que der para pegar – sugiro. – A gente pode se separar em times. Porque aí, se alguém descobrir alguma coisa, não pode colocar a culpa só em uma pessoa.

– Sei não... – P.A. parece confuso. – Não quero meter ninguém nessa.

– Não, o *timing* é perfeito – João comenta, ficando animado. – O ano letivo das turmas de terceiro ano acabou. Ninguém tem nada a perder agora. E você é praticamente um deus aqui, se você pedir, o pessoal faz.

– Hum...

– Olha, você pode fazer o seguinte – eu digo –: você tapa as câmeras enquanto outras pessoas fazem o trabalho sujo. Dessa forma, só seu rosto aparece nas fitas. Enquanto isso, a gente faz uma escala de quem sai em qual aula pra pegar alguma coisa. E aí a gente esconde tudo no ponto cego até...

sei lá. Até não dar mais. Ou até descobrirem a gente. Daí a gente pensa em alguma outra coisa.

Eu imediatamente tento imaginar como meus pais reagiriam se eu for pega. Eles eram revolucionários na época da ditadura, então talvez irão se identificar? Por outro lado, são muito rigorosos com questões da escola e tal. Talvez simplesmente me castiguem pelo resto da vida e eu terei que dizer adeus às faculdades em outras cidades e aos meus planos de morar sozinha.

Será que essa causa vale o risco?

– Ok – P.A. concorda. – Eu ainda vou pensar nos detalhes e aí falo com vocês de novo.

Ele se levanta e vai embora, sem olhar para trás.

– Eu nunca tinha visto o P.A. assim tão alterado antes – João comenta e então olha para mim. – Acho melhor a gente voltar pra sala.

– É... – concordo, sugando o último resquício de refrigerante do fundo da lata. – A propósito, obrigada pela Coca.

– Por nada.

Nós caminhamos em silêncio até a sala.

– Escuta... – digo quando ele abre a porta da sala para mim. – Isso não foi nada do tipo...

Eu quero perguntar se ele achava que a gente tinha acabado de ter um encontro amoroso ou algo assim, mas essas palavras soam idiotas demais.

– Do tipo...?

– Nada. Esquece.

Nós entramos na sala e imediatamente três pessoas aparecem nos bombardeando de perguntas sobre trigonometria.

***

– Você está calma demais com isso tudo – Thiago me diz no dia seguinte.

– Como assim?

– Sei lá. Eu te conheço. Normalmente entra em pânico quando a gente convence você a sair mais cedo de alguma aula que nem é obrigatória porque acha que seus pais vão acabar descobrindo.

Bom argumento.

– Hum... Isso é um pouco diferente. É meio que por um bem maior.

– Bem maior? – Thiago balança a cabeça. – Tá mais com cara de menino rico mimado.

Eu ergo a sobrancelhas para ele. Quem pensa que é para criticar "meninos mimados"? Como se tivesse lido minha mente, Thiago cai na risada.

– Só acho que ele tem razão de estar tão grilado – defendo meu ponto de vista. – Ele é um bom aluno. O melhor aluno. E a Ana Luísa também. E essa escola é cara pra caramba, o lucro disso aqui deve ser exorbitante.

Thiago ri mais.

– Exorbitante?

– Cala a boca. Falar difícil é mais sofisticado. – Foi o que meu pai sempre me ensinou. – De qualquer maneira – eu continuo –, o Braz não quis ajudar por maldade, acho. Você sabe como ele é.

– É... – Thiago concorda, e a gente fica em silêncio. Mas de um jeito bom.

É a primeira vez em eras que eu passo intervalo com o Thiago, só nós dois. É como nos velhos tempos (bem, "velhos tempos" não foi há tanto tempo assim. Alguns até diriam que somos novos demais para termos "velhos tempos", mas enfim). Estamos sentados em cima da mesa no fundo da sala, pés na cadeira e costas encostadas na parede. É a nossa posição oficial de julgar pessoas, mas a última vez que julgamos pessoas durante o intervalo foi no primeiro ano e parece que agora temos muitas outras coisas na cabeça para ficar analisando comportamentos idiotas dos outros (não que isso impeça que a gente troque olhares quando alguém faz algo excepcionalmente estúpido). Carol faltou na aula. João saiu para conversar com Sibele (estou me esforçando muito para não pensar no assunto). E a Bárbara está... eu não sei onde a Bárbara está.

– Ei, cadê a Bárbara?
– Sala dos professores.
– Como estão as coisas?
– Bem... – ele responde sem muito entusiasmo, e eu sei que está mentindo. Mas não me meto no assunto. Quando ele estiver a fim de me contar, vai me contar. – Seu aniversário está chegando.
– É...
– Que você vai fazer?
– Não sei. Quando estiver mais perto eu decido.
Silêncio.
–Ei, o que você acha que a Sibele quer com o João? – Não consigo resistir e acabo perguntando.
– Ah, ela tá tentando voltar com ele faz tempo. – Ele dá de ombros. – Acho até que eles ficaram semana passada.
– O QUÊ?!
– Ela é bem insistente – Thiago informa. – Mas não acho que eles voltam. – Ele me olha desconfiado. Resolvo ignorar.
– Eles ficaram semana passada? – Ok, admito: estou revoltadíssima.
Thiago apenas balança a cabeça.
– Por que você acha que eles não vão voltar? – pergunto depois de um tempo.
Thiago apenas olha sarcasticamente para mim.
– Você sabe...
– ...não? – respondo, mesmo que talvez, no fundo, eu saiba.
Ele só dá um sorriso besta. E então seu celular vibra. É uma mensagem de Bárbara.

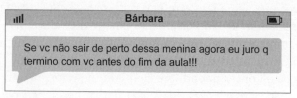

A gente olha em volta, mas não a vê em lugar nenhum.

— Você acha que ela tem espiões? — pergunto de olhos arregalados. Thiago suspira.
— Não aguento mais esse drama.
— Você vai sair de perto de mim? — Por alguma razão sinto uma pontada no peito.
Ele põe o braço em volta dos meus ombros.
— Nunca.

De: Camilla Pinheiro <cpinheiro@zoho.com>
Para: Jordana Borges <jorges.publicidade@zoho.com>
Assunto: DECISÕES E ATITUDES! (enviado em 4 de outubro, às 19h03)

Jordana, eu definitivamente não vou incentivar nenhum tipo de sentimentos para com aquele menino que gosto, porque é idiota e não quero saber. Eu descobri hoje que ele ficou com a ex semana passada e eu me senti tão traída! O que é completamente idiota, porque a gente não tem nada. Nadinha. E AÍ EU ME DEI CONTA QUE DEVE TER SIDO ASSIM QUE A MENINA B DEVE TER SE SENTIDO QUANDO DESCOBRIU QUE MEU AMIGO FICOU COM A MENINA A. A ÚLTIMA COISA QUE QUERO NESSA VIDA É SER QUE NEM A MENINA B. ELA É LOUCA.
Então estou dando um basta nesse absurdo. Consegui passar o ensino médio inteiro sem ter um interesse amoroso, tenho certeza que consigo aguentar mais alguns meses até chegar na faculdade e encontrar um cara descolado cujo passado eu desconheça. Muito mais sábio ter sentimentos por alguém sem esbarrar em sua ex o tempo todo.
Em outras novidades, meu ídolo conseguiu pensar em um plano para se vingar da escola,

mas envolve atos criminosos, e a gente ainda não tem muita certeza de como vai agir. Acho que a maior parte vai ser no improviso mesmo.

Eu estou tão orgulhosa de você, indo morar sozinha sem ajuda dos pais! Às vezes eu me pergunto se algum dia conseguirei me sustentar sem ajuda dos meus pais. Eu não consigo me imaginar assim tão independente, tenho a impressão que não vou conseguir ser adulta suficiente nunca. O mais engraçado é que estou doida pra sair de casa, mas, sabe, eu sei que quando sair meus pais vão estar me sustentando ainda e tal. Eu tento me imaginar pagando minhas contas e trabalhando e sei lá, não parece que a imagem se encaixa na pessoa que encontro no espelho todos os dias. O que é assustador. Não quero ser daquelas pessoas com 40 anos que ainda é dependente dos pais. Quero ser como você! VOCÊ É MINHA INSPIRAÇÃO! MINHA DEUSA! MUSA DO VERÃO, CALOR NO CORAÇÃO!

Lá vou eu atualizar o blog.

Beijos,
Capim

http://www.agentec.com.br

Quinta-feira, 4 de outubro

A Agente C e a Agente Seripaco entraram de fininho pela janela do apartamento. A sala estava um pouco bagunçada.

– Parece que alguém fez festa aqui – Seripaco sussurrou.

O motivo de ela ter concluído isso era porque Frisson era famoso pela sua mania de organização. Seu apartamento não estaria bagunçado sem motivo.

– Você acha que ele saiu em alguma missão? – a Agente C perguntou.

– Bem, se saiu, não foi nenhuma oficial. Eu chequei.

Escutaram o barulho de uma descarga. Uma porta se abriu e Lulu, assistente do Supervisor Geral, saiu secando as mãos em uma toalha.

Ela congelou ao ver a Agente C e Seripaco.

– O que vocês estão fazendo aqui?

– Só queremos atormentar Frisson – Seripaco explicou.

Lulu acenou com a cabeça, entendendo tudo. Os trotes de C e Seripaco eram lendários na agência.

– Bem, eu tenho que ir – ela disse, pegando sua bolsa e saindo pela porta da sala.

A Agente C e Seripaco se entreolham.

– O que você acha que ela estava fazendo aqui? – a Agente C perguntou.

– Preenchendo relatórios que não era, né? – Seripaco respondeu com uma risadinha.

O humor da Agente C piorou consideravelmente.

Elas caminharam silenciosamente até o quarto de Frisson. Ele estava esparramado diagonalmente na cama só de cueca samba-canção cheia de corujas, dormindo de boca aberta. Seripaco abriu o armário dele e ficou futricando enquanto a Agente C analisava o sono de Frisson.

Ele respirou em um ronco e se virou um pouco. Em seu rosto, um meio sorriso se formou.

– Putz, ele é o pior espião de todos os tempos – a Agente C comentou. – Estamos na casa dele, praticamente gritando, e ele sequer se move.

A Agente Seripaco parou de futricar a caixa que tinha encontrado no fundo do armário para apontar para a mesa de cabeceira. Muitos remédios para dormir repousavam lá.

– Alguém me falou que ele tem dificuldades para dormir por causa de traumas de guerra ou algo assim.

– Quem? – perguntou a Agente C.

– Eu futriquei os registros dele quando foi contratado.

A Agente C ergueu suas sobrancelhas.

– Você faz isso sempre?

Seripaco fez que sim com a cabeça.

– Você fez isso comigo?

Seripaco concordou de novo.

– Você sabe o meu nome? Você sabe o nome dele?

Seripaco sorriu.

– Qual é?

– Eu futrico, mas não conto – a Agente Seripaco declarou solenemente. – Olha só isso.

A Agente C se aproximou, pegando a imagem de Frisson quando criança alimentando uma lhama. No verso da foto estava escrito "NOSSO FUTURO VETERINÁRIO".

– Ele queria ser um veterinário – a Agente C comentou, achando isso genuinamente adorável.

– Você acha que ele é vegetariano? – Seripaco perguntou.

A Agente C olhou para ela, confusa.

– É que eu tenho essa ideia de que todo veterinário é vegetariano – explicou Seripaco. – Sabe? Eles salvam a vida de animais, então eles não comem animais. Sei lá, sempre fiquei com isso na cabeça.

As duas olharam para Frisson, tentando identificar algum sinal de vegetarianismo.

– No fim das contas, ele não virou veterinário – C pensou alto.

– Talvez essa seja nossa resposta.

– É – concordou Seripaco.

O Agente Frisson fez um barulho de suspiro prazeroso.

– Com quem você acha que ele está sonhando? – a Agente C perguntou.

– Provavelmente com as peripécias que aprontou com Lulu.

– Seripaco, de novo, deu uma risadinha e o mau humor da Agente C retornou.

Ela retirou a arma de eletrochoque do bolso e olhou para Seripaco.

– Pronta?

Seripaco fez que sim com a cabeça. A Agente C se aproximou de Frisson e num movimento súbito, o eletrocutou.

– AHHHH! CARAAAACA! – ele acordou gritando.

A Agente C e Seripaco já estavam correndo. Não olharam para trás nenhuma vez. Só quando entraram no carro que se permitiram cair na risada.

Não tinha sido o trote mais sofisticado, mas foi satisfatório mesmo assim.

Sexta-feira, eu chego à sala um pouco mais cedo que o normal, porque meu pai tem que passar o dia em Anápolis e sair mais cedo e eu que acabo sofrendo com as consequências.

Mesmo com a escola praticamente deserta, João já está em sua mesa, dormindo. Eu sento e abro meu caderno, mas não consigo pensar em nada para escrever, então fico fazendo umas caricaturas feias, rabiscando frases de filmes e músicas que eu gosto, só para passar o tempo. Eu pensei muito em toda essa situação com João e decidi ser madura em relação a tudo. É óbvio que a gente tem uma química, seria tolice negar, mas será que química é o suficiente para começar um romance? Claro que não. E, sabe, a química pode ser só da minha parte. Ele pode muito bem não estar interessado em mim além da amizade.

Nós funcionamos bem como amigos, os jogos de pontinho são ótimos, e quando a gente está na mesma mesa em um Torneio de Super Trunfo, praticamente lemos a mente um do outro. Isso é uma definição exata de camaradas (s.m. e f. Pessoa que convive com outra; companheiro. / Pessoa que tem a mesma profissão que outra. / Colega, condiscípulo. / Bom sujeito, amigo.), e não há motivo para ficar insatisfeito com isso. Mesmo que ele tenha ficado com a Sibele. Provavelmente no ponto cego, onde ele prometeu que não iria mais com ela. Eu não vou deixar isso me abalar, *nos* abalar. Já somos grandinhos para ficar fazendo esse tipo de jogo, e eu tenho Enem semana que vem, e provas de vestibular mês que vem, preciso me concentrar, preciso de foco.

O professor Wellington, de biologia, entra na sala e eu dou um tapa (talvez um pouco forte demais, admito) em João para acordá-lo.

– Ai! – ele reclama esfregando o braço. – Nossa, qual o seu problema?

Ok, então talvez eu esteja um pouco chateada. Mas acho que isso deve ser completamente compreensível para uma pessoa na minha situação.

Se bem que eu não sei descrever exatamente qual é a minha situação.

Por um segundo, eu realmente admiro a Bárbara. Não importa o quão psicopata ela seja, ao menos teve coragem de se expor sem ter nenhuma garantia de sucesso. Eu me pergunto se João se apaixonaria por mim se eu lascasse um beijo nele. Será que a Sibele caçaria briga comigo?

O professor passa uma lista com questões sobre biologia botânica. Agora tudo que professores fazem é passar lista com questões de vestibulares passados, de tudo quanto é faculdade possível. Acho que se fizermos uma coletânea de todos os exercícios de todas as listas de todas as matérias que nós resolvemos desde o nosso primeiro ano, nós teremos um acervo de todas as provas de vestibulares já feitas no país inteiro.

O mais frustrante é quando aparece um exercício que a gente sabe que é repetido, e tem aquele sentimento de déjà vu e, mesmo assim, não consegue resolver.

Essa lista, porém, é da matéria mais chata já inventada pelo homem, então não faço questão de prestar atenção nessa aula.

João me manda um bilhetinho.

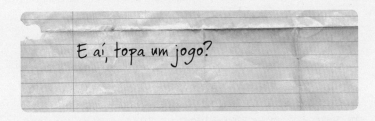

Eu o ignoro. Não me julgue, estou no meu direito. Então eu recebo uma mensagem de P.A. no celular:

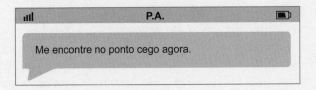

Eu levanto a minha mão bem na hora que Wellington pergunta se temos perguntas.

— Sim, Camilla — diz o professor Wellington.

— Posso ir ao banheiro?

Wellington revira os olhos e diz que sim.

No ponto cego, estão P.A., Daniel e Carol.

— Oi — cumprimento e vou para o lado da Carol.

Silêncio.

— Eu só estou esperando o Gabriel e o Henrique chegarem — P.A. explica.

— Aahh — todos nós dizemos em resposta.

Silêncio.

Finalmente Gabriel (da turma "C") e Henrique (da turma "E") chegam.

– Desculpa a demora – Gabriel diz. – Foi difícil convencer o professor de que eu realmente estava apertado, apesar de ser apenas a primeira aula.

– José Carlos? – perguntamos em uníssono.

– É.

José Carlos é o professor mais chato em relação a deixar sair da sala. Ele literalmente faz todo um questionário querendo saber para onde vamos, o que vamos fazer, se não dá para segurar, por que não tínhamos feito antes etc. Se essa for a tática dele de desanimar alunos a sair da aula, acho que funciona bem, porque a gente só pede quando realmente precisa. Caso contrário, é apenas irritante e faz a gente perder um tempão de aula (o que normalmente não é algo ruim, mas ele às vezes está no meio de um exercício que todo mundo quer saber logo como resolver, e fica enrolando com as perguntas irrelevantes a um pobre coitado que só precisa urinar). Outro fato interessante sobre José Carlos: ele parece um bicho-preguiça. Tipo, muito mesmo.

– Certo – diz P.A., todo negócios. – Eu fiquei sabendo que o Cristiano vai usar o auditório nas próximas aulas, e que ele foi lá antes do primeiro horário começar para poder preparar sei lá o que que ele vai passar para os alunos.

Cristiano é o professor de sociologia. Isso é explicação suficiente.

– Eu passei por lá agora – P.A. continua. – A porta está aberta, então estou pensando em pegar o projetor.

Todos nós arregalamos os olhos.

– Uau, você já quer começar grande – Carol comenta.

– Eu só quero fazer um teste. Já que eu sei que eles vão sentir falta do projetor imediatamente, quero saber quais serão as atitudes tomadas já de primeira e a partir daí eu vejo o que eu faço.

– Não é tão difícil assim carregar um projetor – eu opino. – Para que esse tanto de gente?

– Bem. Eu vou na frente, tampando as câmeras – P.A. explica. – E já combinei com o Daniel que ele vai pegar o projetor. Mas a gente precisa de pessoas montando guarda, caso apareça alguém nos corredores ou algo assim. No caso, esse seria o trabalho de vocês. Daí vocês vão ter de utilizar os seus talentos de improviso para poder distrair quem quer que esteja no caminho e a gente poder passar despercebido.

Todos nos olhamos e damos de ombro. Não parece uma tarefa muito difícil. E se nos pegarem... não conseguimos pensar em nada supergrave que podem fazer (além de ligarem para os nossos pais. O que me apavora, claro, mas não o suficiente para me travar).

P.A. sai do ponto cego primeiro. Um a um ele nos chama, e a gente vai para o nosso ponto de vigia. Eu fico na porta do banheiro das meninas no corredor a caminho do auditório. Eu vejo P.A. usando seu boné para tapar a câmera do corredor e Daniel passa correndo até chegar no fim e se esconde atrás de uma dobra na parede. P.A. então corre para o próximo corredor e Daniel vai atrás e eu os perco de vista.

Começo a suar frio, nervosa. Enquanto não aparece ninguém, finjo estar saindo do banheiro, até mesmo passando as mãos na calça como se as tivesse secando (um dos colégios mais caros de Goiânia e nunca temos papel toalha nos banheiros, nunca!). Eles demoram menos de cinco minutos para voltar. Daniel segurando o projetor. P.A. pisca para mim, vitorioso.

Eu volto para a sala com o coração batendo forte e me sento no meu lugar em silêncio. Wellington está falando de alguma coisa relacionada à fotossíntese e eu faço questão de não escutar. Pego meu celular e digito uma mensagem para Marcela e Jordana.

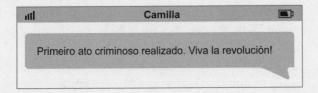

***

O diretor Braz apareceu na nossa sala na terceira aula, o que é uma pena, porque era aula de história do Brasil com a Juliana, melhor professora de história do universo, e a gente estava super se divertindo com ela nos contando "fofocas históricas" (como ela gosta de chamar) da era Vargas.

Aí Braz aparece e meu humor desaparece (tentei ser poética. Não deu certo). Meu cérebro já considera as piores possibilidades. Vou ficar de castigo por quinze anos. Meus pais não vão mais me deixar prestar vestibular fora. Eu vou ser suspensa da escola e não vou poder assistir às aulas de maratona, que podem realmente fazer a diferença na hora da prova. Estou perdida. Sem futuro, sem amigos, sem ambições.

– Eu gostaria da atenção de todos vocês – ele pede, mesmo que já tenha toda a nossa atenção. – Acabaram de me informar que o projetor do auditório não está no auditório. E o professor Cristiano tem certeza que o deixou lá ainda essa manhã. Então se alguém sabe de alguma coisa sobre o desaparecimento do projetor, peço que venha falar comigo agora.

Todos ficam em silêncio. Um ou dois alunos olham em volta. Minhas mãos estão suando horrores, mas, tirando isso, acho que consigo manter uma aparência de inocente (seja lá o que isso for).

– Olha, gente – continua Braz. – Nesse exato momento estão olhando as gravações que as câmeras fizeram durante a manhã, e mais cedo ou mais tarde vamos descobrir quem fez isso.

A sala continua em silêncio.

– Ok. – Braz parece acreditar que todos nós sejamos inocentes. Uma das vantagens de ser da turma "F". Acho que o único motivo de ele ter vindo até nós é por pura burocracia. Porque tem que ir a todas as turmas.

– Desculpe, professora Juliana – ele fala e sai da sala.

Eu respiro aliviada e tento me acalmar. Se a pessoa que estiver checando as gravações for o Nelsinho (o cara que é amigo do P.A.), então estamos a salvo. Por enquanto.

Juliana simplesmente arqueia suas sobrancelhas e continua a aula como se não tivesse sido interrompida.

João me manda um bilhete.

> Isso é coisa do P.A., né?

Eu o ignoro de novo.

***

Durante a semana seguinte, os furtos continuam. Alguns objetos são percebidos como desaparecidos, alguns não. P.A. consegue mobilizar *muita* gente, então criamos muitos turnos de vigília. Eu mesma só precisei sair mais duas vezes. Nelsinho contou para o P.A. que as câmeras, na verdade, não armazenam imagens, só mostram o que está acontecendo ao vivo. Então o Braz pediu para ele prestar mais atenção em qualquer tipo de atividade que possa ser suspeita, mas como Nelsinho está do nosso lado, ele nos encobre. P.A. é amigo de alguns dos monitores que ficam rondando a escola, então eles convenientemente ficam fora do nosso caminho quando algum furto está em curso. Estranhamente, tudo parece dar certo, sem maiores complicações. Pode parecer uma coisa boa, mas é surreal, de certa forma. Como a calmaria antes da tempestade.

Aos poucos, o ponto cego vai se enchendo de tudo quanto é tipo de objeto. A princípio ficamos preocupados por causa da chuva que começou a ficar mais frequente, mas o telhado da república ao lado tampa parte do corredor, então nós colocamos tudo que é de valor nesse canto, e cobrimos com plástico, por segurança.

Não só o Braz como a Mafalda e a Dorinha, as coordenadoras pedagógicas da escola, aparecem nas salas pelo menos três vezes na semana, implicando que se isso for algum tipo de trote do terceiro ano, não tem graça, e que "roubo é um crime", blá-blá-blá. Mas depois de uma semana se safando, todos nós estamos um pouco mais confiantes. Afinal, mesmo se formos pegos, tem gente demais envolvida nisso agora. Não podem expulsar praticamente todos os alunos do terceiro ano. Eles precisam de nós, porque nós que vamos passar nos vestibulares e fortalecer a reputação da escola.

É um bom sentimento de poder.

Dá para perceber, por causa de alguns comentários e piadinhas durante as aulas, que alguns professores parecem estar do nosso lado, o que é estranho porque a) eles não têm certeza que somos nós que estamos aprontando isso e b) mesmo se tiverem, eles não sabem nossos motivos. Olhando por cima, não somos nada além de um bando de adolescentes ricos fazendo uma brincadeira besta. A gente precisa de uma forma de mostrar para o Braz por que estamos fazendo isso.

Quando comento isso com P.A. durante o intervalo, na quinta-feira, ele concorda com a cabeça.

– Eu também estava pensando nisso. Estava considerando deixar bilhetinhos ou algo assim. Coisas do tipo "espero que esteja no orçamento" ou sei lá.

– É – concordo. – Segunda-feira a gente pode fazer isso. Acho que só vou pensar na prova do Enem por enquanto.

A escola emendou o feriado do dia de Nossa Senhora Aparecida que cai na próxima sexta-feira e nos deu o fim de semana de folga, por causa da prova. Apesar de ser um fim de semana de exames, eu estou empolgada. Pela primeira vez em meses vou poder acordar tarde em um sábado.

Quando o sinal está prestes a tocar, eu vou para a fila da cantina comprar um chocolate.

– Oi. – Eu escuto ao pé do ouvido.

Eu me viro e deparo com João, que está rindo que nem uma besta.

– É impressão minha, ou a gente não se fala direito há mais de um século? – pergunta ainda sorrindo.

– É impressão sua – respondo, irritada. Credo, que susto!

– Ah.

Eu compro meu chocolate, dou um tchauzinho para Carol que já está indo para a sua sala e começo a caminhar em direção à minha. Logo, João está caminhando junto comigo.

– Então – ele tenta puxar assunto –, preparada para o Enem?

Eu o ignoro. Não só porque eu esteja chateada com ele, mas porque desprezo qualquer tentativa de diálogo iniciada com conversa fiada.

A gente anda em silêncio, e eu tento apressar um pouco meu passo, para não ter que ficar lado a lado com ele. Então ele me puxa pela mão e me vira para olhá-lo.

– Ok, qual que é o seu problema? – ele pergunta com o rosto perto do meu. Perto demais, aliás.

Eu cruzo os braços, na defensiva. Meu coração está batendo rápido demais. De raiva, provavelmente.

– Problema nenhum – respondo em um tom de voz que claramente indica que tenho alguns problemas.

Ele cruza os braços também, me espelhando.

– Ah, é? Então você não andou me tratando como se eu fosse um bicho asqueroso nos últimos tempos?

Eu olho bem nos seus olhos, desafiando-o.

– Não.

– É tudo coisa da minha cabeça?

– É.

João sustenta meu olhar por um momento. Depois olha para cima e suspira.

– Sério, Camilla – ele diz num tom derrotado, descruzando os braços –, o que eu fiz?

O pior é isso. Ele não fez nada. Quer dizer, ele ficou com a Sibele, e talvez voltem a namorar. Mas isso não é um crime (bem, não um crime *oficial*, só um crime contra o bom-senso). Não tem nada que eu possa falar que justifique o meu comportamento. E, ao mesmo tempo, eu não quero voltar a ser boazinha com ele (se é que a gente pode considerar o meu comportamento padrão como "boazinha". Eu nunca fui muito desse tipo. Thiago vive me falando que eu devia trabalhar nisso, tentar não ser seca demais).

Eu tento pensar em algo diplomático para dizer. Nada me vem à mente. Então digo o que me parece ser mais neutro.

– Ouvi dizer que você e a Sibele vão voltar. – Bem, seria neutro se minha voz não soasse tanto como a de uma criancinha de quatro anos fazendo birra.

João parece confuso.

– Quem disse isso? – Seus olhos se arregalam. – Ai, meu Deus, a Sibele anda espalhando isso?

– Não – eu nego, descruzando os braços. – Tipo, tá na cara que ela quer voltar com você. E você meio que passou a impressão de que quer voltar.

João agora levanta as mãos, defensivo.

– Epa. Quando que eu passei essa impressão?

– Cê sabe...

– ...não?!

Ele olha para mim sem dizer mais nada, só esperando a resposta, com uma expressão realmente estupefata.

– Quando você ficou com ela – eu o acuso, por fim.

João franze a testa.

– Fiquei com ela?! – Ele passa as mãos no cabelo, nervoso. – Eu mal encostei naquela menina desde que a gente terminou. Nem beijinho no rosto eu dou. Ela costuma interpretar tudo errado.

Silêncio.

– Ah. – Eu desvio o olhar do rosto dele. – Então vocês não... se pegaram no ponto cego?

João ri e se aproxima.

– Não – ele reafirma, colocando uma mecha do meu cabelo atrás da orelha. – Eu te prometi que não ia levar mais ninguém lá.

Meu coração dá um pulo. Eu fico nervosa com a nossa proximidade, e acho que ele percebe, porque dá um passo para trás e coloca as mãos nos bolsos da frente de seu jeans.

– Você que anda levando muita gente para lá, ultimamente – ele conclui.

Eu dou de ombros tentando parecer indiferente, mas meu coração ainda está batendo forte.

– É por um bem maior – declaro solenemente.

Ele concorda com a cabeça, sorrindo.

– Então... estamos resolvidos?

Eu faço que sim com a cabeça, e juntos nós voltamos para a sala.

Marcela aparece na minha casa no feriado, de manhã cedo. Até meus pais ainda estão dormindo. Em vez de tocar a campainha, ela liga para o meu celular pedindo para eu abrir o portão. Eu desligo e a xingo por uns minutos, mas então me levanto, coloco um short e vou buscá-la.

– Você não tinha um simulado hoje? – pergunto, sonolenta, enquanto abro o portão.

– Sim – Fran diz enquanto as duas entram. – Mas a bonitinha aqui decidiu de última hora que não queria passar o feriado inteiro fazendo prova.

A gente vai até a minha sala e se senta.

– Pois é – Marcela continua. – Estávamos a caminho da escola, mas aí eu fiquei muito grilada que ia ter que fazer prova hoje, amanhã e depois de amanhã. Então pedi para a Fran me trazer aqui, porque é claro que minha linda amiga Camilla me receberia de braços abertos e não contaria para os meus pais do meu malfeito.

As duas então forçam um sorriso mostrando todos os dentes para mim.

– Eu odeio vocês – resmungo e ligo a televisão em um volume baixo, para não acordar meus pais.

A Marcela sabe que não precisa se preocupar com os pais dela. Provavelmente se tivesse avisado que não estava a fim de fazer prova, eles concordariam com a decisão. Eles a veem estudando o tempo todo. Já confiam em sua palavra de quando e quanto é demais para ela.

Mesmo assim, estou feliz que ela veio. Mesmo que seja antes das oito horas da manhã e eu nem me lembre da última vez que tive oportunidade de acordar tarde em um sábado. A gente não conversa desde segunda-feira, e eu meio que ando escondendo dela a extensão dos meus sentimentos pelo João. Nem contei o quanto fiquei chateada quando pensei que ele ia voltar com a Sibele ou o quão aliviada me senti quando ele se explicou para mim. Principalmente porque ele sentiu que tinha que se explicar para mim, essa é a melhor parte. Poderia muito bem ter falado que não tinha ficado com a Sibele, mas que isso não era da minha conta.

Mas não disse isso. Ele acha que é da minha conta. E eu estou que nem uma idiota pensando nisso tudo o tempo todo. Não consigo evitar.

– Ei, Marcela – eu a chamo, antes que ela pegue no sono no meu sofá. – Já contei o que aconteceu lá no Coliseu essa semana?

O que é algo idiota de se dizer, porque eu sei que não contei nada para ela, mas pesquisas mostram que um sujeito se interessa mais por uma conversa que comece com uma pergunta, porque isso instiga o lado de perguntas do cérebro, o lado curioso. Ou algo assim.

Na verdade, eu nem sei se essas "pesquisas" existem mesmo, porque só ouvi alguém falando disso uma vez. Mas mesmo assim.

Eu conto tudo. Inclusive a parte de estar me sentindo mal porque ainda não tinha contado dessas coisas para ninguém, e tenho a sensação que isso é alguma coisa importante que meus amigos deviam saber.

Marcela simplesmente franze a testa.

– Então você gosta dele pra valer?

– Bem, não sei. – Apesar de ter acabado de contar tudo, indicando que sim, eu realmente gosto dele, meu primeiro instinto é ainda negar tudo. – Quer dizer, é, acho que sim.

Marcela olha para Fran.

– Olha, não me entenda mal – ela diz. – Eu estou empolgada que você finalmente esteja desenvolvendo seu lado sentimental.

Eu reviro os olhos.

– Mas eu também não sei exatamente o que fazer, agora – Marcela continua. – Quer dizer... você já gostou de meninos antes e tal, mas sempre foi algo platônico. Tirando o desastre na festa de 15 anos, você nunca nem interagiu com ninguém.

– Eu sei. – Fico distraída olhando para a televisão.

– E parece que ele gosta de você também.

– É...

– Bem – Marcela suspira –, e agora?

A experiência de Marcela com meninos é a mesma que a minha. Só que menos dramática. Uma vez, em uma festa, ela ficou com um garoto só para matar a curiosidade. Ela achou completamente superestimado. Em todos esses anos em que eu a conheço, nunca gostou de ninguém daquele jeito. Sempre foi meio que nossa marca registrada, os não dramas românticos da adolescência. Mesmo quando algo acontecia comigo, tudo ficou bem debaixo dos panos e tal. Agora parece que a gente está meio que atrasada em relação ao resto do mundo. Qual é o próximo passo depois que você se dá conta que gosta de uma pessoa e ela (provavelmente) gosta de você?

Nós duas olhamos para Fran, esperando respostas.

– Quê?

– Guie-nos, sensei – Marcela fala solenemente, fazendo Fran rir.

– Sei lá. – Ela dá de ombros. – Eu acho que você deve confrontar o menino de vez.

– Confrontar o João? – pergunto, assustada. – Como assim?

– Bem, sabe a minha amiga Vanessa?

A gente faz que sim. É meio difícil esquecer a Vanessa/Sabrina.

– Pois então, ela sempre tem uma política de "não perca tempo". Então quando acha que um cara e ela vão se dar bem e coisa e tal, chega nele e fala "e aí, acho que nós vamos nos dar bem e coisa e tal". Não é sempre que dá certo, mas das três vezes que ela namorou sério, duas começaram assim.

Eu balanço a cabeça.

– Não, não. – Levanto as mãos em defesa. – Eu não tenho coragem de confrontar o João. E eu nem sei se quero namorar. Quer dizer... a gente nem teria tempo para namorar, acho. E, logo, logo a gente vai morar em estados diferentes e tal. Sei lá.

Nós ficamos em silêncio por um segundo.

– Camilla. Você quer beijar o João? – Fran pergunta de repente.

– Ué. Quero – respondo, envergonhada.

– Porque, não me entenda mal, eu te adoro, mas você não é exatamente transparente. O tempo todo você parece estar desprezando o mundo, e, na maior parte das vezes, é com razão, mas eu não consigo imaginar você com uma veia sedutora.

Marcela ri e eu me afundo no sofá, ainda mais envergonhada.

– Eu estou com dó desse coitado – Fran continua. – Porque se eu te conheço bem, você deve estar mandando tudo quanto é tipo de sinal contraditório e ele não sabe se pode tentar alguma coisa ou não.

Mais silêncio.

– Eu quero beijar o João – informo com um suspiro e Marcela faz aqueles barulhos meio estrangulados da garganta que pessoas geralmente fazem quando veem um bebê sorrir ou algo assim.

– Eu ach...

Mas Fran arregala os olhos balançando a cabeça sutilmente, e eu paro de falar, me viro e vejo minha mãe, com cara de sono, parada no vão entre a sala que estamos e a sala de visita.

– Meninas, vocês estão desperdiçando o feriado de vocês acordando cedo – ela sentencia.

– Oi, mãe.

– Oi, tia Sandra – Marcela cumprimenta ao mesmo tempo.

– Tentem não fazer barulho, seu pai e eu queremos acordar só na hora do almoço, ok? – Ela pede.

– Sim, senhora – nós respondemos, e ela volta para o quarto dela.

Eu me viro para as meninas, assustada.

– Ela ouviu alguma coisa?

– Ouviu não – Fran assegura. – Sensei está aqui para te proteger.

***

No domingo, minha mãe me busca no meu local de prova e quando chego em casa encontro meu pai assistindo à televisão com Joaquim a seus pés.

– Chegou! – ele grita e coloca o braço em meus ombros quando me sento ao seu lado no sofá. – Como foi?

Eu respondo com um gemido evasivo. Não que eu pense que tenha ido mal, mas foram dois dias de provas longas e cansativas, e eu não quero pensar nelas por enquanto. Durante a próxima semana, os professores já vão ficar corrigindo as questões mesmo, deixe que eu me preocupe com isso depois.

– O que você está assistindo? – pergunto encaixando a cabeça no ombro dele. Na cozinha, a gente consegue ouvir minha mãe preparando algo para eu comer.

– Nada demais – meu pai responde. – Tô mais é mudando canal.

Eu fico quieta por um tempinho, de olhos fechados. Não dormindo, só descansando a vista.

– Escuta – meu pai diz em voz mais baixa –, seu irmão me disse que você passou por uma situação difícil na última vez que sua mãe e eu viajamos.

Eu abro os olhos e olho para meu pai, confusa. Lenine tinha pedido para eu guardar segredo, então não comentei nada e achei que o assunto iria morrer por ali.

– Contou quando?

– Ontem. Ele ligou para pedir minha bicicleta emprestada e eu ouvi a Bruna gritando ao fundo e ele acabou me contando tudo que anda acontecendo.

Eu suspiro.

– A Bruna estava gritando? – Fico preocupada. – E a Valentina estava lá?

– Não sei. Provavelmente sim.

Eu sinto um nó na garganta.

– Nossa, pai. Você não está entendendo. Quando a Bruna grita, é muito horrível, ela parece, tipo... – eu rio desconfortável e balanço a cabeça, frustrada porque não consigo pensar em uma palavra melhor – ...doida.

– Eu sei. – Meu pai aperta meu braço, me trazendo para mais perto. – Sabe, na época que eu conheci o Roberto, ele namorava uma menina bem desequilibrada. Ela até teve que ser internada.

– Sério? E o que aconteceu depois?

– Ele se casou com ela – meu pai responde, rindo, e eu arregalo os olhos.

A esposa de Roberto morreu quando eu ainda era criança, de câncer na tireoide. Eu não me lembro exatamente dela, mas a reconheço nas fotos, e lembro que depois que ela morreu, Roberto ficou um tempão dormindo na nossa casa (na época morávamos em Belo Horizonte).

– Roberto era doido pela Sarah, e acho que seu irmão é doido do mesmo jeito pela Bruna – meu pai continua. – Ele ainda está tentando achar um jeito de lidar com isso tudo. Eu até falei pra ele ligar para o Roberto, quem sabe ajuda.

– Acho que a Bruna ainda não percebeu que tem um problema de verdade – opino. – Ou se percebeu, ela não acha que é grave nem nada assim. Sei lá.

Meu pai troca de canal mais algumas vezes.

– A gente nunca gostou dela – murmuro.

– Não – meu pai concorda.

– Você acha que isso contribuiu para a situação ficar ruim assim?

Ele dá de ombros e minha cabeça balança.

– Não sei, Camilla. Mas quem sabe se a gente aprender a gostar um pouco mais dela, as coisas melhorem mais rápido?

– Talvez...

– Não conta nada pra sua mãe, tá? – ele pede. – Você sabe como ela é, e eu quero falar disso com ela num momento mais oportuno.

Concordo com a cabeça.

Na TV, está passando um documentário sobre Chico Mendes. Desde que eu aprendi a história dele, meio que fiquei paranoica com o Acre. Sabe como todo mundo fica fazendo piada de que o Acre não existe, ninguém mora no Acre, ninguém sai do Acre etc.? E se esses rumores começaram no próprio Acre? Tipo, os fazendeiros investem em pessoas fazendo comentários desse tipo, e aí todo mundo faz comentário desse tipo, a aí o Acre fica famoso por ser ignorado, e aí eles podem continuar com as máfias deles sem serem perturbados.

Quer dizer, pode soar como paranoia, mas faz sentido, não? A última vez que o Acre recebeu atenção foi na época de Chico Mendes, e olha que bagunça isso virou.

– Pai, posso contar uma coisa?

– Uhum. – Meu pai muda de canal de novo.

– Eu e uns amigos meio que... a gente anda aprontando na escola – falo rápido.

– Aprontando como?

– Sei lá. A gente estava grilado porque o Braz não quis ceder uma bolsa para uma amiga nossa, então agora a gente fica escondendo objetos – falando assim, nem soa tão ruim. – Enfim, só estou contando porque se eu for pega, você já sabe o motivo.

– Bem, não seja pega – meu pai sentencia, passando o pé descalço no casco de Joaquim. – Ou eu serei obrigado a te punir.

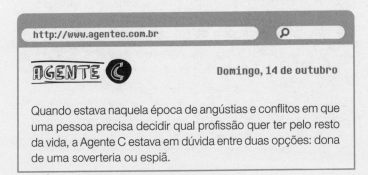

Quando estava naquela época de angústias e conflitos em que uma pessoa precisa decidir qual profissão quer ter pelo resto da vida, a Agente C estava em dúvida entre duas opções: dona de uma soverteria ou espiã.

Mas, então, em um momento de epifania que fez anjos cantarem, a Agente C (que na época se chamava apenas _____) olhou para seu reflexo no espelho e disse:

– Pois se eu for espiã, posso um dia fingir ser dona de uma sorveteria!

E, assim, uma decisão foi tomada.

Pois o dia de ser dona de uma sorveteria havia finalmente chegado!

Fez questão de que todos arrumassem tudo perfeitamente, a agência investiu três semanas no local da missão e ela aproveitaria cada segundo nele.

O motivo da sorveteria era encobrir a Agente C e a Cupuaçu (com auxílio esporádico de Frisson e Seripaco, disfarçados como funcionários da distribuidora de sorvetes) em uma operação de coleta de informações. Do outro lado da sorveteria ficava uma borracharia pertencente (eles suspeitavam) aos Estevez, a maior família mafiosa do Peru. Há anos, o Supervisor Geral está tentando desmontar a rede de crimes que eles teceram no país inteiro, e agora estavam bem perto de conseguir. Só precisavam de algumas informações.

Logo, montaram a sorveteria.

Na opinião da Agente C, se tem uma coisa mais descolada que ter uma sorveteria, é ter uma sorveteria cheia de equipamentos de espionagem por perto. A máquina de sorvete parecia normal, mas era só puxar a alavanca certa que ela cuspia shurikens (aquelas estrelinhas ninjas) em quem estivesse apontando. O refrigerador tinha muitas delícias dentro, mas embaixo estava todo o acervo de facas e espadas que a Agente C já usou. Sem contar que em todo canto havia alguma arma carregada com tranquilizantes, no caso de algum mero civil estar na loja em algum momento de conflito ou algo assim.

Não que a Agente C precisasse de alguma dessas armas agora. Não, por agora tudo que ela precisava era saciar a vontade dessa doce menina que acabou de entrar na loja.

Ela entrou admirando tudo, vendo se a decoração era digna de seu tempo. Depois de uns três minutos só olhando, a Agente C decidiu que já tinha sido tempo suficiente para formar uma opinião. Pigarreou. A garotinha olhou para ela.

– Oi, em que posso ajudar? – a Agente C disse com seu melhor sorriso.

– Oi – a menina respondeu, séria. – Você tem sorvete de abóbora?

– Eca, não – a Agente C respondeu com uma careta. – Que nojo, quem toma sorvete de abóbora?

E garotinha sustentou o olhar da Agente C, sua expressão inabalável.

– Eu gosto de sorvete de abóbora.

A Agente C deu de ombros.

– Pois não temos sorvete de abóbora aqui. Serve outra coisa?

– Não. Eu quero sorvete de abóbora.

– Sinto muito, sorvete de abóbora não tem. Escolha outro sabor.

– Não. Já disse: eu quero sorvete de abóbora.

A Agente C estava perdendo a paciência (que ela praticamente não tem, para ser sincera).

– Não tem sorvete de abóbora. Se não quer escolher outra coisa, é melhor ir dando no pé.

– ISSO É RACISMO – a garotinha gritou. – VOCÊ NÃO QUER ME SERVIR PORQUE EU SOU NEGRA!

A Agente C franziu a testa, intrigada.

– Você não é negra.

A garotinha apontou o dedo para a cara da Agente C.

– Me escuta bem, isso não vai ficar assim – ameaçou entre dentes cerrados. – Meu pai vai vir aqui e você vai se arrepender.

E saiu.

A Agente Cupuaçu, que viu apenas a última parte dessa cena, olhou confusa para a Agente C.

– Que foi isso?

– Ah, uma menina louca insistindo que queria sorvete de abóbora.

Cupuaçu abriu a tampa de um dos refrigeradores.

– Tem sorvete de abóbora aqui – declarou.

– Eca, que nojo! – a Agente C exclamou com uma careta. – Joga isso fora!

***

De: Jordana Borges <jorges.publicidade@zoho.com>
Para: Camilla Pinheiro <cpinheiro@zoho.com>
Assunto: RISOS (enviado em 14 de outubro, às 15h58)

HAHAHAHAHAHA. HAHA. HA. HAHAHA. HAHA.
Você vai dar um basta nisso. Sei. HA (pausa para efeito) HA.
Beijos,
Jorges

P.S.: Como anda o tal plano de vingança e sua vida criminosa?

Na quarta-feira seguinte, depois do intervalo, Taíssa aparece com a notícia.

(Taíssa é uma pessoa engraçada na minha vida. Eu costumo esquecer a existência dela na maior parte do tempo, e aí ela sempre aparece subitamente com informações razoavelmente relevantes.)

– Nelsinho foi demitido – conta. – P.A. passou a manhã toda na sala da coordenação. Parece que não quer colaborar.

Todos na turma começam a perguntar coisas ao mesmo tempo. Eu viro para trás, de olhos arregalados para João, ele faz uma cara de "eita".

– Você tem o celular da Ana Luísa? – pergunto.

Ele faz que não.

– Só do P.A.

– Eu também.

Pelo que a Taíssa está falando, o pouco que ela sabe é que o Braz mudou as configurações do sistema e armazenou imagens. Depois de assisti-las, demitiu o Nelsinho e, hoje de manhã, o P.A. apareceu com os pais dele e estão na sala da coordenação até agora.

João me cutuca, e quando eu me viro, ele me entrega seu celular. Uma mensagem da Sibele na tela. (Ok, Camilla, foco, esse não é o momento de ficar de pirracinha com a Sibele) (independentemente do quanto ela é ridícula ou quanto você não entenda como João ainda mantém um relacionamento com ela).

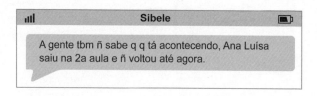

— Será que vão ligar para os pais dela? — pergunto, receosa, em voz baixa.

João só dá de ombros.

O professor João Leandro entra na sala, mas o clima ainda está movimentado. Ele pede silêncio três vezes, sem efeito. Então apenas recosta no quadro negro e fica olhando feio para a gente. Incrível como isso SEMPRE funciona. Pouco a pouco os zumbidos vão morrendo e o silêncio começa a ficar maior e mais tenso que a zona de antes.

— Eu não vou fingir que não sei do que vocês estão falando — João Leandro diz depois de uma pausa bem longa. — Mas não tem nada a ver com a nossa aula. Se algum de vocês sabe de alguma coisa, eu sugiro que dirijam essa informação para a coordenação. Caso contrário, peguem o livro de vocês.

Ele então vira para o quadro para escrever algumas anotações. João Leandro é uma pessoa inteligente e deve saber que muita gente está envolvida nisso, e que ninguém vai abrir a boca, então acho que esse discurso foi alguma coisa que instruíram os professores a falar.

Por um lado, estou aliviada, porque eu já meio que avisei para o meu pai das minhas aventuras. Ele falou que eu não devia ser pega, mas mesmo se eu for as consequências serão menos piores agora que ele foi avisado de primeira mão. Por outro lado, estou muito ansiosa pela Ana Luísa. P.A. vai ficar de boa, mesmo se for suspenso ou expulso. Ele pode sair em uma jornada estilo Forrest Gump e não encostar em um livro de hoje até o dia do vestibular que provavelmente ainda iria tirar a melhor nota de todas. O menino é um fenômeno. E como é filho único e nunca deu problemas antes, acho que os pais dele não vão ser muito severos.

Já a Ana Luísa... Ela já tem problemas suficientes com o pai. Antes ele só estava ameaçando não pagar suas contas, mas ficava subentendido que ela teria a escolha de tentar se virar sozinha. Mas, querendo ou não, ele ainda é o responsável por ela e pode simplesmente obrigá-la a voltar para casa ou algo assim. Eu mal a conheço, mas realmente me apeguei à Ana Luísa. Ela é legal.

João me manda um bilhetinho.

> *Eles vão acabar descobrindo o ponto cego.*

Eu respondo imediatamente:

> *Eu sei.*

E tenho a impressão de que estamos pensando a mesma coisa: de que não tivemos a oportunidade de aproveitar o ponto cego sozinhos.

Algo incrivelmente inapropriado de se pensar quando se tem coisas bem mais importantes em jogo.

***

No fim da aula, vemos um tumulto na pracinha em frente à escola. Carol ergue as sobrancelhas para mim e se despede, porque seu pai já está esperando. Enquanto aguardo para atravessar a rua, Thiago e Bárbara vêm parar ao meu lado.

– Vocês estão com pressa? – pergunto.

Ambos dão de ombros.

Os almoços de quarta-feira são as únicas tentativas de amizade que Bárbara e eu temos uma com a outra. Antes dela, claro, eu almoçava todas as quartas com Thiago e João antes de voltar à escola para o Formiguinhas. Às vezes, até a Marcela se juntava para depois ir a algum plantão de física/química/matemática. Mas desde que Thiago começou a namorar a Bárbara, Marcela nunca mais apareceu nesses almoços (o que não acho que seja por acaso).

Nas quintas e sextas, nós temos aulas à tarde, mas aí a Carol almoça comigo. Nas quartas, porém, ou eu almoço sozinha ou lido com a situação. Apesar da solidão ser bastante tentadora nesse caso, eu escolho a última opção. Então eu e Bárbara marcamos presença todas as quartas e comemos em silêncio enquanto João e Thiago conversam animadamente. Sempre que eu faço uma tentativa de participar da conversa, ela olha feio para mim e coloca a mão na coxa do Thiago, como se a minha tentativa de participação fosse algum tipo de jogo sedutor e ela fizesse questão de me mostrar que Thiago já tem dona. (Gostaria de ressaltar que nossas conversas são geralmente coisas do tipo "A diferença de Lollo e Milkbar" ou "Uma lei absurda do Nebraska em que um bar não pode vender cerveja a não ser que esteja cozinhando uma sopa simultaneamente", o que torna a paranoia dela ainda mais insana.)

Geralmente eu tento não incomodar Bárbara durante o almoço, porque aí ela vai embora e eu tenho a tarde toda para falar o que bem entender. Hoje, porém, não incomodar a Bárbara não está na minha lista de prioridades.

Nós atravessamos a rua e no centro da multidão vemos o João conversando com o P.A. enquanto Ana Luísa fala com o resto das pessoas, em voz alta. João me vê e me chama para perto. É claro que a aproximação é um desafio, por causa da zona, então ele estende a mão para mim e me puxa.

– Eles não foram suspensos nem nada – ele diz ao meu ouvido. E eu sinto um arrepio. Caramba. – Mas tiveram que contar onde os objetos estavam. O zelador foi lá no ponto cego buscar tudo.

– E a Ana Luísa?

– P.A. não falou o nome de ninguém que ajudou e assumiu toda a responsabilidade, então não tinham como acusá-la.

Nessa hora, Ana Luísa sobe num banco e pede a atenção de todos.

– Olha, gente. É muito legal que vocês estejam preocupados e tal, mas tá tudo bem. As câmeras não pegaram ninguém roubando nada, então nem tem como acusar ninguém. Nem mesmo o Pedro que só aparece tampando os visores.

Todo mundo começa a falar ao mesmo tempo, e P.A. precisa dar um grito para se calarem.

– O único prejudicado de verdade nessa história foi o Nelsinho – Ana Luísa continua. – Ele estava apenas ajudando porque também achou injusta a forma que fomos tratados. – Ana Luísa olha para o P.A., suspira e continua: – Eu realmente queria aquela bolsa, ia facilitar muito minha vida. E eu acho que eu mereço. Não sou a melhor pessoa no universo nem nada assim, mas eu sou uma boa aluna. E acho que não ia custar nada para eles me ajudarem e agora demitiram uma das únicas pessoas que quiseram ajudar e não acho isso justo.

Seus olhos estavam cheios de lágrimas, não de tristeza, mas de frustração. Eu estava bem frustrada também. Talvez por causa do sangue revolucionário dos meus pais que correm em minhas veias, quero arranjar algum jeito de sacudir a escola. Algum jeito de fazer os alunos serem ouvidos. Francamente, não temos sequer o direito de escolher como nossa festa de formatura será! Não somos nada para eles além de pequenas máquinas programadas para passar no vestibular com boas notas para poder perpetuar a boa reputação da escola e incentivar mais matrículas de alunos ricos, que acabarão sendo convencidos a acreditar que são superiores e têm mais chances de passar no vestibular porque estão na "nata da educação".

É algo tão enraizado, que até meus pais, radicais do jeito que são, acreditam que essa é a verdade, e que é assim que a escola tem que ser. Se não acreditassem, por que estariam pagando, com o dinheiro que não têm, para eu estudar aqui?

P.A. pega na mão de Ana Luísa e a ajuda a descer do banco.

– A gente vai pensar num jeito de dar o troco – ele diz só para ela, mas todos nós ouvimos. E concordamos.

***

– O cara é tipo o Martin Luther King do colégio – João diz de boca cheia.

– Nossa, engole antes de falar – eu o repreendo.

Ele engole.

– Sério – ele continua. – Acho que chegamos a um ponto em que se ele falar "comam grama" a gente come. A qualquer momento pode aparecer um cara e dar um tiro nele.

– Nossa, nem brinca com isso – Bárbara comenta, fazendo o gesto da cruz. Interessante. Eu não sabia que ela era católica.

Eu sempre estudei em escolas católicas, mas nunca fui praticante. Eu era uma daquelas pessoas que conseguia tirar nota ruim em educação religiosa, e só por esses dias fui descobrir que tem um Daniel na Bíblia (e que ele tem um livro todo para ele!).

– A questão do P.A. – eu digo. – É que ele nunca teria uma ideia idiota tipo "comer grama". A gente topa o que ele propõe porque o que ele propõe é realmente genial.

João arqueia as sobrancelhas.

– Parece que alguém está com uma paixonite? – Ele me acusa, um pouco vermelho, e eu reviro os olhos.

– Obviamente estou – falo sarcasticamente. – Único motivo de eu achar qualidades em um menino é, claro, meu desejo violento pelo seu corpo.

Não vale nem ressaltar que ultimamente ando tendo pensamentos *calientes* envolvendo João, e nem por isso fico listando as qualidades dele. Muito pelo contrário, na verdade.

– Eu fiquei a aula inteira preocupada, que eles iam chamar a gente para interrogatório, tipo *Sociedade dos poetas mortos* – Bárbara comenta.

– Eu nunca assisti – João confessa.

– Que?! – Bárbara praticamente cospe.

– Qual seu problema?! – eu digo ao mesmo tempo, o que é estranho porque é como se eu e ela tivéssemos alguma conexão ou algo assim. O que nunca temos.

– Eu acho isso tão injusto – Thiago entra em defesa de João. – Têm uns filmes que o mundo acha que todos têm a obrigação de saber de cor e salteado. Ninguém nasce com filmes assistidos.

– Mas você já assistiu *Sociedade dos poetas mortos*. – Barbara argumenta.

– Sim, mas antes de ter assistido pela primeira vez, nunca tinha assistido, oras – ele rebate.

– Sabe, isso é interessante – João diz, de novo com a boca cheia. – Tem certas coisas que todo mundo já viu ou sabe o que é, mesmo não lembrando quando viu ou ficou sabendo pela primeira vez.

– Como assim? – fico interessada.

– Tipo, *Romeu e Julieta* – ele explica. – Eu nunca vi o filme, ou li o livro, ou sei lá, nunca tive contato com adaptação nenhuma, acho. Mas sei da história.

– Eu tenho certeza que você já teve contato com alguma adaptação, sim – falo, enquanto Bárbara agarra a mão de Thiago. FRANCAMENTE. E de pensar que estávamos tendo uma conexão um segundo atrás. – Você só não sabe que é uma adaptação. Ou um derivado. Ou sei lá.

– Acho que clássicos já estão supermegaimpregnados na nossa cultura, daí a gente já meio que sabe da história de todos – Thiago opina.

– Bem, eu não sei a história de *Sociedade dos poetas mortos*, então a comparação da Bárbara continua um mistério para mim.

Bárbara e eu reviramos os olhos (Opa! Outra conexão. Isso está ficando esquisito demais.), enquanto Thiago explica o filme para o João.

***

Depois do almoço, João e eu deixamos Thiago e Bárbara para trás esperando o pai dela buscá-la no restaurante, e depois vamos caminhando para a escola. Em um momento que começo a atravessar a rua sem olhar para os lados, João tem que me puxar para trás pela mão, para evitar que eu, sabe, morra.

Só que depois de ter me puxado, ele continua segurando a minha mão, e a gente fica andando assim por um minuto, e eu olho para as nossas mãos e depois olho para ele, e sem querer acabo rindo. Ele fica sem graça e solta a minha mão, o que eu acabo achando mais engraçado ainda. Não me entenda mal, é adorável andar de mãos dadas e tal, mas é engraçado também, não sei por quê. Talvez porque eu ainda não sei como lidar com essa situação toda, então acabo levando tudo na piada e sei lá.

Mas para as coisas não ficarem esquisitas demais, acabo cruzando meu braço com o dele, e meio que jogando um pouco do meu peso em cima, porque todo mundo sabe que andar de barriga cheia é superexaustivo, porque tudo o que você quer fazer é deitar e dormir, e não ficar andando debaixo do sol, principalmente para ir para a escola estudar. Então, enquanto ele meio que me arrasta durante o caminho, fico listando nomes de filmes que eu considero clássicos e ele me diz se já os assistiu ou não. (*Curtindo a vida adoidado* – um pedaço, na televisão; *O rei leão* – é claro; *O iluminado* – sim, só que recentemente; *Edward Mãos de Tesoura* – um pedaço, na televisão; *A lagoa azul* – sim, os dois; *Os Goonies* – não; *A fantástica fábrica de chocolate* – velho ou novo? – velho – não – novo? – não – ENTÃO PARA QUE PERGUNTOU?)

Na escola, vamos direto para a sala. Como ninguém chegou ainda, e João está tirando materiais de dentro da mochila para, imagino, estudar, eu pego meu Caderno de Notas Fantásticas e começo a escrever. Uns minutos depois eu levanto a cabeça para poder pensar por um segundo e pego João olhando para mim. O que é fofo, claro. E lisonjeiro. Mas, ao mesmo tempo, desconcertante.

– Que é? – pergunto, delicada como sempre.

João se recompõe.

– Tá, eu tenho uma coisa pra confessar. – Ele senta ao meu lado.

Meu coração começa a bater mais forte.

– Lembra quando eu fui na sua casa? E a gente acabou fazendo aquele troço francês do Thiago?

A vez que a gente tocou os dedos? Lembro sim, COMO ESQUECER?! Penso, mas não falo, óbvio. Então, só faço que sim com a cabeça.

– Então... – ele começa a mexer na mochila dele, visivelmente envergonhado –, enquanto você e o Thiago estavam na cozinha discutindo qual era o ponto certo de "bola" ou sei lá, eu saí pra ir ao banheiro, mas na verdade fui ao seu quarto e...

De dentro da mochila, ele tira um dos meus Cadernos de Notas Fantásticas anteriores (o das águas-vivas). Eu arregalo os olhos.

– Pega ladrão! – grito.

– Não fica brava – ele pede de uma maneira um tanto adorável. Um tanto adorável demais.

Eu não estou brava. Ainda não sei o que estou. Ele definitivamente não devia ter pegado meu caderno sem minha autorização, isso é violação gravíssima do meu espaço pessoal. Mas ao mesmo tempo é impressionante que ele tenha pegado o caderno sem ninguém ter percebido, e muita obtusidade de minha parte nem ter me dado conta de que um caderno estava faltando.

– Meus cadernos não ficam à mostra – falo, desconfiada.

– Não – ele concorda. – Eu tive que procurar por um tempinho.

Eu dou um tapa no braço dele, não exatamente por estar chateada, mas por achar que ele merece algum tipo de punição.

– Aquela vez que você me devolveu meu caderno porque eu tinha esquecido na escola... – começo, pensativa, enquanto folheio o caderno, tentando lembrar as histórias que escrevi nessa época.

Ele confirma minha insinuação com a cabeça. Quem diria que esse moleque tem precedentes de furto.

– Você leu todas?

Ele balança a cabeça de novo.

– Você não publica todas que escreve.

– Não.

– E nem sempre é sobre a Agente C.

– Não.

– E algumas são tristes. – Ele olha bem nos meus olhos. Sinto um calafrio e desvio o olhar.

– São...

A gente fica em silêncio por alguns segundos, e ele volta a olhar para a lista de exercícios.

– É que não é perfil do blog – eu digo de repente.

– Como assim?

– Sei lá – respondo, ainda sem olhar. – Lá é mais para as coisas extrovertidas e tal. O pessoal já acostumou com isso.

– Aah – ele diz, e eu rio, finalmente voltando a olhar para ele.

– Você tem uma opinião – concluo em voz alta.

– Bem... sim.

– Manda ver.

Ele enrola um pouco antes de responder.

– Eu achei todas muito boas – ele começa. – E é seu blog. Acho que você deveria se sentir na liberdade de publicar o que bem entender.

– Talvez...

Jordana uma vez tinha me dito algo parecido, quando eu contei para ela que estava tendo problemas em selecionar quais contos postar ou não no blog, que tinham alguns com uns temas intensos demais.

– Você não querer postar porque acha que está ruim é uma coisa – ela me disse via Skype. – Mas você não querer postar porque acha que a gente não vai aguentar é completamente diferente. Até um pouco insultante.

É incrível como uma mesma pessoa pode ter personalidades contraditórias. Não estou nem falando de múltiplas identidades nem nada assim. Mas como você pode ser de dois jeitos ao mesmo tempo. Por exemplo, eu sou toda... "revolucionária" e meio antissocial e crítica, e chata, e outros adjetivos similares a esses que Thiago já fez questão de listar.

Mas eu também tenho uma veia conciliatória que me força a tentar agradar meus pais, e as pessoas que visitam o blog, e até a não incomodar a Bárbara. Talvez todos sejam assim? Querem romper limites e agradar ao mesmo tempo?

Carol é outro exemplo clássico. Ela é crente, então imediatamente concluímos que ela é puritana e caxias. E, de certa forma, isso é verdade. Mas também gosta de coisas fora do padrão, e de um pouco de confusão. Não é exatamente uma "boa menina", apesar de ser sempre a primeira coisa que nos vem à cabeça quando falamos dela. O pessoal até mede mais as palavras quando ela está por perto, como se tivessem medo de contaminá-la ou algo assim. Será que ela sabe disso? Será que ficaria chateada com o pessoal se descobrisse? Será que ficaria chateada comigo?

Possivelmente por essa conversa estar me fazendo ter um breve monólogo de autoanálise, eu agora me sinto um pouco vulnerável na frente de João.

– Não é justo. – Suspiro, assustando-o, pois ele já está compenetrado na sua lista de exercícios. João olha para mim confuso.

– O quê?

Eu não sei exatamente o que responder e fico quieta. Depois de um tempo ele cansa de esperar e volta para o exercício. Frustrada, eu tiro a lapiseira de sua mão.

– Que é?! – ele diz, exasperado.

– Eu não sei nada de você – respondo, cruzando os braços.

João levanta os braços, ainda exasperado.

– O que você quer saber?

– Sei lá! – eu digo, minha voz se elevando. Por que estou ficando alterada dessa forma é uma ÓTIMA pergunta, mas infelizmente ainda não sei como respondê-la, favor aguardar na linha. – Eu contei do meu irmão, você já foi lá em casa, você pegou coisas minhas sem autorização, e eu sequer sei seu aniversário.

Mentira, claro, porque eu já fiz toda a coleta de informações possíveis via internet. Nos dias de hoje você simplesmente não começa a gostar de alguém sem checar todas as plataformas sociais online em que essa pessoa é ativa.

– O.......k. – Ele fica claramente assustado pela minha mudança repentina de humor. – 12 de abril.

E não diz mais nada.

– PELO AMOR DE DEUS, JOÃO VICTOR, EU NÃO QUERO SABER SÓ O SEU ANIVERSÁRIO.

Como indicado pelas letras maiúsculas, eu perdi o controle.

– Eu não sei o que você quer, *Camilla Pinheiro* – ele rebate, também ficando um pouco alterado. – Seria meio esquisito simplesmente começar a listar coisas sobre mim. Você poderia ser que nem uma pessoa normal e fazer perguntas.

– Eu sei tão pouco sobre você que nem sei o que perguntar – digo, emburrada.

Ele bufa e cruza os braços também. Depois de um minuto, começa a rir e aperta os olhos com os dedos.

– Uau, acho que essa foi a briga mais idiota que já tive em toda a minha vida – declara entre risadas.

– Bem, foi realmente uma honra fazer parte desse marco – decreto, irritada, e me levanto para mudar de lugar.

João pega a minha mão, ainda sorrindo, e me puxa de volta para a cadeira.

– Tá certo, me deixa pensar.

Enquanto ele pensa, eu começo a me acalmar e a me sentir idiota. É mesmo estúpido pedir para ele listar fatos sobre ele mesmo. E uma forma meio forçada de conhecer alguém.

– Deixa pra lá. É mesmo idiota.

– Não. Escuta. É só que me deu um branco agora, e tudo que passa pela minha cabeça soa meio imbecil. "Minha cor favorita é verde" ou "eu odeio beterraba e qualquer comida que tenha sequer encostado em uma beterraba" ou "minha avó tem um pé de acerola no quintal da casa dela"...

– Sério? – eu o interrompo. – Eu tenho um pé de acerola no quintal da minha casa.

– É, eu lembro. – Ele sorri. – Mas entende o que eu quero dizer? Parece ser meio sem importância quando a gente coloca tudo junto, assim.

Eu concordo com a cabeça. Nesse momento, algumas pessoas começam a entrar na sala.

– Deixa – eu digo em voz baixa. – A gente vai se conhecendo quando a gente for se conhecendo.

***

O resto da semana, João fica me mandando bilhetinhos ou mensagens com uns fatos aleatórios de sua vida. Nem faz questão de ir de acordo com o clima. Independentemente do momento, ele manda fatos incrivelmente adoráveis, ou extremamente sombrios. Coisas do tipo:

> Minha mãe ficou grávida antes de mim, mas o bebê nasceu morto.

– quinta-feira, aula de matemática.

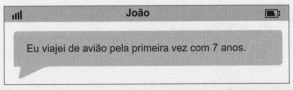

> **João**
> Eu viajei de avião pela primeira vez com 7 anos.

– quinta-feira, hora do intervalo.

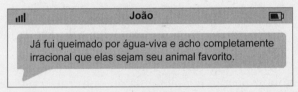

> **João**
> Já fui queimado por água-viva e acho completamente irracional que elas sejam seu animal favorito.

– quinta-feira, quase imediatamente depois da mensagem anterior.

.ıll	João	🔋

> Odeio que me acordem sem que eu tenha combinado com a pessoa que ela poderia me acordar.

— madrugada de quinta para sexta-feira.

> Meu pai gosta de me levar para pescar. Acho que essa você já sabe, né?

— sexta-feira, aula de geografia.

> Uma vez vi meu primo pegando um gatinho e colocando no micro-ondas, e tipo, ligando. Uma imagem traumática. Ele apanhou muito depois.

— sexta-feira, aula de geografia.

> Eu tenho vontade de fazer História, só que meus pais teriam um ataque se descobrissem.

— sexta-feira, aula de geografia.

(Aula de geografia tem a tendência de inspirar muitos bilhetinhos, porque é a pior aula do universo, o professor Rodrigo é tão chato, Deus que me livre, deviam mesmo é nos dar uma apostila e deixar que estudássemos sozinhos.)

Por motivos óbvios, esses bilhetes e mensagens me incomodam a maior parte do tempo. Eu tenho vontade de responder com palavras de ódio ou indiferença, só para colocar o menino em seu devido lugar. Mas não posso negar que também acho bom quando ele me manda coisas em momentos inesperados. É bom saber que, naquele segundo, ele pensou em mim. Então eu não respondo nada, só guardo cada fato besta na memória. Não porque eu ache que vá ser útil em algum momento da minha vida, mas porque estou começando a apreciar tudo que posso saber dele. Isso vai soar idiota, mas às vezes eu tenho a impressão que somos... sei lá, almas gêmeas ou algo assim.

Argh, isso ficou muito brega, vou explicar. Essa coisa de ele querer fazer História, por exemplo. Eu também sempre quis. História é a matéria que mais amo no mundo, e se tivesse pais diferentes, provavelmente seria minha primeira opção no vestibular (mas se tivesse pais diferentes e uma criação diferente, será que ia gostar tanto de história? E SE, E SE!). Eu gosto de Engenharia Civil, e eu tenho certeza que João gosta de Engenharia de Softwares, que é o curso que ele quer. Mas essas não são as nossas primeiras opções. Será que no meio da faculdade a gente vai fazer que nem a Fran e largar? Ou será que vamos nos formar e então fazer História como hobby? Ou então ficar para sempre arrependidos porque não fizemos História para começo de conversa? São várias perguntas comuns de se passar na cabeça de um vestibulando, acho, mas é bom saber que as perguntas do João podem ser mais parecidas com as minhas do que com as de outras pessoas. É isso que quero dizer com "almas gêmeas". Não estou indicando que a gente vá passar o resto da nossa vida junto nem nada assim (nós mal estamos juntos AGORA), mas existe essa conexão de pensamento que é... sei lá. Legal.

Não tão legal quanto uma sessão de amassos, eu imagino, mas não se pode ter tudo.

Sábado chega trazendo consigo meu 17º ano.
ÊÊÊ, PARABÉNS PARA MIM!
Só que não.

Não é estranho que pessoas digam "parabéns" no dia do seu aniversário? Tipo, como se você tivesse feito algum trabalho ou algo assim. Tudo que você fez foi viver mais um dia, que coincidentemente é o dia que você nasceu. Se alguém está parabenizando você porque "completou mais um ano", de certa forma, a não ser que você seja recém-nascido, você completa um ano todos os dias. Hoje estou completando um ano desde o último 20 de outubro, amanhã completarei um ano desde o último 21 de outubro e por aí vai. Se você está dando parabéns para a pessoa porque viver é difícil, então é melhor dar parabéns para todo mundo o tempo todo. Acho aceitável dar parabéns para a mãe, que passou por uma baita de uma dor para ter a criança, mas só faz sentido se você der os parabéns pouco tempo depois do parto. E se a criança se tornar uma pessoa decente, dê parabéns pela boa criação que a tal mãe (e o pai, talvez?) proporcionou para o filho. Mas, no caso, não precisa dar parabéns no *dia* do aniversário, pode dar quando bem entender.

Enfim, acho que dar parabéns só por causa de um aniversário é meio inútil. Dê-me parabéns quando passar na prova de direção, ou no vestibular, ou quando entregar meu TCC ou algo assim. No dia do meu aniversário, um simples "feliz aniversário" é o suficiente (e um presente, claro).

De qualquer maneira, decidi comemorar o dia feliz em uma pizzaria. Superoriginal, eu sei, mas a semana foi tão louca que não estava com paciência de ficar inventando programação descolada. Pizza é bom, todo mundo come, fim.

Eu chego à sala de aula de manhã e encontro João acordado, sorrindo para mim com cara de maníaco.

– Bom dia!

– ...disse o psicopata – eu completo.

Sua expressão continua esquisita, mas agora um pouco confusa.

– Você está com uma cara de assassino em série. Que acabou de matar e está muito satisfeito com o trabalho – explico.

– Hoje é seu aniversário! – anuncia, me olhando como se eu fosse a louca aqui.

– Eu sei – respondo, não exatamente tão entusiasmada quanto.

– Feliz aniversário! – Ele se levanta e me dá um abraço.

Está vendo? É exatamente isso que quero dizer com "almas gêmeas". Ele não me deu "parabéns". Se bem que pode ter sido apenas uma coincidência.

Eu retribuo o abraço um pouco sem graça. Nossa, que cheiro bom. Hum, é o perfume dele. Hum, meu coração está um pouco acelerado. Hum, esse abraço deveria demorar tanto assim? Falo um "obrigada" e me afasto rapidamente, sentando no meu lugar. Não que eu não ache meu aniversário uma data superimportante, mas também não quero que as pessoas fiquem sabendo e venham conversar comigo me dando "parabéns" sendo que nunca nos falamos em outras ocasiões. Felizmente, ninguém parece estar prestando atenção. Ufa. Reparo, então, que João continua em pé ao meu lado, com os braços cruzados e um sorriso besta.

– Que é?

– Eu sei de uma coisa que você não sabe.

Eu arqueio as sobrancelhas.

– Ah, é?

Ele faz que sim com a cabeça. Claramente não vai me contar o que sabe, e eu não vou ficar insistindo.

– Você é um idiota.

Thiago entra na sala, e o sorriso de João se alarga. Oh-oh.

– Oi, Camilla. – Ele sorri para mim e me dá um beijo no rosto. – Feliz aniversário.

Com o Thiago (assim como Marcela, Fran e Carol) isso não é uma coincidência. Eles já ouviram meu discurso sobre o "parabéns" uma ou duas vezes no passado.

– Escuta, eu tenho que pedir um favor – Thiago diz, abaixando a voz. João, ainda rindo, se aproximou para ouvir melhor.

– Você vai me pedir um favor no meu aniversário – eu digo. – Quanta elegância.

– Não é nada demais. – Mas ele me olha meio inseguro. – É só que a Bárbara tem essa ideia maluca que você não gosta dela.

Eu troco um olhar com João. Ele parece estar se esforçando muito para não cair na risada.

– Hum.

– Ela não quer ir à sua festa hoje – Thiago continua. – Acha que não vai ser bem-vinda. Acho que se você conversar com ela, ela pode mudar de ideia.

Eu fecho os olhos e conto até dez.

Não é que eu odeie a menina. Mas não é segredo para ninguém que se ela não fosse namorada do Thiago, não teria sido convidada. Nós nunca fomos dos mesmos círculos sociais. Ponto.

Sem contar que ela é louca.

– Olha, Thiago, eu vou te apresentar a uma coisa muito importante, então preste bastante atenção, tá bom? – Eu abro meu caderno e traço linhas paralelas em uma folha. – Essas linhas são LIMITES. Pedir para eu implorar pra sua namorada vir no meu aniversário quando eu já fiz muito convidando, pra começo de conversa, é ULTRAPASSAR LIMITES.

Eu fecho o caderno violentamente.

– A resposta é não.

Eu vejo pela expressão de Thiago que ele começa a ficar irritado, mas aí ele olha para João, que só ergue as sobrancelhas, e é como se ele se lembrasse de que é meu aniversário, MEU DIA, e eu não devia estar me preocupando com essas coisas.

Ele vai até seu lugar e se senta. João senta-se atrás de mim.

– Você devia ter me avisado – eu digo sem me virar.

– Você lidou bem com a situação, independentemente de avisos – ele responde, e mesmo sem olhá-lo sei que continua rindo da situação. – Meus parabéns.

Eu sorrio para mim mesma. Taí um "parabéns" que eu aceito de bom grado.

***

Fran buzina em frente ao portão da minha casa.

– Tô indo! – eu grito atravessando a sala. Minha mãe aparece sei lá de onde, me dá um beijo na testa e me entrega seu cartão de crédito.

– Nada de aprontar demais, hein. – Ela pisca um olho.

Eu saio de casa e Marcela está do lado de fora do carro com uma vela estrelinha em cada mão. Quando ela me vê, olha para Fran dentro do carro, e Fran dá play no som que começa a tocar o Hino da União Soviética. Desde os meus 12 anos, Marcela insiste que essa é a minha música tema por causa da minha herança comunista. Ela não se importa que essa piada não seja muito boa, ela a repete todo ano. Mas as velas estrelinhas são novidade.

– Você quer seu presente agora ou depois da festa? – pergunta quando abro o portão.

– AGORA!

A gente entra no carro e Marcela me entrega o pacote, já tirando a câmera para filmar minha reação.

Eu abro o embrulho e encontro três volumes de livros com textos escritos por Rosa Luxemburgo.

– Meu Deus, Marcela! – grito, empolgada. – Olha o tamanho disso!

– Eu tenho um talento para presentes – Marcela declara. – Eu deveria largar essa história de medicina e trabalhar com isso.

Fran me passa um envelope.

– É só um vale-presente – explica. – Não sou tão talentosa para escolher presente como a Marcela, e fiquei com medo de comprar um livro que você já tem.

– Nem todos podem ser tão bons quanto a Marcela – eu zombo. – Obrigada, Fran.

A gente chega à pizzaria e João, Thiago e Daniel já estão lá. Provavelmente vieram juntos.

– Aôôôô! – eles gritam, como peões. – Chegou nossa aniversariante!

Eles vêm nos cumprimentar, um por um, e quando João chega até mim, ele fica um segundinho a mais beijando minha bochecha. Ninguém percebe, mas eu sim. E isso me deixa mais animada para comemorar meu aniversário.

Me sento no meio da mesa e declaro que não estou com paciência para esperar por ninguém. É meu aniversário então já vamos pedir essas pizzas de vez que estou com fome.

Aos poucos, os outros convidados vão chegando. Eu nem chamei muita gente. Primeiro aparece a Carol, que cumprimenta Marcela animadamente, e senta-se ao meu lado. Depois a Taíssa e o Mateus, um menino da turma do Daniel que costuma jogar sempre nos Torneios de Super Trunfo. Por último, chegam Ana Luísa e P.A., que eu tinha chamado só por chamar, não pensava que iriam aparecer para valer.

A noite corre tranquilamente, exceto pela hora que todo mundo insiste que eu tome uma dose de tequila e Fran acaba pedindo uma para mim, e o garçom olha feio para ela perguntando se é para ela mesmo, e eu começo a ter um ataque de pânico achando que ele vai contar para os meus pais. Depois acontece o incidente que estou denominando como "A Confusão de Fran", quando Taíssa manda uma mensagem para mim dizendo que está a fim de ficar com o Mateus, e eu mando uma mensagem para Carol e para Marcela contando, e de repente todo mundo está conversando e trocando SMS simultaneamente e é um assunto na mesa e outro nos celulares, e as coisas às vezes se misturam, e, bem, Fran fica meio louca tentando entender o que está acontecendo. Finalmente, ela desiste e fica brincando em algum joguinho em seu próprio celular.

No fim, parece que fica entendido que Taíssa quer Mateus, e que Mateus não se importa em ser querido por Taíssa, e aí ele sai da mesa. Taíssa me manda uma mensagem.

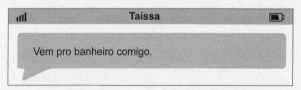

Eu reviro os olhos, porque sei que não vamos para banheiro nenhum, mas colaboro mesmo assim.

– Certo – Taíssa me diz quando saímos do campo de visão do pessoal da mesa, que sabe muito bem que ela saiu para ficar com Mateus e não ir fazer xixi e ajeitar o cabelo se olhando no espelho do banheiro. – Me espere aqui.

Eu gemo.

– Aaah, nãããoo. Você vai demorar, me deixa voltar.

– Camilla, não! – insiste. – Você tem que ficar aqui pra gente voltar junto depois, se não o pessoal vai desconfiar.

– Eles já *sabem*.

Ela me dá uma olhada severa.

– Camilla, por favor.

Eu suspiro e concordo.

Depois de 10 minutos, estou sentada na muretinha em volta do jardim do restaurante e nem sinal de vida da Taíssa. Eu só tinha meu celular para me entreter, mas enjoei rápido, então fiquei só observando as pessoas, prestando atenção em conversas alheias. Ouvir frases fora de contexto é um dos tópicos mais fascinantes do humor.

– É só trazer o dobro de palha, ninguém vai reclamar.
– Tipo essa.

Mais cinco minutos se passam e eu estou começando a ficar irritada. Então João aparece.

– Ah, te achei – ele diz se sentando ao meu lado.

– A Taíssa está sendo uma neurótica idiota – resmungo, emburrada.

João ri.

— Ela está no direito dela.

Porque estou me sentindo um pouco mais ousada com a idade, eu encosto minha cabeça no ombro dele.

Eu sinto meu celular vibrando. Pego-o do bolso da calça para ver o que é. É uma mensagem do João.

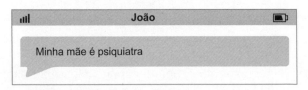

Minha mãe é psiquiatra

Eu sorrio e digito uma resposta:

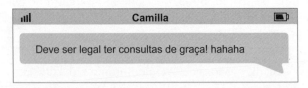

Deve ser legal ter consultas de graça! hahaha

Eu ouço o barulhinho de teclas enquanto ele responde. O tec-tec demora algum tempo.

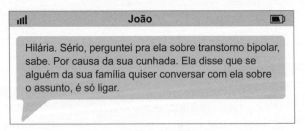

Hilária. Sério, perguntei pra ela sobre transtorno bipolar, sabe. Por causa da sua cunhada. Ela disse que se alguém da sua família quiser conversar com ela sobre o assunto, é só ligar.

Meu coração aperta em gratidão.

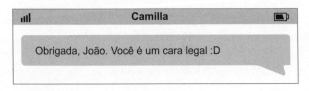

Obrigada, João. Você é um cara legal :D

— Você quer seu presente? — ele pergunta em voz alta.

Eu levanto a cabeça, surpresa. Todos os meus amigos juntaram dinheiro para comprar um *Dicionário Houaiss de Sinônimos e Antônimos* para mim. Não achei que fosse ganhar alguma outra coisa, muito menos do João. Empolgada, eu estendo minha mão. João pega uma caixinha dentro do bolso da calça e coloca na minha mão.

Eu abro a caixinha e dentro tem um broche de um *smiley face* prata incrustado de pedrinhas vermelhas.

– Tipo aquele que a Agente C teve que resgatar uma vez – ele diz.

Eu levanto meu olhar para ele.

– Você mandou fazer...? – pergunto, incrédula.

Ele faz que sim com a cabeça.

– Não fique empolgada nem nada, é prata, mas não são pedras preciosas de verdade.

– Cale a boca, você queria me impressionar – concluo.

Ele concorda de novo, sorrindo. Eu coloco o broche na minha blusa e então olho para ele. A gente está bem pertinho. E ele não se aproxima nem nada, mas eu começo a pensar em como esse é o momento perfeito para um beijo, e acho que ele começa a pensar a mesma coisa. Meu coração começa a acelerar. E eu sinto os olhos dele na minha boca. E... Mas antes que a gente se agarre como em uma cena de filme, a bendita da Taíssa decide aparecer, toda amarrotada.

– Bem – ela diz, um pouco sem ar. – Vamos?

João e eu trocamos um olhar frustrado, mas acabamos rindo e nos levantamos.

***

Cheguei a um ponto em que é completamente absurdo que eu não tenha falado nada a respeito da minha situação com João para a Carol. Inaceitável. Eu simplesmente não posso me olhar no espelho e me considerar sua amiga.

Então, no dia seguinte, no churrasco de aniversário que meus pais planejaram para mim, só para familiares, eu ligo e a convido.

– Mas você me disse que era só pra família.

– E é. Mas meus pais não se importam se eu chamar uma amiga.

– Não vai ser constrangedor? Tipo, vai ter que entreter seus parentes e eu vou ficar sozinha num canto...

– Prometo não deixar você sozinha. E meus parentes sabem se virar sem mim.

Carol pensa por um segundo e pede para eu esperar enquanto ela pede autorização para a mãe dela.

– Tá certo – diz, segundos depois. – Mas eu não posso ficar muito tempo, porque tenho culto hoje à noite.

Carol chega e eu a apresento para todos os meus tios, primos, a parentada toda. Minha avó acha Carol uma graça, mas muito magra e não consegue parar de repetir isso para todos. Então eu a levo para o meu quarto antes que vovó coloque mais comida no prato dela. E minha confissão não pode esperar nem mais um segundo.

– Bom – eu começo, fechando a porta –, eu preciso contar uma coisa.

Eu tento encontrar as palavras certas, e Carol cerra os olhos para mim.

– É alguma coisa relacionada ao João? – pergunta.

– Sim! – eu digo, aliviada. É tão bom quando alguém percebe logo de cara e você não precisa falar!

Ela revira os olhos e ri.

– Bem que eu vi que vocês estavam mais... sei lá. Tem uma química entre vocês. – Ela se senta na minha cama me encarando. – E aí, vocês já...?

– Não, não – conto, meio decepcionada. – Eu acho que ontem quase foi, mas no fim...

– Ah, mas se ontem quase foi, então está perto de ir – ela me encoraja.

– Não sei... – Eu me sento ao lado dela. – Parece que é tão difícil encontrar um momento bom. Tipo, eu sei que ele quer, e acho que ele sabe que eu quero, mas mesmo assim... sei lá.

Carol sorri.

– Camilla, eu nunca te perguntei isso antes, mas... você já beijou alguém antes?

Eu olho para ela por um segundo e começo a mexer numa mecha do meu cabelo.

– Já – confesso. – Uma vez. Mas não foi uma boa experiência.

– Melequento demais?

– Não. – Nós duas rimos. – Quer dizer, talvez.

– Nossa, o meu foi horrível, o cara ficou lambendo minha cara. Cruz credo.

Eu rio de novo.

– Não, não – eu digo. – Não foi nada assim.

Eu respiro fundo. Talvez porque ela tenha se mostrado tão empolgada com esse meu rolo com o João, ou talvez porque pela primeira vez estou olhando para ela e percebendo que, sendo crente ou não, ela nunca me julgou ou se achou superior ou tentou me forçar alguma lição de moral goela abaixo, mas finalmente eu sinto como se pudesse ser completamente sincera com ela. Sinto como se não precisasse protegê-la dos "pecados" da minha vida, ou sei lá. Acho que pela primeira vez sinto, de verdade, como se fôssemos 100% iguais. Não sei por que não me sentia assim antes, talvez porque não a conhecesse direito. Mas agora a conheço. Eu posso confiar na Carol para ouvir qualquer acontecimento da minha vida, seja ele vergonhoso, traumático, idiota ou sei lá. Então conto toda a história do desastre da festa de 15 anos. Quando termino de falar, ela parece preocupada.

– Camilla... – Ela segura as minhas mãos. – Por acaso isso foi... tipo, uma experiência traumatizante pra você ou algo assim?

– Não! – Balanço a cabeça um pouco nervosa. – Quer dizer, sim. Mas não foi nada horrível. Tipo, eu não tenho pesadelos com isso nem nada assim. Eu só nunca tive vontade de beijar ninguém depois disso.

– Só que agora você quer beijar o João.

– Quero – respondo com um suspiro.

– Bem, então você que vai ter que criar uma situação. – Ela se levanta e começa a andar pelo meu quarto.

– Todo mundo diz isso – comento, frustrada. – Mas não é fácil assim.

– Olha, sua situação poderia ser bem pior – Carol retruca. – Tem gente que se expõe tendo menos certeza do envolvimento do outro do que você tem do João.

– Ficar pensando em pessoas que estão em situações piores que eu não ajuda em nada. Eu só fico me sentindo uma idiota por não ter feito nada ainda.

– Exato, você devia se sentir idiota – Carol declara com veemência. – Você está perdendo o tempo que não tem.

Eu fico pensativa por um tempo e acho que meu cérebro faz uma viagem um pouco distante.

– Eu gosto de chamá-lo de João – falo, de repente.

– Hum? – Carol, que tinha pegado um dos meus Cadernos de Notas Fantásticas e começado a folhear, diz.

– Tipo, todo mundo já o chama de João. Às vezes João Victor. Uma vez ou outra vi alguém usando J.V. Mas, no geral, todo mundo chama o João de João.

Carol fica em silêncio, mas quando vê que não vou falar mais nada, incentiva:

– Eu sei. E daí?

– É que eu acho bonitinho quando namorados se chamam por nomes diferentes – tento explicar. – Tipo a Ana Luísa que chama o P.A. de Pedro. Mas eu gosto de João. E todo mundo já usa João.

– Uau – Carol diz, revirando os olhos. – As coisas que você considera importante às vezes me deixam estupefata.

– Ei! – eu digo, alegre. – Eu que te ensinei "estupefata"!

Ela pega meu dicionário e rapidamente encontra o que quer.

– "Que demonstra certa imobilidade diante de alguma circunstância imprevista; que demonstra pasmo, admiração; que está ou ficou perplexo. Figurado. Qualidade de atônito, assombrado ou estarrecido" – ela recita, me fazendo rir.

Nós saímos do quarto, eu me sentindo bem melhor de ter finalmente revelado tudo para a Carol, e ela implicando comigo por conta dessa coisa de "gosto de chamá-lo de João". Quando chegamos ao quintal, eu vejo que meu irmão chegou com a família dele.

Eu não esperava que Bruna viesse, mas lá está ela, com Valentina no colo. Quando me vê, ela coloca Valentina no chão, que vem correndo abraçar minhas pernas.

– Parabéns, titia! – Eu a pego no braço e lhe dou um beijo. Outro dia lhe ensino a incoerência do "parabéns".

Bruna se aproxima e me abraça.

– Parabéns. – Ela me entrega um pacote embrulhado. Então me puxa para um abraço de novo.

Eu me afasto e vejo que está com olhos cheios de lágrimas e entro em pânico. Eu não sei lidar com pessoas chorando, nem um pouco.

– É um dicionário de russo/português – ela conta antes que eu desembrulhe o presente. – Eu acho muito legal como você gosta de dicionários. Mesmo. Por sua causa eu comecei a usar um com mais frequência. Então achei que estava passando da hora de elevar o nível do seu fascínio.

– Obrigada! – respondo com sinceridade, sorrindo meio sem graça. Ela ri e seca os olhos. Lenine vem me abraçar.

– Feliz aniversário. – E mais baixinho, só para eu ouvir, completa: – Ela anda meio emotiva ultimamente.

– Não diga – respondo e ele ri.

– Bem, antes as lágrimas do que os gritos. – E então ele fica sério. – Isso é muito horrível de se dizer?

Eu rio.

– Se é, não sei. Mas eu concordo.

Quando eles se afastam (minha avó apareceu e já começou seu discurso de como Valentina é uma criança magra e que crianças precisam de comida para crescerem e serem adultos de bem), pego meu celular e envio uma mensagem para Lenine com o número do telefone da mãe de João.

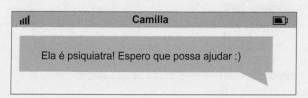

http://www.agentec.com.br

   Domingo, 21 de outubro

Seripaco exigiu que a Agente C se sentasse.

– Você já está me dando nos nervos.

A Agente C não conseguia evitar. Ia poder usar a Máquina do Tempo COM AUTORIZAÇÃO.

Tinha sido um presente de aniversário. O Agente DocEn ofereceu a máquina para a Agente Seripaco para viajar para onde e quando ela quisesse com um acompanhante! A Agente Seripaco, então, esperou até o dia do aniversário da Agente C para declarar que ela era a acompanhante escolhida.

Eu sei que para vocês a escolha parece óbvia, mas em defesa do Agente DocEn, a Agente Seripaco é uma das agentes mais populares em sua unidade (e em outras também) e a Agente C é a pessoa com quem Seripaco menos interage em horas de trabalho. Então é completamente compreensível que o Agente DocEn tenha ficado um tanto quanto chocado com a notícia.

Ele assinou o termo de autorização de cara fechada e entregou para a Agente Seripaco.

– Divirta-se – desejou de má vontade. Notem como ele usou a palavra no singular, como se ao mesmo tempo que desejasse que Seripaco se divertisse, desejasse também que a Agente C morresse de forma lenta, humilhante e dolorosa.

Ah, esse Agente DocEn!

Agora Seripaco estava navegando pelo sistema da máquina, tentando decidir para onde/quando iriam, enquanto a Agente C dava pulinhos empolgados em sua cadeira.

– Idade Média no Japão! – sugeriu. – Cem anos no futuro da Islândia! 1995 em Viena!

– C, cala a boca – Seripaco disse, impaciente. – Você pode ir para onde bem entender em suas viagens clandestinas, mas dessa vez eu que decido.

– Mas nas viagens clandestinas eu não consigo figurino – ela reclamou.

Ir até a sala de figurinos enquanto se está planejando usar a máquina sem autorização é pedir para ser descoberta.

– Você sempre faz compras em campo, mesmo – Seripaco rebateu.

Verdade.

– Que é que você está procurando? – a Agente C perguntou.

– É aquele ano que teve a lei... – Seripaco se perdeu um pouco no que estava lendo, e então continuou: – Aquela lei que aprovava correspondência com mais de 30 quilos com preço de carta simples e pessoas começaram a mandar bebês.

A Agente C revirou os olhos.

– Isso é chato – ela disse. – Vamos para algum futuro revolucionário!

– EU QUERO VER BEBÊS EM BOLSAS DE CARTEIRO – Seripaco explodiu.

– Ok, ok – a Agente C respondeu. – Credo, que estresse.

O Agente Frisson entrou no laboratório.

– O que vocês estão fazendo aqui? – perguntou com desconfiança.

– Nós temos autorização! – a Agente C respondeu, presunçosamente, lhe entregando o papel assinado pelo Agente DocEn.

Frisson a ignorou.

– Pra onde vocês vão? – perguntou direto para Seripaco.

Há algum tempo a Agente C suspeitava que Frisson estivesse com uma quedinha pela Agente Seripaco, desde que eles trabalharam juntos na Operação Sorveteria.

Não que a Agente C se importasse, mas era bom saber que Seripaco se interessava só por meninas, e que qualquer tentativa de Frisson para interação daquele tipo seria inútil.

A Agente C não estava nem aí com quem Frisson... bem, interagia. Mas seria um pesadelo se Seripaco fosse uma dessas pessoas. A Agente C provavelmente seria obrigada a conviver com ele fora do trabalho, e ela não desejava isso nem para seus arqui-inimigos (de quem ela até gostava, quando parava para pensar).

– O ano dos bebês nos correios – Seripaco contou.

Ele olhou confuso para a Agente C. Ela deu de ombros.

– Tá certo – ele disse. – Eu vou para a sala de figurino trocar de roupa e depois vou precisar usar a máquina.

– Nah-hã – a Agente C se intrometeu. – Ela é nossa por hoje.

– O Supervisor Geral acabou de me passar uma missão urgente – Frisson argumentou.

– Pra onde você vai? – Seripaco quis saber.

– 1913.

Seripaco arregalou os olhos e voltou a digitar coisas loucamente no sistema.

– É uma missão no passado – a Agente C disse com desprezo. – Quão urgente pode ser? Hoje ou amanhã, o passado continua no mesmo lugar.

Frisson saiu do laboratório, apressado. Provavelmente foi choramingar com o Supervisor Geral.

– Ele está a fim de você, sabia? – a Agente C comentou com Seripaco.

– Hã? – Seripaco olhou para a Agente C e então para a porta por onde Frisson acabou de sair. Depois ela olhou para o teto e balançou a cabeça. – Vocês dois são uns idiotas.

A Agente C ia protestar, mas Seripaco já estava pensando em outra coisa.

– Achei o ano, ok, mas acho que... – ela disse e digitou mais algumas coisas.

O Agente Frisson voltou com o Agente DocEn.

– Ah, foi chamar a mamãe, foi? – a Agente C provocou com voz de bebê.

– Vocês todos estão indo para o mesmo lugar, mesma data – o Agente DocEn disse em seu pesado sotaque texano. – Para cortar gastos, o Supervisor Geral autorizou que a missão do Agente Frisson aconteça junto com a excursão de vocês.

A Agente C encarou o Agente DocEn que retornou o olhar com um sorriso diabólico. Ele sabia! Ele sabia o onde/quando da Seripaco o tempo todo, ela deve ter comentado alguma coisa quando ele deu o presente. Ele sabia e fez questão de achar uma missão na mesma época só para colocar Frisson na viagem e estragar o humor da Agente C!

– Então vocês sabem a data exata? – Seripaco perguntou. – Ah, que bom. Não estava mais aguentando procurar aqui.

"*Touché*, DocEn", a Agente C pensou. "*Touché*."

Vou fazer uso de licença poética para descrever como passam os últimos dias de outubro no Coliseu: em zumbidos. Os últimos dias de outubro no Coliseu passam em zumbidos.

Durantes as aulas, no intervalo, nos corredores, nos banheiros, por mais que as pessoas conversem sobre suas próprias vidas e preocupações, o assunto de todo mundo chega ao mesmo ponto: o que o P.A. vai fazer?

Talvez por que sejamos um bando de jovens ricos e mimados (bem, não eu, claro. Mas a maioria dos alunos nesse colégio) que não têm muito que protestar, nós realmente vemos P.A. como um líder de revolução. Talvez João esteja certo, talvez ele seja nosso Martin Luther King. Só que em uma escala muito, muito, muito, MUITO menor, é claro.

Mas não é segredo que ele está revoltado com a escola. Principalmente porque fala isso em voz alta sempre que tem a oportunidade. Quando algum dos coordenadores passa por ele durante o intervalo, por exemplo, ele sorri e acena, e então diz:

– Fazendo um tour pelo inferno? Pensando em deixar as coisas piores?

O engraçado é que os atacados ou riem, como se achassem graça da piada, ou fingem que não escutaram. P.A. realmente se safa de tudo. Eu até me pergunto se ele está na verdade testando os próprios limites, para saber até que ponto a diretoria está disposta a aguentar.

O ponto cego ainda existe, por algum motivo. Eu pensei que eles derrubariam a parede ou algo assim. Talvez estejam esperando as férias para fazer isso. Por enquanto, o lugar anda sob vigilância. Não constante. Alguém simplesmente coloca a cabeça pelo buraco, vez ou outra, para ver se tem algum aluno aprontando alguma coisa. O pior? É que às vezes tem. Quão tapada uma pessoa tem que ser para tentar fazer algo escondido em um lugar que está sob vigilância (por menor que a vigilância seja)?

Talvez eles gostem do sentimento de risco. Mesmo que seja um risco idiota.

Mas apesar de odiar esse lugar com muita intensidade, o Coliseu tem uma tradição que eu aprecio de todo o coração: todo ano, no dia das bruxas, os professores são obrigados a darem aulas fantasiados. No meu primeiro ano, a professora Juliana veio de Dori, de *Procurando Nemo*, e, durante a aula, toda vez ela se esquecia de que já tinha falado uma coisa para a gente e repetia tudo de novo. Foi hilário!

Infelizmente esse ano o dia das bruxas cai em um dia que eu não tenho aula de história, mas tudo bem, estou empolgada mesmo assim. Tenho certeza de que os professores não vão nos decepcionar.

Então eu chego à sala de bom humor e decido acordar João para uma conversa fiada.

– Hã? – ele resmunga, levantando a cara amassada.

– Bom dia, florzinha! – eu o cumprimento. – Feliz dia das bruxas!

E coloco um bombom em cima da mesa dele.

– Gostosuras? – E sorri, piscando um olho para mim. – Acho que prefiro travessuras.

Eu faço um barulho de nojo.

– Por tudo que é sagrado, não use essa cantada nunca mais na sua vida – eu digo.

João arregala os olhos.

– Oh-oh – ele diz e eu me viro.

Bárbara entra em cena, completamente descontrolada, e vai direto para a mesa da Andreia, no canto mais fundo da sala.

– QUE É ISSO, HEIN? – ela pergunta, delicada como um mamute, colocando um papel na mesa da Andreia.

– Que é isso o quê? – pergunto para o João. Ele estica o pescoço.

– É uma foto, mas não dá pra ver direito.

Andreia revira os olhos.

– Se controla, garota – ela diz calmamente. – Essa foto é de mil anos atrás.

– E por que ela ainda está no seu Facebook? – Bárbara grita e até cospe.

– É uma foto de Thiago e Andreia se beijando – Taíssa surge do nosso lado para nos contar.

Franzo a testa.

– O Thiago ficou com a Andreia de novo? – pergunto.

– Não que eu saiba. – João responde.

Enquanto isso, Andreia está tentando lidar com Bárbara.

– Eu não tenho controle do que as pessoas postam! – ela se explica. – A página da própria boate postou isso, SÉCULOS atrás.

– E por que você não tirou a marcação dela, hein? – Bárbara grita ainda mais. – Você gosta que o povo pense que vocês estão juntos!

Thiago chega nessa hora e tenta avaliar a situação.

– EU NEM LEMBRAVA QUE ESSA FOTO EXISTIA, GAROTA. – Andreia responde, exasperada, mas Bárbara agora está focando no Thiago.

– Você também gosta de ficar vendo essa foto? FICA SE DIVERTINDO COM ELA À NOITE?! – Ela sacode o papel com a foto impressa na cara dele.

– Bárbara, pelo amor de Deus... – Thiago implora.

– Olha, tira essa menina de perto de mim – Andreia diz. – E não se preocupe, Bárbara, primeira coisa que vou fazer quando chegar em casa é tirar a marcação dessa foto.

Thiago já está puxando Bárbara pelo braço.

– É bom mesmo – ela responde, apontando o dedo para Andreia, e sai de sala praticamente carregada pelo Thiago.

Andreia revira os olhos.

— Que louca.

É estranho, desde o escândalo envolvendo ela, o Thiago e a Bárbara, eu não tenho percebido muito a Andreia. E ela não é muito de ficar quieta. Quando eu comento isso com João, Taíssa aparece com informações, de novo.

— Sabe o que eu fiquei sabendo?

— Obviamente não, Taíssa — João responde pacientemente.

— Ela teve um rolo com o professor Alex — ela nos conta. — Foi um bafafá só, porque ele tem namorada, e eu fiquei sabendo que elas tiveram uma briga em um bar.

Como é que Taíssa fica sabendo dessas coisas?

— Taíssa, acho que só você ficou sabendo disso — João diz.

— É... — comento. — Não que eu seja a pessoa mais informada do universo, mas acho que a gente teria ouvido falar de alguma coisa dessa magnitude se fosse algo que todo mundo soubesse.

— Sério? — Taíssa diz. — Bem que eu achei estranho que ninguém estava falando disso...

— Posso pedir um favor? — pergunto.

Ela faz que sim com a cabeça.

— Não conta pra ninguém — peço. — Acho que já deve ser traumático o suficiente entrar em uma briga com namorada de um professor.

Taíssa apenas dá de ombros, senta-se no seu lugar quando José Carlos entra na sala vestido de gorila e todos irrompem em aplausos.

De: Camilla Pinheiro <cpinheiro@zoho.com>
Para: Jordana Borges <jorges.publicidade@zoho.com>
Assunto: "C" é de Complexo (enviado em 31 de outubro, às 23h23)

Tá, então eu não dei um basta na situação, blá-blá-blá. Mas isso não significa que ela tenha evoluído de alguma forma. Às vezes acho que a gente vai ficar preso nesse limbo de "a gente se gosta, hihi" para sempre.

Eu não sei por que ele simplesmente não me chama pra sair. Ele não é novo nisso, sabe que chamar pra sair é praticamente afirmação de que estamos indo para o próximo nível.

Argh, olha só como estou conversando. "Chamar pra sair" e "ir para o próximo nível", até parece que estou protagonizando meu próprio filme de comédia romântica (e não um bom, da Nora Ephron, mas algum desses que andam fazendo ultimamente. Francamente, não se fazem mais filmes de comédia romântica de alta qualidade como antigamente). Outro motivo pra eu querer que a gente resolva isso logo: talvez eu não use mais termos como esses.

Eu sei, eu sei o que você vai falar. "Ai, Camilla, por que VOCÊ não o chama para sair?", o que é uma pergunta muito válida e só sei responder que... sei lá, é complexo. Talvez seja esse tal de "complexo" que o esteja impedindo de me chamar pra sair também.

Se existisse um jeito de mudar essa parte, de... sei lá, não ter que COMEÇAR e ir direto para um ponto onde as coisas já estão começadas, a vida seria muito melhor.

Eu odeio como eu ando... soando como uma adolescente. Se é que você me entende.

Enfim. Faz tempo que eu não escuto o que anda acontecendo na sua vida, estou me sentindo uma péssima amiga.

Beijos,
Capim

De: Jordana Borges <jorges.publicidade@zoho.com>
Para: Camilla Pinheiro <cpinheiro@zoho.com>
Assunto: "C" é de Cala a boca e para com essa lenga-lenga (enviado em 1 de novembro, às 03h17)

Bem, você já adivinhou o que eu ia falar, mas acho que vale a pena falar mesmo assim: CHAME O MENINO PRA SAIR, PELO AMOR DE DEUS, NINGUÉM MAIS AGUENTA ESSA LADAINHA.

Sobre a minha vida: você não sabe dela porque não tem nada acontecendo. Eu acordo, vou pra faculdade, almoço, vou pro estágio, volto pra casa, se for fim de semana, saio pra tomar sorvete (tem quem chame de cerveja, mas, né, preciso manter minha fama de comportada) com alguém e é isso. Enxague e repita a operação.

Uns amigos começaram a planejar uma viagem pra San Francisco, na Califórnia, e talvez eu acabe indo com eles. Mas é um talvez tão talvez que estou quase não indo.

Você falou do tal do "ser adolescente" e eu fiquei um pouco incomodada. Afinal o que é "ser adolescente"? Tipo, não existe jeito certo ou errado de ser um adolescente, acho. Só jeitos variados. Todo adolescente está sendo um adolescente, inclusive você. Tipo, adolescente é uma indicação de idade, e não de personalidade.

Então não acho que você tenha que se preocupar com isso. Se sua paranoia é "maturidade" ou algo assim... sei lá, todo mundo tem que passar por coisas pela primeira vez, não tem como pular isso, então ficar reclamando não adianta nada, não é mesmo?
Enfim. Por enquanto é só.

Beijos,
Jorges

Uma das maiores qualidades de novembro é que começa com um feriado. Uma qualidade em falta nos outros meses (exceto janeiro. Mas como todo mundo já está de férias e de ressaca das festas de Réveillon, ninguém percebe que é feriado).

Infelizmente, esse ano não poderei aproveitar essa qualidade, porque novembro é mês de vestibulares, e é reta final, e não dá para fingir que não, pois estamos todos enlouquecendo. A escola não marcou aula no dia de finados e até emendou com sábado e domingo, mas em compensação passaram sete milhões de listas de exercícios para resolvermos no fim de semana e corrigirmos na semana seguinte.

Na sexta, o feriado propriamente dito, eu fico em casa. Não vou dizer que passei o dia inteiro estudando, mas posso afirmar com segurança que foi um dos dias mais produtivos do ano nessa área. Sábado eu não aguentava mais fórmulas e nomes em latim ou de grandes personalidades históricas, então peguei meu caderno de Notas Fantásticas e comecei a escrever. Acho que posso considerar isso estudar, porque redação é de grande importância em todos os vestibulares.

Depois do almoço, Thiago me liga.

– Pessoal tá vindo aqui pra estudar. Quer vir?

– Que pessoal? – pergunto.

– Daniel, João e... Bárbara.

Eu suspiro.

– Pelo amor de Deus, Camilla – ele reclama impaciente. – Eu posso garantir que ela estará mais preocupada em estudar do que qualquer outra coisa.

É. Bárbara pode ser uma namorada maníaca, mas também é obcecada com estudos.

– Tá, espera. – Eu viro para o meu pai sentado no sofá com os pés na mesinha de centro. – Pai, cê pode me levar na casa do Thiago?

– Para quê? – ele resmunga com evidente preguiça.

– Estudar.

Ele suspira. Essa é a palavra mágica.

– Que horas?

– Agora.

Resignado, meu pai se levanta para procurar um par de chinelos.

– Ok, estou indo – eu falo para o Thiago e desligo para arrumar meus materiais.

***

Os pais do Thiago gostam muito de mim. Basicamente porque aparentemente eu sou a "boa amiga" dele ou algo assim. Provavelmente porque sempre quando algum outro amigo dele aparece por lá, é para levá-lo para sair e coisas desse tipo. Eu nunca levo Thiago para sair porque eu não sei levar pessoas para sair. Eu sempre sou levada. Então quando eu apareço, é para fazer alguma coisa exemplar, como estudar, ou inofensiva, como assistir a um filme.

Sempre que eu vou na casa do Thiago, a mãe dele começa a ter umas conversas do tipo:

– Você é uma boa aluna, não é, Camilla? Nossa, você tem que ensinar esse Thiago, ele não estuda nada. Você estuda muito, não estuda, Camilla? Esse aqui não estuda nada, nada. Fica o dia inteiro parado. Você tem que dar um jeito nele, Camilla.

E por aí vai.

No começo, eu ficava muito sem graça, mas Thiago só revirava os olhos para mim e eu percebi que isso não o incomodava. Provavelmente a mãe dele fala isso desde sempre. O que é completamente insano, porque as notas do Thiago são ótimas, mas, ok, não vou entrar em uma discussão com a mulher por causa disso. Imagino que Thiago já faça isso com frequência, quando não tem nenhum amigo por perto.

Então quando eu toco a campainha do apartamento deles, a mãe de Thiago abre com um megassorriso, já sabendo que sou eu à porta, porque o porteiro avisou, é claro.

– Camilla, florzinha, tudo bem? – Ela me dá um abraço. – Estudando muito?

Eu dou de ombros e sorrio sem graça.

– Tá todo mundo lá na sala, pode ir, pode ir. Você quer beber alguma coisa?

Eu faço que não com a cabeça, mas conhecendo a tia Luciene, ela vai nos trazer um suco daqui a pouco.

Eu entro na sala de jantar e encontro a mesa abarrotada de cadernos e papéis. Bárbara e João já chegaram, e João abre um pouco de espaço do lado dele para mim e eu coloco minha mochila lá.

– Qual a aventura da vez? – pergunto sem enrolação.

– Matrizes – Thiago responde. E eu pego a respectiva lista na minha mochila.

– Você já fez? – João pergunta quando me sento.

– Só algumas. Daí fiquei cansada e fui fazer outra coisa.

A mãe do Thiago entra na sala com uma jarra cheia de um líquido amarelo que estou adivinhando ser suco de laranja ou tangerina.

– Tá aqui um refresco para vocês. – Ela coloca a bandeja com copos em cima da mesa e sorri para mim. – Camilla, veja se consegue colocar um pouco de sabedoria na cabeça desse meu filho, viu? – Ela ri da própria brincadeira e eu fico imóvel, sabendo que Bárbara já está me fuzilando. Ela então se vira para Thiago: – Seu pai e eu vamos sair agora, tem dinheiro pra pizza na cozinha em cima da geladeira. Qualquer coisa é só ligar.

Ela dá um beijo nele e sai. Uns minutos depois, ela e o pai de Thiago aparecem para se despedir da gente e desejar bons estudos e então vão embora.

Nós trabalhamos em silêncio por um momento.

— Você não me disse que seus pais iam sair — Bárbara diz de repente.

— É, foi meio de última hora — Thiago responde sem levantar a cabeça.

— Eles foram para onde? — João pergunta e eu lhe dou uma cotovelada. Ele olha confuso para mim e eu escrevo no papel dele:

Nós não fazemos parte dessa conversa.

Ele só dá de ombros.

— Para a fazenda — Thiago responde.

Silêncio.

— Eles vão dormir lá? — Bárbara pergunta.

— Uhum... — diz Thiago meio cauteloso.

— Bem que você poderia ter me falado! — ela estoura.

Thiago finalmente levanta a cabeça.

— Para quê? — o idiota indaga. Vamos, Thiago, você é mais esperto que isso!

João esconde o rosto na mão.

Bárbara revira os olhos.

— Pra eu poder... — Ela tenta indicar com os olhos. Não adianta, Thiago é um tapado mesmo. — ...ficar aqui com você.

— Aah. Você quer?

O interfone toca e eu me levanto para atender. É Daniel. Eu deixo a porta aberta para ele e volto para a mesa. Bárbara está no telefone com a mãe.

– É, daí eu vou dormir na casa dela – ela está dizendo – Ai, mãe, pelo amor de Deus, ela está bem aqui...

Eu arregalo os olhos quando Bárbara me entrega seu celular. Ela olha insistentemente para mim, e eu me sinto obrigada a pegar.

– Hum... – eu digo.

– Oi, é a Camilla? – escuto uma voz dizer.

– É...

– Eu peço desculpas pela Bárbara, você sabe como ela é – a mulher continua. – Não acho que seja muito absurdo querer conhecer com quem minha filha vai estar dormindo, né?

Ela ri e eu não sei o que responder, então rio junto.

– Você pode passar pra ela de volta, por favor? – a mulher pede, graças a Deus.

Bárbara vai para a varanda terminar de falar com a mãe e eu ainda não tenho muita certeza do que acabou de acontecer. Felizmente, Daniel aparece nessa hora, e eu o puxo para meu lado imediatamente, porque ele é fera em química, e eu preciso de ajuda, e quanto mais compenetrados em estudos nós parecermos, menos seremos incomodados.

O resto da tarde passa tranquilamente, com a gente resolvendo o máximo de exercícios possíveis, tomando suco e comendo pão de queijo. Até a Bárbara passa a maior parte do tempo bem tranquila. Isto é, até chegar o fim da tarde, quando a luz acaba. Como já está escurecendo e nós estamos muito produtivos com os exercícios, decidimos acender velas para continuar com os estudos. Mas depois de uns 40 minutos nessa situação, Bárbara tem um ataque.

– AI, MEU DEUS, QUE CALOR! – explode. – Alguém liga um ventilador!

Todos nós focamos nossa atenção nela, inclusive Daniel, que geralmente não foca atenção em ninguém. Não passa pela cabeça dela o fato que o calor vem das velas que estão acesas porque *não* temos energia, logo *ligar* um ventilador não é exatamente uma opção. E mesmo que fosse, se o ventilador fosse à pilha ou sei lá, o vento apagaria as velas, que estão provocando calor enquanto iluminam nosso caminho para um futuro em uma universidade. Se ligássemos um ventilador, apagaríamos nosso futuro!

Se qualquer outra pessoa presente tivesse feito esse comentário, provavelmente ficaríamos uns vinte minutos fazendo piada do assunto. Mas como a autora foi a ilustre louca da Bárbara, só a ignoramos.

Mas depois desse ataque, Bárbara acaba ficando impaciente e começa a mandar tudo quanto é tipo de indireta de "como está tarde" e "como ela está cansada". Então a gente começa a arrumar nossos materiais e eu puxo meu celular do bolso para ligar para os meus pais.

– Camilla, você quer carona? – João me pergunta.

Eu olho para ele, incerta.

– Você tem que parar com esse seu medo! – ele zomba. – É feriado, você acha que vai ter alguma blitz por aí?

(A propósito, eu acabo aprendendo que feriado é época perfeita para blitz, então esse comentário de João é extrairônico por conta disso.)

Eu ainda não digo nada.

– Eu vou deixar o Daniel na casa dele e depois a gente pode tomar sorvete ou sei lá – João ainda espera uma resposta minha.

Uau, isso é um convite para sair? Romanticamente falando? É, não é? Finalmente!

– Eu quero sorvete! – Daniel diz e João o fulmina com os olhos.

– É, Camilla, deixa de ser besta – Bárbara, que obviamente está louca para se ver livre de nós três logo, opina. – O João dirige o tempo todo, é tranquilo.

– Então tá – concordo, ficando muito nervosa de repente.

Thiago vem me abraçar, e quando se aproxima arqueia as sobrancelhas para mim em um gesto que significa "eu sei exatamente o que está acontecendo entre vocês dois hehehe" e eu reviro meus olhos para ele em um gesto que significa "você é um babaca".

Finalmente nós saímos do apartamento e descemos as escadas.

– Uau, a Bárbara parecia bem impaciente, vocês não acham? – Daniel comenta e a gente ri.

– Eu acho estranho é que o Thiago não parecesse tão ansioso – João diz.

– É... – Daniel e eu dissemos ao mesmo tempo.

Daniel não mora muito longe do prédio do Thiago, na verdade tinha vindo a pé, mas João tinha oferecido carona por cortesia. Então não demorou muito para ficarmos sozinhos no carro. Eu não digo nada porque estou muito nervosa, mas no som toca uma banda legal que não conheço. Considero perguntar que banda é, mas já mencionei que estou muito nervosa? Minhas mãos estão suando. E não é porque estou sozinha com João (tá, é um POUQUINHO por causa disso), mas porque tenho certeza de que vamos ser pegos, algo ruim vai acontecer, eu posso SENTIR.

– E aí, quer ir para a sorveteria mesmo ou o quê? – João me pergunta.

– Hum. – Eu seco minhas mãos nas calças, mas elas quase que imediatamente ensopam de novo. – Acho melhor você só me levar para casa mesmo.

João olha para mim e começa a rir.

– Meu Deus, Camilla, você tá branca.

– Para de rir – peço, estressada. – Alguém vai parar a gente, eu estou sentindo...

– Camilla, ninguém vai parar a gente – ele diz, confiante.

***

Uma blitz para a gente.

Para ser um pouco sincera, fico até aliviada com o acontecimento. Não porque queira que João seja punido pelos seus crimes, mas porque eu passei o caminho inteiro preocupada com o que poderia acontecer, e agora que acontece, é um fato e não só paranoia minha, então a gente pode lidar com a situação sem ficar preocupado com os "e se".

Tudo acontece bem rápido depois que João admite que não é habilitado. Ele diz que pegou o carro escondido, na tentativa de não criar muitos problemas para os pais. Os policiais apreendem o veículo e entram em contato com o pai dele. Eu acabo ligando para o meu, porque acho que o pai do João vai ter mais coisas para se preocupar além de levar uma menina desconhecida para casa.

— Seu pai vai brigar muito com você? — pergunto.

— Nada, ele que me empresta o carro, né. — Ele dá de ombros. — Mas provavelmente meus dias de motorista chegaram ao fim.

— Até você tirar a carteira.

— Até eu tirar a carteira.

A gente fica em silêncio olhando para a rua. João pega a minha mão.

— Vou ficar devendo um sorvete.

Eu sorrio e vejo o carro do meu pai estacionando. Solto a mão de João rapidamente e coloco minha mochila nas costas.

— Ele vai brigar muito com você? — João pergunta.

— Não sei...

— Você quer que eu fale com ele? Diga que forcei você a entrar no carro? — ele oferece me fazendo rir.

— Pode deixar — eu digo, tentando acalmar a mim mesma. — Ele é comunista, já viu coisa pior que menores atrás do volante.

João sorri e a gente se despede. Meu pai oferece ajuda para o pai de João que diz ter tudo sob controle e aí a gente vai embora.

Geralmente, a figura disciplinadora lá de casa é minha mãe. Eu já levei umas broncas do meu pai, óbvio, mas eu nunca sei exatamente o que esperar. Então o silêncio dentro do carro no nosso caminho de volta me enlouquece mais que qualquer outra coisa.

– Minha mãe está em casa? – Faço uma tentativa. Ele faz que sim com a cabeça. – Então... ela sabe?

– Sabe – meu pai finalmente diz. – Ela está bem chateada.

Eu fico automaticamente defensiva.

– Não foi minha culpa! – Estou cheia de argumentos na ponta da língua, mas todos envolvem acusar João, o que não quero fazer. – Essa coisa de dirigir só com 18 anos que é idiota.

– Você vai ter que se justificar com sua mãe, não comigo.

Eu cruzo os braços, emburrada. Mesmo estando meio que errada na história, por algum motivo sinto que tenho o direito de ficar irritada e na defensiva.

– Olha, sua mãe já teve um namorado indiretamente envolvido em um sequestro de avião – meu pai comenta. – Se você souber usar bem suas palavras, ela vai entender.

Eu reviro os olhos.

– É diferente! – eu digo, frustrada. – Você estava fazendo algo pelo bem maior ou sei lá. Ela não vai entender nada.

– Ela pode entender que alguém possa ter bom-senso obscurecido por causa de sentimentos. – Ele me lança um olhar insinuante.

– É o quê?! Que sentimentos? – Tenho a audácia de me fazer de desentendida, mesmo sabendo que os acontecimentos do dia mais o meu embaraço são evidências suficientes.

Meu pai ri e balança a cabeça.

– Olha, eu só digo isso: alimentar um romance é muito mais difícil quando uma família não aprova. Olha seu irmão, por exemplo. Ou Romeu e Julieta. – Eu rio da comparação, e meu pai pisca um olho para mim. O que é superestranho, porque meu pai não é do tipo de ficar dando piscadelas, então, além de ser incomum, é superdesajeitado. – Só toma cuidado com o que você for falar pra sua mãe. Seria péssimo ela ter uma opinião ruim do seu... amigo. Mesmo que sentimentos não estejam envolvidos.

Eu começo a pensar freneticamente em desculpas.

– O que eu falo? – pergunto, desesperada, quando entramos na nossa garagem.

Meu pai dá de ombros.

– Assuma a culpa. Você vai ficar de castigo de qualquer maneira.

***

No fim, minha mãe me deu uma super de uma bronca e usou todas aquelas frases padrões de "estou muito decepcionada" e "você tem que aprender a ser mais responsável" e decretou que ia deixar o modem da internet desligado por uma semana. Como em 15 minutos desconectada eu já entrei em crise de abstinência, saio da aula de segunda-feira já procurando por Marcela. Nosso encontro de hoje tem importância extra, não só porque no próximo domingo nós vamos juntas para Brasília fazer a prova da Unicamp e nós temos que planejar a logística, mas porque eu posso usar a internet dela.

Mas eu só vejo Fran encostada no capô do carro estacionado em frente à pracinha. Eu atravesso a rua para falar com ela.

– Oi! – eu a cumprimento. – Cadê a Marcela?

– Ela precisava ir ao banheiro – Fran responde.

Eu encosto no capô ao lado dela e vejo João indo embora com o pai. Eles nos veem também e param o carro ao nosso lado.

– Oi, Camilla! – o pai de João cumprimenta, passando por cima dele para poder falar comigo. – Tudo bem?

– Bem, e o senhor?

– Bem, bem – ele responde. – Escuta, agradeça seu pai por mim de novo, tá bom? Espero que ele não tenha ficado com má impressão por causa de sábado.

– Ficou não, não se preocupe.

– Ok, então. Tudo de bom! – ele diz. Antes de fechar o vidro, João acena para mim.

Fran se vira para mim e começa a perguntar do que o pai do João estava falando, quando arregala os olhos.

– Ai, merda – ela diz baixinho.

Eu olho em volta e vejo um senhor saindo de uma caminhonete e vindo em nossa direção.

Por um segundo, Fran tenta se esconder, mas imediatamente ela percebe que é evidente que o homem já a viu, não adianta fugir.

– Fran, quem é esse? – pergunto em voz baixa.

Mas antes que ela possa me responder, ele chega até nós. Eu não sei o que fazer.

– Então você nem fala com seus pais mais? – ele pergunta, de repente.

– Oi, pai – ela cumprimenta baixinho. E, depois, provavelmente porque não tinha mais nada a dizer, me apresenta. – Essa aqui é a Camilla.

Ele estende a mão para mim e eu aperto.

– Minha filha trabalha pra você? – ele pergunta meio rude.

– Hum, não...

– Ela é amiga da Marcela – Fran intercede. – Eu trabalho para a Marcela.

É incrível a diferença que faz o tom de voz de uma pessoa. Desde sempre a gente fala que Fran trabalha para a

Marcela de uma forma normal, apenas constatando um fato. Mas o jeito que o pai da Fran fala parece que diminui uma pessoa. Como se a Fran fosse alguma escrava ou algo assim. Alguém sem valor.

— Ela foi ao banheiro — eu informo, porque ninguém está dizendo nada.

— Você estuda aqui? — o pai de Fran me pergunta.

Eu faço que sim com um meio sorriso.

— Vai prestar vestibular esse ano? — ele continua.

Eu concordo com a cabeça de novo.

— E depois que entrar na faculdade você vai usar a cabeça ou vai jogar tudo para o alto e viver que nem uma hippie? — Sua voz se altera, e eu encolho do lado de Fran.

— Pai, não começa — Fran avisa.

— Francielle, você está deixando sua mãe doente vivendo do jeito que está.

— Pai...

— Você não tem vergonha não? — Algumas pessoas estão olhando para a gente agora. — Você fica de babá para umas crianças que daqui alguns anos vão ter mais futuro que você?

— Não, eu não tenho vergonha — ela diz, mas sua voz sai um pouco tremida.

— Pois eu tenho — ele continua. — Quando pessoas vêm me perguntar de você, eu tenho vergonha de responder.

Ele se vira e atravessa a rua de volta. Antes de entrar na caminhonete, diz mais uma coisa:

— Se você tem o mínimo de consideração pela sua mãe, ligue para ela.

E aí vai embora.

Fran consegue se segurar até ver o carro virar a esquina, e então tampa o rosto nas mãos e começa a chorar.

E só então Marcela decide aparecer.

Ela nos olha preocupada.

— Gente, o que aconteceu?

— Garota, você por acaso construiu o banheiro antes de usá-lo? — eu comento.

Fran ri do que eu digo, então decido caminhar para as linhas de pensamento do "ela vai ficar bem".

– Vamos almoçar – sugiro. – Daí a gente explica.

Fran levanta a cabeça, limpa o rosto com os punhos fechados e concorda.

***

Eu termino de contar os detalhes dos acontecimentos pós-aula quando Fran vai atender uma ligação em particular. A gente acha que é a mãe dela.

– Sabe o que é estranho? – Marcela diz. – Eu não acho que a Fran esteja jogando a vida dela fora.

– Eu também não.

– Não, não. Mas presta atenção. Nós duas estamos nos matando de estudar para o vestibular. Ontem eu chorei de desespero quando me dei conta que só faltava uma semana pra Unicamp. A gente tá, tipo, muito investida nisso.

– E daí?

– Daí que a gente está agindo como se nossa vida fosse acabar se a gente não passar no vestibular – ela explica, exasperada. – Todo mundo fica agindo como se nossa vida fosse acabar se a gente não passar no vestibular. É tudo que o povo fica falando pra gente na escola.

Eu concordo com o que ela diz, mas não tenho nada a acrescentar às declarações, então nós ficamos em silêncio, perdidas em nossos pensamentos.

– E a Fran é, tipo, realmente uma pessoa – Marcela diz depois de um tempo. – Tipo, uma adulta. Quer dizer, não uma *adulta*, mas você me entende? Ela mora sozinha, ela paga as próprias contas, todo mundo que ela conhece confia nela, ela se diverte e tudo o mais. E se quiser entrar na faculdade depois, estudar o que bem entender... quer dizer, não tem problema, né? Não tem idade máxima pra entrar na faculdade. Você pode entrar quando quiser.

A Marcela está tendo um momento Marcela. É quando do muitos pensamentos passam na cabeça dela ao mesmo tempo e ela precisa dar voz a eles para organizá-los. O melhor a fazer é ficar quieta. Leia um livro, se quiser, organize sua agenda. Só fique atento o suficiente para poder participar quando requerido.

– Eu sempre achei que a Fran tivesse uma vida mais tranquila – Marcela continua. – Tipo, eu sempre soube da briga dela com os pais, mas sempre pensei nisso mais como... um fato. Tipo, ela é alta, ela tem cabelos castanhos, ela brigou feio com os pais. Eu nunca vi as emoções agindo, sabe? Eu nunca vejo as emoções agindo... Camilla, eu acho que estou tento uma epifania aqui.

Eu me sento mais ereta.

– Manda ver.

– Todo mundo tem suas crises – ela declara.

Eu olho para ela por um minuto para ter certeza que é só isso que tem para falar. Então eu reviro os olhos.

– Puxa, Capitã Óbvia, que bom que você veio ao resgate – eu zombo, revirando os olhos novamente. – Eu pensei que você estava falando sério.

– Não, não. Escuta. – Ela agita a mãos. – Eu sempre achei que você fosse um ímã de drama. Porque você sempre gostou de ficar observando essas coisas e por causa das histórias loucas que você me conta, eu sempre achei que *você* via drama em todo lugar, sabe? Porque eu nunca vejo, em lugar nenhum. Nem quando eu sei de alguma coisa chocante, eu não... *sinto* o clima. Eu não sinto o drama. Então pra mim é só um bando de coisas que acontecem, sabe? Causa e consequência e sei lá.

– Você achava que eu era ímã pra dramas? – repito um pouco ofendida. Marcela revira os olhos, por sua vez.

– Camilla, um pouco de perspectiva, por favor. O que estou querendo dizer é que tem drama pra todo lado. E de alguma forma eu acabo perdendo o drama. Toda vez! Até quando está debaixo do meu nariz. E isso nunca me incomodou antes, mas agora fico pensando se não estou perdendo um ritual de passagem importante da adolescência ou algo assim.

Eu sorrio.

– Não, Marcela, olha. Juro. Você não está perdendo nada. Sério, sua ignorância com dramas é um dom e você deveria se aproveitar dele enquanto durar, porque não acho que você vai conseguir evitar dramas pelo resto da vida.

Marcela observa Fran na varanda, conversando ao telefone. Parece cansada.

– Eu só não quero ser insensível com os sentimentos de ninguém.

– Você não é, eu juro. Só um pouco ignorante. Mas acho que todo mundo é ignorante em relação aos sentimentos dos outros. Às vezes a gente é ignorante até com nossos próprios sentimentos.

– Tipo você e essa negação ridícula com João.

Eu rio.

– É. Tipo isso.

---

http://www.agentec.com.br

 Segunda-feira, 5 de novembro

Bem, os detalhes dos acontecimentos dos últimos dias estavam confusos até para a Agente C, mas não havia como negar: Sidney Magal estava apaixonado por ela.

Foi um acidente, sério. A Agente C estava apenas dando um rolé nos anos 70 do Brasil e esbarrou com ele na rua.

– Sidney Magal! – ela o chamou, empolgada.

Ele sorriu, sedutor.

– E seu nome, linda, qual é? – ele quis saber, pegando sua mão.

– Sandra Rosa – a Agente C respondeu, querendo fazer piada.

Sidney Magal não reagiu ao nome, o que ela achou estranho. Chegou a fazer outra piada sobre como sempre quis ser cigana, para ver se ele captava a mensagem, mas nada. Só então ela se deu conta que estava em uma época um pouco antes do lançamento da música.

Por algum motivo, o homem criou uma obsessão por ela. No começo era divertido, mas agora estava ficando incômodo.

– Eu não consigo parar de pensar em você – ele repetia.

– Hum, dá licença? – ela pedia, educadamente. – Estou tentando comer?

– Eu sonho com seus beijos, dia e noite – ele sussurrava em seu ouvido.

Ela revirava os olhos. Se ele achava que mencionar tais sonhos seria o suficiente para convencê-la a ter esse tipo de interação com ele, acabaria tendo só sonhos como lembranças dela.

Estava na hora de dar um basta nisso tudo.

– Sidney Magal – ela disse. Não conseguia evitar, precisava sempre dizer o nome inteiro dele. – Nós precisamos conversar.

Ele sorriu para ela.

– Bem, você é um cara muito legal. Para com isso! – Deu um tapa na mão que ele tinha levantado para tocar suas bochechas com os dedos. É um saco conversar com alguém pegando no seu rosto. – Você é legal, mas está passando da hora de eu voltar para casa.

– Eu te levo! – ele ofereceu.

– Não, não – ela explicou. – Para onde eu vou, você não pode vir junto.

– Por que não?

"Porque você é considerado brega na minha realidade, sem contar que é supervelho e simplesmente não ia rolar" era o motivo real, mas a Agente C achou que ele poderia levar para o lado pessoal.

– Nós queremos coisas diferentes – ela respondeu.

– É porque você quer ser cigana? – ele perguntou. – Porque dou maior apoio, broto. Na verdade, estou doido para te ver cantar, seu corpo inteirinho dançar sem parar.

A Agente C revirou os olhos. Ele tinha falado muitas coisas desse tipo nos últimos dias. Como se livrar dele?

– Acabou, Sidney Magal – ela disse. – Nosso tempo junto acabou.

– Não! – ele gritou, se ajoelhando na sua frente e a abraçando pela cintura. – Eu não aceito! Quero me casar com você!

– Ai, meu Deus – a Agente C disse, tapando o rosto com as mãos.

Então é claro que, para piorar a situação, o Agente Frisson apareceu em cena, sem nenhum motivo aparente.

– E aí, C? – ele a cumprimentou com um sorriso maquiavélico estampado na cara.

– C? – Sidney Magal perguntou confuso, levantando a cabeça.

– Ce... andra – a Agente C improvisou. – Ceandra é meu nome verdadeiro, mas eu sempre achei horrível, por isso mudei para Sandra.

Sidney Magal se levantou e fez uma careta.

– É horrível mesmo, ainda bem que mudou. – Se virou para Frisson. – E você, quem é?

A Agente C decidiu improvisar um pouco mais.

– Esse é meu noivo – ela respondeu, correndo para o lado de Frisson. – Vamos nos casar semana que vem.

Frisson arqueou sobrancelhas para ela.

– Nããão! – Sidney Magal gritou dramaticamente.

– Sim – disse Frisson, pegando na mão da Agente C. – Nós decidimos nos separar por um tempo, para confirmar se é isso mesmo que queremos e chegamos à conclusão que estamos mais apaixonados do que nunca. Não é, chuchu?

A Agente C olhou de Frisson para Sidney Magal tentando calcular qual destino seria menos pior. Se ela escolhesse Frisson, ele passaria o resto de suas vidas profissionais fazendo piada disso. Talvez passar o resto da vida com Sidney Magal não fosse tão ruim...

Não! A Agente C gostava do trabalho que tinha, largá-lo por causa de umas brincadeiras de mau gosto seria covardia.

– Sim, estamos apaixonados – a Agente C concordou, sem entusiasmo.

E então Frisson começou a se aproximar dela, como se fosse beijá-la. A audácia! A Agente C deu um passo para trás e o

Agente Frisson levantou as sobrancelhas. Se ela não cooperasse, ele ia deixá-la sozinha para lidar com o "Amante Latino".

Impaciente, a Agente C agarrou a cabeça de Frisson e lhe deu um beijo. Com satisfação, ela percebeu que o tinha pegado de surpresa, mas ele logo se recuperou e colocou os braços em volta dela e a beijou com tudo. Foi uma cena de filme, daqueles bem melosos com a câmera girando em torno do casal. Você já deve estar imaginando, portanto, não há necessidade de uma descrição mais detalhada.

Finalmente eles se soltaram, e quando olharam para Sidney Magal, ele já estava conversando com outra moça que tinha parado para assistir à cena. O nome dela era Madalena.

Na quarta-feira, minha mãe me deixa faltar porque fiquei acordada até tarde na noite anterior (ela deve achar que eu estava estudando. Haha. Haha. Coitada).

À tarde, porém, eu decido ir para o Formiguinhas porque, não vou mentir, quero encontrar com o João.

Por causa do vestibular, João e eu andamos meio que estressados. Bem, e todo mundo da turma, é claro. Eu sei que é meio irracional entrar em pânico no último segundo, quando você passou os últimos três anos estudando sem parar, mas por definição pânico é irracional (adj. Que assusta, súbita e violentamente sem motivo. / S.m. Medo, susto, eventualmente infundados). Porém, se fosse para eu parar e considerar de verdade os meus sentimentos (e claro que eu paro e considero de verdade os meus sentimentos com frequência), acho que estresse não vem muito do fator "e se eu não souber nada?", mas sim do fator "e se eu fiquei esse tempo todo estudando e mesmo assim não passar?". Então a gente estuda mais, se estressa mais, só para garantir.

Em consequência, a vida social de todo mundo está meio atrofiada.

Mas mesmo assim eu apareço no Formiguinhas só para ver o João.

– Oi – ele diz assim que eu entro na sala –, achei que você não viria hoje.

– Eu quase não vim. – Mentira deslavada. – Mas se não viesse ia ficar a tarde inteira me sentindo culpada.

Enquanto os alunos do terceiro ano estão se preparando para o vestibular, os alunos do primeiro e do segundo que ainda não passaram de ano vêm ao programa de ajuda para poder estudar para as provas finais. Isso significa, claro, que Sibele está na sala, provavelmente pensando em alguma desculpa para vir falar com o João.

Eu não quero ser daquelas que ficam obcecadas com as ex-namoradas do garoto que gosto, mas, de verdade, não consigo entender como Sibele e João chegaram a namorar. E por tanto tempo! Tipo, eu entenderia se tivesse sido apenas uma ficada, ou várias, não sei. Mas namoro exige compromisso. E compromisso exige incentivo (acho?). Questão principal é: como duas pessoas seguram um namoro por tanto tempo se eles não têm nada em comum? Ou será que eles têm algo em comum e eu não percebo e minha queda por João é na verdade uma queda por uma pessoa completamente idealizada?

– Eu vi sua atualização ontem – João comenta, se sentando no nosso canto preferido da sala e me despertando dos pensamentos.

– Ah, é? Gostou? – Eu o acompanho e sento na carteira atrás dele.

– Uhum. Mas até hoje você não postou nenhuma das outras histórias que eu vi.

– E nunca vou postar.

– Por que não?

Eu suspiro.

– Eu já disse. Não é perfil do blog, as histórias não são tão boas – tento explicar, mas esses não são os únicos motivos. E não é um assunto que quero discutir no momento.

– Eu discordo.

– João, pelo amor de Deus. – Eu perco a paciência. – É meu blog, ok? Minhas histórias. Se você quiser um site com histórias tristes e pessoais ou sei lá, procura no Google e me deixa em paz.

Nós ficamos emburrados por um tempo, mas ficar de cara fechada por um período muito longo faz seu rosto ficar dolorido (principalmente na área em volta da boca), então relaxamos e só ficamos em silêncio.

– Eu não quero um site com histórias tristes – João tenta de novo. – Eu quero as suas histórias. Tipo, eu acho que ia ser legal se você expandisse. Mostrasse seu outro lado e tal.

– Mas para quê? – pergunto, confusa. Por que ele insiste nisso?

– Sei lá! – ele diz, exasperado. – Tipo, a HQ do Homem Aranha é superengraçada, mas quando tio Ben morreu, eu quase chorei e tal.

– O que isso tem a ver?

João suspira.

– Nada. – Ele abre o caderno e pega seu livro de física. – Deixa pra lá.

– Não, agora você fala! – Coloco a mão no ombro dele para fazê-lo olhar para mim.

Sibele aparece nesse momento.

– João, será que você...

– Pode voltar daqui a pouquinho? – Eu a interrompo. – A gente está terminando de conversar.

João ri enquanto Sibele volta para sua mesa com uma cara de quem comeu e não gostou.

– Me diz: por que é tão importante pra você que eu publique histórias tristes?

João revira os olhos.

– A questão não é que elas são tristes. – Ele se vira para mim. – Mas, sei lá, elas foram derivadas de... Hum, algum sentimento intenso que você estava tendo ou algo assim? E acho que ia te ajudar a... se libertar, sei lá.

Eu o encaro por um segundo.

– Me... libertar... – repito lentamente. – Uau, Freud, muito obrigada por essa visão profunda de meus sentimentos.

João ri e balança a cabeça em frustração.

– Você insiste pra ouvir minha opinião e depois curte com a minha cara – ele reclama. – Faz assim: tenta, uma vez. Só de teste, posta alguma história diferente. E depois me diz se fez alguma diferença.

Eu suspiro e não digo nada para não me comprometer. Mas começo a considerar a possibilidade. Olho para o canto onde a Sibele está sentada e vejo que ela está nos encarando fixamente. Faço um gesto com a mão para ela se aproximar.

— Vamos ver qual é a desculpa da vez.

***

Sexta é dia de simulado! Eba!

Empolgação completamente sarcástica, claro. Última coisa que preciso antes de um fim de semana de prova é MAIS UMA PROVA. Mas eu faço mesmo assim, porque tem toda aquela coisa de estresse pré-prova e, se eu tivesse ficado em casa, ficaria me sentindo culpada e me amaldiçoando, porque simulados são importantes para praticar e toda aquela baboseira que professores falam e tal. Porém, eu faço a prova com apenas metade do esforço mental que faria normalmente, porque não quero desperdiçar. Não quero ficar intelectualmente exausta antes da hora.

Quando eu saio da escola para ligar para os meus pais, eu encontro Carol sentada na calçada com o rosto nas mãos. Isso é estranho porque a) ela é lerda e geralmente é a última a sair das provas e b) parece que ela está chorando, e Carol não chora nunca, nunca, NUNCA.

Eu me sento ao seu lado e ela levanta a cabeça para ver quem é. Sim, minhas suspeitas são confirmadas, infelizmente. Carol está chorando.

— Ô Carol, o que aconteceu? — pergunto, passando a mão nas costas dela.

Carol ri entre o choro, me deixando confusa.

— É que você fica engraçada com voz preocupada — ela explica, e eu reviro os olhos. Mas estou aliviada que pelo menos as lágrimas não lavaram o humor dela. (Prosopopeia: s.f. Figura pela qual o orador ou escritor empresta a seres inanimados, a mortos ou a ausentes, sentimentos e palavras.)

— E aí, qual é a boa? Ou a ruim, no caso — insisto.

Carol suspira e limpa o rosto.

– Você não vai acreditar.

– Eu não vou acreditar no quê? – pergunto pacientemente. Carol sabe que eu não gosto dessas enrolações em diálogos, e às vezes faz de propósito. Quando alguém me fala que não vou acreditar em alguma coisa que ela disser, quer que eu responda o quê? "É mesmo, não vou acreditar, você mente o tempo todo, te odeio, adeus"? ME DIZ O QUE VOCÊ TEM PARA DIZER E AÍ TE DIGO SE ACREDITO OU NÃO.

– Bem... resumindo? Eu chorei durante o simulado.

Eu ergo as sobrancelhas em surpresa.

Então, basicamente, todo mundo conhece ou já conheceu um chorão. Aquelas pessoas que abrem as torneiras emocionais em qualquer tipo de situação de estresse, geralmente provas e simulados. Se bem que eu já vi chorões em correções de tarefa de casa. Os mais intensos são expostos cedo, claro, no começo da vida acadêmica, quando um professor chama sua atenção por causa de conversa ou algo assim. Mas acho que o terceiro ano é o grande revelador. É nessa hora que a gente descobre quem sempre foi chorão, mas conseguiu esconder bem.

Não há nada errado em ser chorão, se você for um de verdade – e não só um daqueles que choram para tentar conseguir simpatia de professores ou alguma outra autoridade na escola. Geralmente, se você é um verdadeiro chorão, pessoas tentaram dar tapinhas nas suas costas (tanto literalmente quanto metaforicamente) e sentir pena de você. Piadinhas com chorões não são frequentes, pelo menos não a essa altura do campeonato. Mas mesmo assim é um pouco humilhante. E um pouco difícil de acreditar que você ou alguém próximo que não parece chorão, no fim das contas, é sim.

– Eu não acredito que sou uma chorona! – Carol confessa, tampando o rosto.

Eu continuo passando a mão nas costas dela.

– Qual foi o motivo do choro? – Eu tento acalmá-la. – Química?

Química sempre foi o ponto mais fraco de Carol. De nós duas, para ser sincera.

– Não, não. – Ela ri e começa a soluçar de novo. – Ah, droga. Não foi a prova, exatamente. Ontem o Arthur me ligou, tipo, de madrugada. E ficou falando que é muito difícil para ele ficar me vendo com outros meninos e tal.

– Argh, você devia ter desligado. Não devia nem ter atendido.

– Camilla. Não é simples assim.

Mas é. Bem simples. Mas ela acha difícil abrir mão.

– Carol, fala sério. Você ainda gosta do Arthur?

– Não! Não sei. – Ela olha para mim, seus olhos estão vermelhos. – Acho que o pior não é se eu gosto ou não. Mas acho que não consigo não ter o Arthur na minha vida. Tipo, nem é relevante se gosto dele ou não, sabe. Eu não devia mais estar conversando com ele e pronto.

– Não devia mesmo – concordo. – Olha, ele é um dos meninos mais idiotas que eu já ouvi falar na minha vida. Incluindo o Thiago.

Carol ri.

– Mas então – ela continua. – Ele ficou me falando que acha difícil me ver com outros meninos e que acha que está rolando alguma coisa comigo e com Daniel.

– Que Daniel? – Fico confusa, e então arregalo os olhos. – O nosso Daniel? Mas, gente, de onde ele conhece o Daniel?

– Eu sei lá, eu acho que a Maysa deve ter falado ou algo assim.

Eu sei que Daniel às vezes vai à casa da Carol para estudar com ela e com a Maysa, que mora perto. Mas não acho que alguma coisa romântica esteja acontecendo. Talvez porque nunca tenha considerado a possibilidade.

– Ei, você tá a fim do Daniel?

– Camilla, pelo amor de Deus. – Ela revira os olhos.

Isso, na língua da Carol, significa "Hum, talvez."

– Enfim. Eu estava fazendo a prova e cheguei na de química e lembrei do Daniel me explicando as coisas sobre ligações eletrônicas, aí lembrei do Arthur falando do Daniel, aí comecei a chorar. E aí o fiscal me deixou sair da prova e eu não voltei.

– Hum. – Faço uma pausa. – Então, de certa forma, você chorou, sim, por causa de química?

– Não! Não foi por causa de química. – Às vezes é muito importante para a Carol deixar bastante claro que eu não estou certa. Quando estou certa muitas vezes seguidas, ela fica extremamente irritada. – Química só estava lá. Eu chorei por algo mais complexo, ok? Eu não choraria por química.

– Tá, então. – Tiro minha mão das costas dela e cruzo os braços.

A gente compartilha um silêncio camarada. Então Carol suspira.

– Ok, talvez tenha sido um pouco por causa de química. – Carol começa a chorar de novo. – É tão estranho como eles fazem essas coisas subirem à nossa cabeça, Camilla. Eu pensei que estava conseguindo... sabe, não ser alienada.

– Todo mundo tem um momento de pânico pré-vestibular. Estava passando da hora do seu – falo para confortá-la.

– Sim, mas chorar no simulado? – Ela esconde o rosto nas mãos de novo. – Tão humilhante!

Eu coloco o braço em volta dela, e juntas nós esperamos sua mãe chegar para buscá-la.

***

No domingo, Fran convida Vanessa para passar o dia com ela em Brasília enquanto espera Marcela e eu fazermos nossas provas. Então, no caminho, é claro que ela monopoliza todas as conversas com suas histórias. Não que a gente se importe. As histórias da Vanessa valem a nossa falta de participação.

– Quando eu tinha... 11 anos, acho? O pessoal da minha sala descobriu aquele troço de segurar o ar para ficar zonzo, sabe? – Ela se vira no banco de passageiro para olhar para nós. Seu rosto está bem maquiado, e eu desejo internamente ter coragem de usar sombras de olho coloridas também. Mas deve ficar superbrega em mim, certeza. Marcela e eu negamos com a cabeça em resposta. – Tipo, você coloca as duas mãos em volta do pescoço e aperta um pouco e tenta respirar fundo e não vai ar suficiente para o seu cérebro ou sei lá.

Automaticamente, Marcela e eu levamos nossas mãos ao pescoço.

– Gente, não precisa testar! – Fran quase grita, olhando pelo retrovisor. – A última coisa que preciso é as duas garotas, que estão sob minha responsabilidade, perdendo a consciência durante a viagem.

Eu arregalo os olhos.

– Tem como desmaiar só fazendo isso?! – pergunto, chocada.

Marcela revira os olhos.

– Claro que tem, sua tapada! – ela me diz. – Se cérebro não tem oxigênio, como vai funcionar?

Vanessa chama nossa atenção, exasperada.

– Gente, vocês estão estragando o fim da história – reclama. – Enfim, um dia o menino que sentava na minha frente... como era o nome dele mesmo?

– Lucas – Fran ajuda.

– Isso. O Lucas apertou o pescoço um pouco mais que devia, sabe. E aí desmaiou. Mas tipo, ele estava sentado, então caiu durinho para a frente, sabe? Tipo a posição que Napoleão perdeu a guerra? Daí ele ficou assim uns 40 segundos, sem brincadeira, e a gente só ficou olhando. Incluindo a professora. Daí de repente ele levanta e diz – Vanessa engrossa a voz –: "Nossa, cê viu professora? Cê viu isso? Eu desmaiei! Cê viu isso?". Daí no dia seguinte a diretora teve que passar de sala em sala proibindo os alunos de brincar disso, e nosso professor de inglês falou que aquela tinha sido uma das interrupções mais idiotas que ele já tinha tido na carreira inteira.

– Nossa, o Renato... – Fran comenta enquanto Marcela e eu rimos. – Fazia tempo que eu não pensava nele. Acho que ele é o professor mais lindo que a gente já teve.

– Sim, ele era gato – Vanessa concorda. – Mas acho que o que mais amei foi o Paulo Otávio. AI MEU DEUS, ELE ERA TÃO FOFO.

Marcela e eu fazemos caretas. Essa coisa de sentir atração por professores nunca foi do nosso feitio.

Apesar de estarmos um tanto quanto silenciosas, estamos trocando mensagens pelo celular constantemente. É uma ótima maneira de manter uma conversa por baixo dos panos. Sem contar que assim não precisamos interromper a Vanessa. Aprendemos muito rápido que interromper a Vanessa pode ser um erro. Não porque ela fica irritada nem nada assim, mas de repente se dá conta de que passou o tempo todo falando sozinha, e acho que se sente mal ou algo assim, e começa a fazer perguntas sobre sua vida. E é legal que ela se interesse e tudo o mais, mas é muito mais legal ouvir as coisas que tem para contar. Então deixamos Vanessa em paz com seu monólogo e continuamos nosso diálogo particular via SMS.

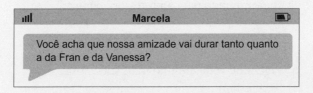

Eu reviro os olhos.

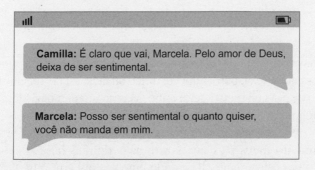

Antes que eu pudesse responder, ela já manda outra.

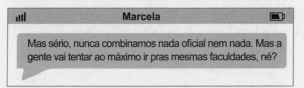

Eu fico olhando para ela por um longo tempo, e ela só levanta as sobrancelhas. Então eu respondo:

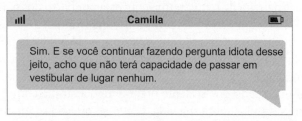

Marcela ri e então Vanessa se vira no banco de novo para olhar para a gente.

– Ei, eu já contei pra vocês a vez que a Fran saiu da sala de aula engatinhando para a professora não ver?

***

A viagem de volta é muito mais silenciosa que a de ida. Marcela e eu estamos exaustas por causa da prova e Vanessa, por causa das andanças pelo centro de Brasília. Francamente, uma parte de mim está um pouco preocupada que Fran caia dura no volante, mas aí eu repito para mim mesma que ela não arriscaria dirigir se não achasse que daria conta do recado.

A prova foi... sei lá. Ok, acho. Umas eu sabia fazer, outras achava que sabia fazer e outras eu deixei pra lá. Queria poder ter mais certeza, pensar que foi difícil ou fácil, sei lá. Ter algum tipo de pista no meu desempenho. Mas no momento não tenho cérebro para ficar pensando em detalhes de possibilidades.

Eu chego em casa pouco depois das 23 horas. Cumprimento meus pais que fazem as perguntas básicas sobre minha performance. Respondo com o "foi bem..." bastante vago e acho que por eu estar (provavelmente) parecendo um zumbi no momento, eles me deixam em paz por enquanto. Tomo banho e troco de roupa em um estado de quase transe, e caio dura na cama, dormindo quase que imediatamente, sem pensar em mais nada.

***

Acordo automaticamente na segunda-feira seguinte. Olho para o relógio do celular para ver quanto tempo ainda tenho para descansar e vejo que já está na hora de levantar. Se minha mãe não veio me chamar, é porque provavelmente vai me deixar faltar à aula. Eu volto para o travesseiro, aliviada, e então vejo que tem uma mensagem não lida no meu celular. Abro e é uma SMS que o João me mandou na noite passada e que eu não ouvi porque estava completamente desacordada.

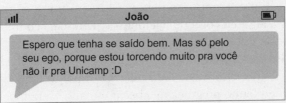

Eu sorrio que nem uma idiota. Ele deve estar falando isso porque nem fez prova da Unicamp, então não tem possibilidade nenhuma de acabar indo para lá. Aí, em uma decisão impulsiva e completamente idiota, eu vou contra meus princípios e bom-senso e me levanto para me arrumar para a aula.

Aparentemente cheguei a uma fase em que ver o João é mais importante que um merecido descanso. É patético.

***

Ao menos minha mãe está me achando toda "responsável" e "esforçada" por causa disso. Isso pode acabar me beneficiando em algum momento, se eu for sábia com meus atos e usar as cartas certas nas horas certas.

Ela me deixa na esquina antes da quadra do colégio, como sempre, para evitar o trânsito. Quando caminho para a escola, percebo uma movimentação na pracinha em frente, praticamente lotada com o pessoal usando nosso uniforme. Pelo que eu saiba, nunca aconteceu desse tanto de alunos passarem o tempo na pracinha antes de a aula começar. Geralmente vão direto para a sala e ficam conversando por lá mesmo. De primeira, eu avisto Carol, que me vê também e acena para mim.

– O que tá acontecendo? – pergunto quando me aproximo.

Carol só olha para mim.

– É a revolta do P.A. – ela responde depois de um momento.

– Que revolta?

Carol revira os olhos.

– Você não viu o e-mail?

– Que e-mail?

Carol suspira e tira o celular do bolso.

– Tanto tempo na internet – ela murmura enquanto procura alguma coisa no telefone – e nem se dá ao trabalho de checar os e-mails.

Eu poderia argumentar que meu castigo só acaba hoje, mas mesmo se estivesse com internet disponível, não posso negar: eu tenho preguiça de checar e-mails. Geralmente só olho minha caixa de entrada quando Jordana me avisa que me mandou algo. E assim mesmo, só leio os e-mails dela. Se existir algum tipo de sistema que marca as pessoas com mais mensagens não lidas em todo o universo, eu apostaria meu nome em, ao menos, no TOP#20.

– Aqui. – Carol me mostra seu celular.

De: Pedro Augusto Álvares <augustopedro@hotmail.com>

Para: <alunos do Coliseu>

Assunto: Protesto pra ajudar Nelsinho (enviado em 10 de novembro, às 13h07)

Olá, pessoal.

Eu não sei se vocês ficaram sabendo, mas por causa do nosso último ato de revolta, Nelsinho foi demitido. Isso me deixa MUITO grilado, porque ele estava querendo nos ajudar porque acredita realmente que não custaria nada ajudar Ana Luísa. E me contou que ficou sabendo

de histórias de muitas outras pessoas que a
escola recusou-se a ajudar. Então ele ajudou
a gente, e no fim acabou se ferrando.

Estou aqui pra propor um ato de protesto.
Eu e meus amigos vamos para a escola na segunda, mas não vamos entrar. Vamos ficar sentados na pracinha em frente, pra demonstrar
nossa revolta com essa situação toda. Quero
convidar vocês para ficar com a gente. Quanto
menos gente aparecer nas salas, maior será
nosso impacto, e maiores serão as chances de
Nelsinho conseguir seu emprego de volta.

Infelizmente não tenho o e-mail de todo mundo, então peço pra vocês encaminharem isso
para o maior número de pessoas possível.
Vamos espalhar isso rápido, porque já vai
acontecer depois de amanhã!

Muito obrigado,
P.A. Álvares

— Nossa, tem gente que ainda usa Hotmail? – comento,
devolvendo o celular.

— Sei lá, acho que ficou bem legal depois daquela atualização do Outlook – Carol responde.

Eu balanço a cabeça, pensativa.

— Você acha que todo mundo viu isso? – pergunto.

— Bem, claramente não – ela responde, apontando para
mim, como se fosse a prova óbvia. – Mas o pessoal chega e
vê o tumulto, vem perguntar o que está acontecendo e acaba
ficando por aqui.

— Cadê o P.A.?

Carol aponta para um ponto no meio da praça, onde tem
umas mesas de piquenique. Sentados lá, estão P.A., Daniel e
outros meninos da turma "C".

— E a Ana Luísa?

— Não chegou ainda – Carol diz.

Eu olho para a mesa do P.A. de novo. Em volta, um monte de gente está puxando assunto com ele, algumas pessoas levaram cartolina e estão fazendo cartazes e pedindo a opinião dele. Ele continua comendo pão de queijo e sorrindo e levantando o polegar para tudo que o povo mostra.

— Nossa — eu comento, sem perceber muito que estou falando em voz alta. — O P.A. é tipo o Super Trunfo do Coliseu, né?

Carol enfia as unhas no meu braço e arregala os olhos.

— Camilla! — ela quase grita. — Você é um gênio.

E então se senta no chão e puxa um caderno da mochila.

— Ai... — reclamo, esfregando meu braço. Nesse momento, João aparece do meu lado.

— Oi! — eu digo quando ele se inclina para me dar um beijo no rosto.

— Pensei que você não vinha hoje.

— Por quê? — pergunto, me fazendo de desentendida. Parece que isso é muito comum na arte sedutora feminina. É como deixar o homem guiar a conversa e se sentir no controle da situação, mas na verdade é a mulher que está. Hum, preciso parar de ler essas revistas no consultório do dentista. Mas será que funciona?

— Ah, porque não vai ter aula. E você deve estar cansada por causa da prova de ontem — ele explica e automaticamente coloca uma mecha do meu cabelo atrás da minha orelha. Hum, talvez essas técnicas amorosas funcionem mesmo.

— Ah. É. Eu não vi o e-mail — falo, nervosa.

A gente fica em silêncio e João percebe Carol sentada no chão ao meu lado.

— Oi, Carol — ele a cumprimenta. Ela o ignora, absorta no que está escrevendo. — O que ela tá fazendo?

— Não sei. Algo derivado da minha genialidade. — Dou de ombros.

João sorri e põe as mãos nos bolsos da frente do jeans.

— Falando em genialidade... como foi a prova?

— Ah, é! — Bato com a mão na testa. — Desculpa não responder a mensagem, só vi hoje de manhã.

– Não, tudo bem.

Ficamos em silêncio de novo.

– Então? – João diz.

– O quê?

– A prova! – ele exclama, e Carol ri. A-há! Então ela está prestando atenção na nossa conversa. Tenho vontade de chutá-la.

– Ah, sim! – eu digo, me sentindo uma idiota. – Eu não sei exatamente como fui ainda, não verifiquei o gabarito. Provavelmente vou ver com a Marcela hoje à tarde.

– Nossa, como você aguenta esperar? Eu veria ontem mesmo, no segundo que o gabarito saísse.

– Bem, no segundo que o gabarito saiu eu estava na estrada. E quando cheguei em casa, estava catando pedaços de alma que ia deixando cair pelo caminho.

João franze a testa.

– Essa foi minha forma poética de dizer que eu estava muito cansada – explico.

– Ah, sim. – Ele ri alto e meu coração dá um pulo. Ele fica tão mais bonito rindo. – Eu achei que você estava falando que estava deprimida ou algo assim.

Bárbara se aproxima da gente.

– Gente, cês viram o Thiago? – ela pergunta sem nem ao menos dizer um oi. Nós negamos com a cabeça, então ela olha diretamente para mim. – Você encontrou com ele ontem?

– Oi pra você também! E não. Nossas provas foram em locais diferentes. – Bárbara olha para mim desconfiada, como se eu tivesse achado tempo no dia caótico de ontem para puxar o namorado dela para um canto e prosseguir em atos que são descritos de maneiras explícitas em romances de banca.

– Tá – ela diz ainda não convencida. – Se vocês falarem com ele, peçam pra ele me procurar.

E sai.

– Qual o problema dela? – Carol pergunta do chão.

Eu já estou com o celular fora do bolso, digitando uma mensagem para o Thiago.

— Logo esses dois terminam... — João comenta.
Eu envio a mensagem:

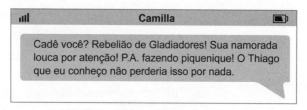

— Ele comentou alguma coisa contigo? — pergunto para o João. Ele nega com a cabeça.
— Uau, mal posso esperar para saber como essa história vai terminar — Carol diz sarcasticamente. Meu celular vibra anunciando uma mensagem nova.

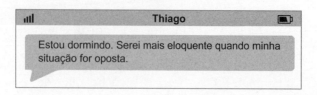

Eu rio. Não sei se a teoria de término de João tem fundamento ou não, mas essa mensagem é mais parecida com o tipo de coisa que a gente falava antes do namoro dele. Será isso algum sinal?

Lá pela hora do (que seria o) intervalo, um carro de reportagem aparece. Ana Luísa, que está sentada comigo e com Daniel jogando Super Trunfo (Cobras e Serpentes), arregala os olhos e se vira para olhar para P.A.

Carol, uma vez na vida, abriu mão do jogo para continuar escrevendo o que quer que seja que esteja escrevendo no caderno dela (suspeito que seja alguma coisa relacionada a Super Trunfo e meu comentário sobre P.A.? Algo tipo "Super Trunfo Popularidade", talvez? Ei, se não for isso, eu super tenho que falar essa ideia para ela, é genial. Um Super Trunfo Celebridades, talvez. Ou de estrelas do pop ou algo assim. Hum... Ok, voltando). Quando Carol vê o carro de reportagem, ela se levanta imediatamente para averiguar a situação. Caminha confiantemente em direção às pessoas que estão saindo do carro e arrumando equipamentos.

Daniel e eu organizamos e guardamos as cartas do jogo, e Ana Luísa vai falar com o P.A.

– Ei, você acha que tenho chance com a Carol? – Daniel me pergunta de repente.

Uau. Qual o problema com o pessoal dessa escola em manter o foco em um só tópico? Quer dizer, cá estamos nós, no meio de uma revolução (?) que está prestes a ser televisionada, e é "chances com a Carol" que subitamente vem à mente de Daniel.

– Eu não sei, Daniel – respondo um pouco exasperada, porque realmente não sei. – Você está mais presente em suas interações com ela do que eu.

Ele balança a cabeça, pensativo.

– Certo. – Coloca as mãos nos bolsos do jeans e fica parado olhando o colégio. – E aí, você acha que o Braz vai dar atenção pra gente agora?

Uma salva de palmas para essa pessoa que consegue mudar de assunto na velocidade da luz. Normalmente eu cutucaria um pouco mais essa coisa sobre a Carol, mas nesse caso não tenho a mínima ideia do que dizer. Então eu deixo de lado por enquanto, anotando mentalmente que tenho que conversar com ela sobre isso mais tarde.

– Eu não sei como ele ignorou a gente até agora – respondo.

Apesar de nenhum aluno ter entrado em sala e a maioria estar praticamente acampada na praça em frente à escola, o pessoal da administração está fingindo que nada está acontecendo. Ameaçar chamar nossos pais seria infrutífero, já que todo mundo está do lado de fora. Mesmo que ligassem para cada pai ou mãe, um por um, é provável que isso criasse mais problema do que resolvesse. A maioria dos pais mima os filhos ali presentes, então possivelmente só iam levantar uma questão, a questão principal: por que Braz não devolve o emprego do Nelsinho e resolve isso de uma vez?

Se bem que até onde a gente sabe, Braz não tem conhecimento de que esse protesto é em defesa do Nelsinho. Do jeito que ele é, talvez pense que seja apenas mais um trote de terceiro ano. Isso vai mudar rapidinho, pelo jeito animado que a Carol está conversando com a repórter.

Todo mundo na pracinha agora está percebendo a "presença da imprensa", se é que a gente pode chamar assim, e aos poucos as coisas começam a ficar movimentadas. Do nada, o pessoal começa a repetir uns gritos de guerra. Frases como "NÃO SEREMOS REPRIMIDOS!", o que não faz muito sentido com a situação, ou "NELSINHO EMPREGADO OU COLISEU DETONADO" o que parece uma ameaça, e tem até um pessoal cantando "DEPUTADO MEU É O CHICO ABREU" que é uma música que tocava o tempo todo na época de eleição, mas que não faz sentido nenhum agora, então acho que pessoal só está querendo fazer barulho mesmo. Eu olho em volta, procurando alguém com quem trocar um olhar de descrença, mas meus amigos estão dispersos, então eu puxo o meu celular e mando uma mensagem para a Marcela.

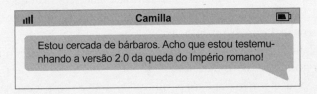

***

Quando Marcela e Fran chegam na hora do almoço, o carro de reportagem já foi embora, provavelmente para entregar a matéria para o noticiário do meio-dia. Talvez voltem, talvez não. No geral, ninguém sabe exatamente o que fazer agora. Ficar parado ali até o fim do dia? Ir para casa e fazer tudo de novo amanhã? Dilemas, dilemas, dilemas.

– Uau, que emocionante – é o que Marcela diz quando se aproxima.

Fran sorri, nostálgica.

– Sabe, na minha época de ensino fundamental, a gente fez algo parecido com isso – conta. – Mas a gente não tinha nenhum motivo nobre por trás, não. Só ficamos correndo que nem uma manada de búfalos pelo pátio da escola. As freiras ficaram doidinhas.

– Nossa, a coisa mais louca que eu já vi aprontarem foi empilhar aquelas carteiras na escola... – Marcela diz, decepcionada. – Você lembra, Camilla?

Se lembro? Eles sentaram o menino mais baixinho da turma no topo da pilha e se prostraram como se ele fosse rei. É uma imagem difícil de esquecer. Mas antes que eu possa dizer alguma coisa, João aparece do nosso lado.

– E aí, você vai ficar por aqui? – ele me pergunta e se vira para Marcela para falar oi.

– Não sei... – digo, olhando para Marcela também. Ela dá de ombros.

– Por mim, tanto faz.

Carol, que eu achava que já tinha ido embora, aparece um pouco afobada.

– Nós precisamos de um plano de ataque – declara.

Junto com ela está o Daniel e de repente eu me lembro do comentário esquisito dele.

– Ei, tá rolando alguma coisa com vocês dois? – eu pergunto sem pensar.

Carol me fuzila com os olhos. Daniel fica com a expressão de sempre, avoado.

– Ok... – Ela diz com um sorriso forçado. – Eu vou pegar esse comentário e dobrar oito vezes e guardar cuidadosamente em um lugar muito especial chamado "Gaveta de Não é Hora de Falar Disso".

Eu abaixo meu olhar, envergonhada pela minha falta de tato.

– Então. Um plano de ataque – Marcela (que estuda no colégio Tato!) diz, tentando encobrir meu deslize.

– Isso – Carol confirma, retomando sua linha de pensamento. – Cadê o P.A.? A gente tem que pedir pra ele ir até a escola para tentar conversar com o Braz.

Essa é, na verdade, uma ótima pergunta. Cadê o P.A.? Já faz um tempinho que eu não o vejo por perto.

– Não tô vendo a Ana Luísa, também... – João insinua baixinho no meu ouvido.

Eu começo a revirar os olhos para ele, mas quando vou comentar que não é hora de ficar fazendo piadinha, percebo que a possibilidade de Ana Luísa e P.A. terem escapado para darem uns pegas é completamente plausível. Essas são pessoas, alunos exemplares, que saíam no meio da aula para se encontrar no ponto cego, afinal.

Eu arregalo os olhos e enfio as unhas no braço de João.

– Não é possível... – falo entre dentes cerrados. Ele apenas ri e dá de ombros. – Certo, quem vai ligar pra ele?

Carol já está com o celular no ouvido.

– P.A., onde você se meteu?... É A CAROL, ORAS... Ah, sim... Não, me poupe, todo mundo já sabe o que vocês estão fazendo... Sim, tudo bem, mas será que você pode aparecer aqui, por um momento? Foi você que começou toda essa bagunça, para começo de conversa... Tá, certo, tchau.

Ela desliga o telefone e faz uma careta, provavelmente revoltada com a noção de que nosso líder revolucionário tem uma vida pessoal (o que é irônico, já que foi a vida pessoal dele que começou tudo).

– E aí, o que ele está fazendo? – Daniel pergunta inocentemente.

Fran levanta as sobrancelhas. Acho que ela julga essa demonstração de falta de sagacidade motivo suficiente para novamente trazer à tona a vida pessoal dele.

– Então... você é o interesse amoroso dessa bela dama nessa complexa trama de golpes políticos e casos amorosos secretos e escândalos acadêmicos? – ela pergunta como se perguntar esse tipo de coisa fosse normal. E ainda olha o Daniel e aponta para a Carol.

O engraçado é que Carol não se sente íntima suficiente da Fran para agir de forma drástica (tipo matando), então assiste impotentemente Daniel tentando lidar com a situação.

Felizmente, Daniel tem uma natureza bastante obtusa e um talento especial para parar de ouvir coisas em momentos que acha que nada do que está acontecendo lhe interessa muito. Acho até que esse é o motivo de estar na turma "C", já que, geralmente, quando está prestando atenção, ele capta qualquer matéria com muita facilidade. Só que raramente está prestando atenção. Agora é um exemplo clássico disso. Só percebe que estamos todos calados esperando uma resposta dele quando ficamos um minuto inteiro o encarando fixamente.

– Que é? – ele pergunta.

Antes que alguém (Fran, provavelmente) possa dizer algo, P.A. e Ana Luísa aparecem e Carol se apressa para mudar de assunto.

– Você não tem ideia do que essa "fuga romântica" me custou, então é melhor fazer tudo que eu mandar – ela comenta baixinho para ele, mas eu consigo ouvir.

Ana Luísa suspira.

– Sei lá, parece que não importa o que a gente faça, nada vai adiantar – ela lamenta. – O jornal já veio aqui, e mesmo assim o Braz não nos dá atenção.

– Mas você está esquecendo uma coisa muito importante! – lembra Carol.

Nós olhamos, esperando que continue, mas ela precisa que nós perguntemos.

– O que estamos esquecendo, Carol? – eu digo finalmente, revirando os olhos.

– Nós não tentamos falar com o Braz! – ela proclama.

Nós olhamos para ela, com pena.

– Sabe, Carol – P.A. começa –, eu não sou especialista em comunicação, mas acredito que tudo isso que a gente está fazendo é... uma tentativa de contato?

Nós olhamos para ela pela terceira vez e concordamos com a cabeça.

– Sim – Carol concorda. – Mas não tentamos, sabe, literalmente chegar até ele e falar "podemos conversar?". Acho que está na hora de Maomé ir até a montanha.

– Sabe, eu sempre quis saber o contexto exato dessa expressão – comento distraidamente.

Carol olha feio para mim. Ai meu Deus, só estou dando bola fora hoje!

– Agora não, Camilla – ela avisa e se dirige ao resto do grupo. – Certo, acho que a gente podia juntar umas quatro pessoas para ir até lá.

– Não é melhor almoçar primeiro? – Daniel sugere e Carol olha para ele, exaltada. – Uai, sei lá quanto tempo isso vai demorar!

– É que tem uma história de os árabes mandaram Maomé mover a montanha para provar que Alá era real – João me diz, lendo do celular. – Daí a montanha não se moveu e ele foi até ela. Aí agradeceu porque se ela tivesse se movido teria matado um monte de gente.

– Ah, sim – digo, satisfeita por ter tido minha curiosidade saciada.

– GENTE! – Carol grita. – Foco, por favor! Roubar coisas da escola foi nossa ideia e agora um cara está sem emprego por conta disso, será que vocês podem ter um pouco de perspectiva?

Todos nós ficamos calados, envergonhados com nosso comportamento egocêntrico. Mas aí Carol estraga tudo caindo na risada.

– Desculpa – ela diz tentando se controlar. – É só que vocês estavam com uma cara engraçada. Mas tudo que eu disse é sério.

– Olha, Carol – P.A. fala. – Tá todo mundo querendo ajudar o Nelsinho, ok? Todo mundo se sente culpado. E sua ideia de ir falar com o Braz é legal. Mas Daniel até que tem razão. Vamos almoçar e aí a gente resolve isso.

***

Poucos ficam na pracinha depois do almoço, e a maioria é pessoal do terceiro ano. Carol, P.A., Ana Luísa e Gabriel, que estava na minha equipe de furto quando fomos roubar o projetor, entram na escola, e para o resto de nós não resta nada além de esperar.

E a gente espera muito.

Lá pelas 16h, todo mundo já se acomodou. Todas as mesas da pracinha estão ocupadas com alunos que não aguentaram ficar esse tempo todo sem estudar. Na nossa área, Marcela está atrás de mim fazendo tranças no meu cabelo enquanto escrevo no meu caderno de Notas Fantásticas. João está sentado ao meu lado, resolvendo exercícios de física. A proximidade é completamente desnecessária, porque tem muito espaço para o lado dele, mas eu não reclamo. Daniel está desenhando em seu fichário, e Fran está sentada debaixo de uma árvore, lendo. Antes disso, ela foi superboazinha e passou num mercado e comprou doces e guloseimas para a gente.

Eu largo a minha caneta no caderno, impaciente.

– Eles estão demorando muito! – reclamo pela milésima vez.

– Para de se mexer! – Marcela me repreende, pegando minha cabeça com firmeza e apontando-a para a frente.

– Acho que é bom sinal – João comenta, tentando me acalmar. – Se o Braz fosse ignorar ou sei lá, eles sairiam mais rápido, né?

Meia hora depois, Carol sai do colégio com um sorriso estampado no rosto. Ela corre em nossa direção e pouco atrás dela estão P.A., Ana Luísa e Gabriel, também sorrindo.

– Eles vão contratar o Nelsinho de volta! – Carol nos diz em primeira mão enquanto P.A. sobe em uma das mesas da praça e todo mundo que sobrou se aglomera em volta.

– A gente conversou muito com o Braz – P.A. conta em voz alta. – Ele não estava satisfeito com a gente, posso garantir. Mas a gente fez questão de explicar que nossa intenção nunca foi impressioná-lo. O pessoal se matricula no Coliseu porque quer passar no vestibular e sempre foi assim. Não é justo que ele negue essa opção para a Ana e foi por isso que Nelsinho nos ajudou e no fim acabou sendo prejudicado. O Braz disse que a gente não consegue ganhar nada com ameaças e eu expliquei que isso não era um ato de vingança, apesar de certas coisas que vocês gritaram terem sido bem agressivas.

Todos riem, mas não acho que P.A. esteja fazendo graça.

– Enfim – continua. – Nosso objetivo era demonstrar revolta contra a injustiça feita com o Nelsinho e o Braz topou revogar sua decisão!

– Na verdade, quem decidiu foi o André – Ana Luísa diz e todos nós fazemos um "aaah" de compreensão.

André é o segundo dono do Coliseu, que cuida mais da parte administrativa e técnica, então, a gente quase nunca o vê. Geralmente é ele quem cede as bolsas de estudos. Então eu pergunto para Ana Luísa se ela tocou nesse assunto com ele.

– Não, não – ela me diz. – Eu me esqueci de contar para vocês, mas minha madrinha ficou sabendo da minha situação e disse que ia me sustentar até o fim do ensino médio, e se meu pai não quiser me sustentar quando eu entrar na faculdade, ela vai me ajudar também.

Eu arqueio as sobrancelhas.

– Por que você não pediu ajuda pra ela desde o começo? – pergunto.

Ela dá de ombros.

– Eu nem tinha pensado nela, na verdade – explica. – Ela mora em Minas Gerais e a gente quase não se fala. Foi uma surpresa até para o meu pai. Acho que minha mãe deve ter falado alguma coisa.

– Então você vai continuar aqui?

Ela faz que não com a cabeça.

– Acho que essa escola já me deu estresse demais para um só ano. Acho que vou pedir transferência para o Tato ou algo assim.

P.A. termina seu discurso agradecendo todos pelo apoio. O pessoal se empolga com o aplauso e uns até começam a cantar "ESTUDANTES UNIDOS JAMAIS SERÃO VENCIDOS!".

– Viu só? – Carol diz presunçosa no meu ouvido em meio ao caos. – Quem tem boca vai a Roma.

– Na verdade, acho que a expressão é "Quem tem boca vaia Roma". Tipo, do verbo vaiar – eu a informo.

Carol me fuzila com os olhos.

– Eu te odeio.

De: Camilla Pinheiro <cpinheiro@zoho.com>
Para: Jordana Borges <jorges.publicidade@zoho.com>
Assunto: O que sou! O que serei! (enviado em 15 de novembro, às 14h37)

Jordana, eu ando pensando muito nessa coisa e ser adolescente/jovem/uma pessoa não muito vivida, comandada por hormônios. Como você bem sabe, meus pais eram super-rebeldes comunistas em época de ditadura e foi assim que se conheceram e se apaixonaram. Eles se apaixonaram naquela época, quando eram tão jovens, e continuam apaixonados até hoje. Imagino que tenham mudado muito, então como continuam apaixonados? Você para pra pensar nisso? O tanto que é estranho casamentos longos? Eu mudei tanto em menos de três meses, imagina dez, trinta, cinquenta anos! E mesmo assim, mesmo com pessoas mudando o tempo todo, alguns casamentos continuam e continuam. É o mesmo com amizade! O melhor amigo do meu pai era tão rebelde comunista quanto ele, acho que até mais, e hoje eles trabalham em empresas corporativas e tudo o mais, e mesmo assim continuam amigos compartilhando os mesmos ideais e tal. Isso é hipocrisia?

Enfim, eu fico pensando em quem sou agora, esse meu eu adolescente, e o quanto de mim pode acabar mudando enquanto for crescendo. O quanto de mim pode mudar daqui duas semanas, na verdade. Quanto será que vou mudar se rolar alguma coisa com João? O quanto de mim pode mudar se NADA rolar? Se eu acabar indo sozinha para alguma faculdade? Se eu acabar indo para a mesma faculdade que a Marcela e morar com ela como a gente planeja? Tipo, independentemente da situação, todas têm um espaço para mudança em mim. E sei que no sentido geral isso pode soar como algo positivo, mas eu gosto de quem eu sou. É claro que não me acho perfeita nem nada, mas no geral acho que sou legal e tal. Então fico pensando por que mudaria? O que poderia acontecer pra me fazer diferente?

Essa coisa de "ser adolescente" é realmente muito ampla, porque não existe uma fórmula exata, porque é sinônimo de "ser pessoa". Eu costumava achar que seria uma pessoa quando adolescente e outra quando adulta, mas agora fico pensando que se eu continuar basicamente a mesma pessoa que sou agora quando for adulta, isso não seria algo completamente incomum ou horrível. Tipo, eu já conheci adultos que são como eu. Ou como a Carol. Ou como a louca da menina B.

Enfim, filosofei pra caramba agora.

Estou com saudade de ficar até de madrugada conversando com você, vamos combinar uma ligação no Skype ou algo assim.

Beijos,
Capim

P.S.: Sei que faz tempos que não atualizo o blog, o pessoal tá ficando louco nos comentários, mas ultimamente ando meio que com preguiça de digitar o que escrevo. Passo tanto tempo estudando que quando paro para descansar prefiro escolher alguma forma de entretenimento passiva em vez de ativa. O que significa que ando assistindo muitos filmes na HBO.

P.P.S.: Você sabia que a HBO repete os mesmos filmes umas quinze vezes em todos os seus canais em uma só semana? Eu já sei *O Paizão* de cor, e eu assisti pela primeira vez semana passada. E nem é época de dia dos pais nem nada assim, qual é a deles?

Uma coisa que Lenine gosta de fazer em época que a cidade está pipocando de enfeites de Natal é levar Valentina para passear e ver todas. Acho que isso começou quando ela era bebê e estava chorando e ficou tão fascinada ao ver as luzes que parou de chorar na hora. Desde então Lenine sai com ela com esse propósito, todo ano. Dessa vez, ele me convida para ir com ele, na sexta-feira. A gente fica rodando pela cidade até tarde (bem, tarde para mim que viajo para São Paulo no dia seguinte, e para Valentina que dorme lá pelas nove horas). A gente chega em casa com Valentina dormindo no meu colo. Eu penso que ele vai apenas me deixar na porta, mas entra comigo.

Na sala, meu pai está assistindo à TV parecendo mais pai do que nunca, usando uma camiseta velha e uma calça de moletom, pés com meias em cima da mesinha. Eu me sento ao lado dele no sofá com Valentina ainda dormindo no meu ombro. Lenine senta na poltrona, e nós assistimos à TV juntos por um momento. Um documentário sobre plantações de banana ou algo assim.

– Bruna está grávida – Lenine diz de repente.

Eu arregalo os olhos para Lenine enquanto meu pai franze a testa, pega o controle e coloca a TV no mudo. Nós três ficamos em silêncio.

– Sandra! – meu pai grita depois de um minuto, porque claramente não sabe lidar com isso sozinho.

Nossa reação não é exatamente porque achamos ruim Bruna estar grávida nem nada assim. É só um pouco chocante, já que ultimamente eles andavam tendo dificuldades e tal. Não que eu passe tempo pensando na vida sexual do meu irmão, eca, lógico que não, mas quando alguém diz que está tendo problemas no casamento, meio que fica subentendido que os envolvidos não estejam fazendo sexo, certo? Pelo menos não um com o outro.

Nossa, que horrível, não acredito que acabei de pensar isso.

Então, em silêncio, esperamos minha mãe aparecer na sala.

– Que foi? – ela pergunta, preocupada, quando aparece, secando as mãos porque estava lavando louça.

Meu pai e eu olhamos para Lenine.

– Bruna está grávida – ele repete, com um sorriso cansado.

Mais um momento de silêncio.

– Nossa – minha mãe comenta finalmente. – E como ela está?

– Bem – Lenine responde. – Quer dizer, sei lá. Por enquanto ela parece... bem.

– Lenine, não me leve a mal – eu digo acomodando Valentina em uma almofada do meu lado. – Mas... como isso aconteceu? E haha, já rimos de sua piada previsível de "quando um homem e uma mulher se amam muito...", não precisa se dar ao trabalho.

Lenine ri e esfrega os olhos.

– Sabe, você me lembra muito a Bruna – Lenine comenta. – Nos dias que ela está normal.

– Uau, comentário errado – eu alerto.

– Acho que é porque você tem uns comportamentos parecidos com o da mamãe, vocês três tem muitas coisas em comum, sabe.

– Uau, para de falar – imploro.

– Relaxa. Eu sei que vocês pensam coisas diferentes, mas é o jeito que vocês... agem em relação ao que pensam. A Bruna é muito mais instável, claro. Eu acho. Mas mesmo assim. Às vezes eu percebo que vocês lidam comigo do mesmo jeito.

Meu pai ri, mas não comenta nada. Provavelmente em sua cabeça está tendo um festival de flashbacks onde minha mãe e eu reagimos a algumas situações de formas parecidas. Involuntariamente, meu rosto se contorce em uma careta. Eu sempre pensei que tinha puxado mais meu pai que minha mãe. Nunca tinha parado para pensar que divido genes com ela também, e que a gente possa ter coisas em comum. Mas, ok, esse assunto não é sobre mim.

– Lenine, por acaso isso é alguma tentativa de salvar o casamento? – minha mãe pergunta se sentando na outra poltrona da sala.

– Não, não – ele se apressa em negar. – Não é nada assim.

A gente espera pela explicação de como é que é, então.

– Foi um acidente! – ele diz, nervoso, depois de um tempo. Valentina acorda, mas só se vira e fecha os olhos de novo.

– Vou ser sincera, Lenine, nem sei se é pra eu ficar feliz, porque olha... – eu falo, passando a mão no cabelo da minha sobrinha. – Já não está difícil só com a Valentina?

– Tá – ele concorda. – Tá difícil. Mas o que você quer que a gente faça? Eu conversei com ela, falei que se fosse pra dar certo com mais uma criança na história ela ia ter que procurar alguém pra conversar, um psicólogo ou psiquiatra. Ela topou, não quer continuar assim, sabe. A gente ligou praquela mulher que você me indicou. Ela quer tentar, quer ficar melhor... mas acho que às vezes tem dificuldade de se enxergar, não sei...

– O que eu fico pensando é que... – minha mãe hesita. – Meu filho, não me entenda mal, mas eu fico pensando que se a Valentina não tivesse nascido, você já teria se separado da Bruna há muito tempo...

Meu irmão balança a cabeça e respira fundo. Quando exala, o ar sai um pouco tremido.

– Pior que não – ele confessa. – Eu a amo. Eu amo a Bruna, mãe. Acho que eu não largaria dela. Realmente acho que não.

E então eu vejo algo que nunca tinha visto antes: Lenine chorando. Pra valer.

Ele tenta se conter, esconde o rosto nas mãos, mas o choro está acontecendo, todo mundo consegue ver.

– Carlos Eduardo, vai terminar de lavar a louça, por favor – minha mãe diz depois de um minuto. – Camilla, leva a Valentina pra dormir na sua cama.

Meu pai e eu nos levantamos apressadamente e deixamos Lenine e minha mãe a sós.

***

No sábado, eu acordo sozinha. Eu me lembro de ter deitado ao lado da Valentina na minha cama, mas devo ter apagado, porque não tenho lembranças de vê-la indo embora. Enquanto tomo café da manhã, minha mãe explica que Lenine está se esforçando muito para ter uma família que dê certo com a Bruna, e que estava passando da hora de a gente se esforçar mais também. Eu sei que é tudo bem lógico quando se pensa assim, mas é realmente difícil considerar Bruna família quando ela está tendo uma das crises. Mas a memória de Lenine chorando vai ficar para sempre encravada na minha mente, e acho que isso pode acabar servindo de incentivo para que eu seja mais amigável.

Às 10 horas da manhã, os pais de Marcela passam em minha casa para me buscar, com Fran e Marcela no banco de trás. Eu me despeço dos meus pais, que dão todo o tipo de últimas instruções que conseguem pensar e exigem que eu ligue no segundo que pisar em São Paulo.

Quando estou na fila de embarque, recebo uma mensagem de Thiago e de João me desejando sorte. A de João tinha uma pequena insinuação sexual que eu sei que foi proposital, porque ele sabe que sempre estou procurando insinuações sexuais. (Ou talvez não tenha sido proposital e eu só tenha percebido porque sempre estou procurando por insinuações sexuais). Quando Marcela lê a mensagem por cima de meu ombro, revira os olhos para mim.

– É por causa de comportamentos que nem os de vocês que pandas estão entrando em perigo de extinção – ela comenta, e essa insinuação sexual eu tenho certeza que é proposital. Ou, no caso, a insinuação de falta sexual.

No avião, depois da decolagem, eu atualizo Marcela e Fran sobre a vida de Lenine.

– Uau – Marcela diz. Todas nós ficamos em silêncio.

– Tipo, que bom? Bebês são bonitinhos, né? A Valentina é uma linda.

– É... – Suspiro.

Ficamos mais tempo sem palavras.

– Tipo, nem sei o que falar mais – comenta Marcela.

– Estou pensando em ser pilota de avião – Fran diz.

Ela está sentada na poltrona do corredor, então Marcela e eu (respectivamente sentadas no banco do meio e janela) temos que virar nosso corpo completamente para podermos reagir da maneira adequada.

– Do começo, por favor – peço.

– É só uma coisa que pensei agora – Fran conta, dando de ombros. – Deve ser legal ser pilota. Eu gostei de ser motorista, levar pessoas para os lugares é bom. Então deve ser legal ser pilota.

– Você pensou nisso agora? – Marcela pergunta. – E será que não dava pra você esperar uns minutos até a gente terminar de falar do Lenine? Que falta de consideração.

– Ué – Fran diz. – Mas você disse que não tinha mais o que falar.

– É uma expressão...

– Esquece isso! – interrompo Marcela e foco em Fran. – Você tá falando sério?

– Olha – Fran começa e olha para Marcela. – Em janeiro, você vai fazer 18 anos e vai tirar sua carteira. E provavelmente está prestes a ir para alguma faculdade fora de Goiânia. O que significa que eu vou ficar sem emprego.

– Não necessariamente. Eu acho que meus pais...

– Seus pais nada – dessa vez Fran é quem interrompe Marcela. – Eu já sabia que era um emprego temporário, e, sério, não me importo. Tipo, a intenção sempre foi de usar esse tempo para pensar no que eu quero fazer mesmo. Só que nos últimos dias eu estava entrando em pânico, porque ainda não tinha encontrado o que gosto de fazer. Mas agora me veio à luz. E a Vanessa vai ficar revoltada que eu estou falando isso com vocês antes de falar com ela. Ela chegou a preparar todo um guia de carreiras para me ajudar e tal.

– Então... como é que você vai fazer? – pergunto. – Tipo, eu acho que nunca ouvi uma mulher falando naquelas horas que o piloto do avião vai falar com a gente.

– Pois é, não sei. Tenho que pesquisar ainda – ela responde. – Eu recebo bem, então deu para guardar um dinheiro. Provavelmente vou ter que fazer um curso técnico ou algo assim, sei lá.

Marcela pressiona o botão para chamar o atendente de bordo.

– O que você quer? – pergunto.

Ela só levanta a mão, pedindo para eu esperar.

– Pois não? – a aeromoça diz quando chega até nós.

– Oi, tudo bom? – Marcela fala só por educação, mas não espera a resposta. – Deixa eu fazer uma pergunta, você já trabalhou com uma pilota?

A aeromoça franze a testa, um pouco confusa.

– Hum... sim – ela responde.

– Ok, obrigada – Marcela agradece com um sorriso brilhante.

A moça aguarda mais um segundo para ver se queremos mais alguma coisa, e então vai embora, ainda confusa, imagino.

– Viu só que legal? – Marcela diz para Fran. – Você tem uma chance!

***

Como no domingo nós vamos para o aeroporto imediatamente depois da prova, a gente usa o sábado para passear. E no fim a gente não faz muito, não. Damos um pulo no bairro da Liberdade, porque parece que é errado ir para São Paulo e voltar sem falar que foi na Liberdade (ou às vezes eu navego demais as áreas da internet onde todo mundo é obcecado por cultura pop oriental e derivados). Comemos yakisoba num restaurante chinês pequeno e cheio de lantejoulas e bandeirinhas vermelhas e quase somos expulsas quando Fran pergunta para a senhora de olhos puxados se eles também servem sushi. Aparentemente é um erro quase fatal confundir Japão com China. Depois de comprar badulaques (encontrei uma réplica de um dragão da dinastia Han e Marcela comprou CDs de grupos de K-Pop), voltamos para o hotel e ficamos por lá até a hora de sair para a prova.

Uau, como somos sedentárias.

De qualquer maneira, lá pelas 21h, nossos pais ligam para bater ponto e averiguar se tudo está indo tranquilamente. Eu me surpreendo quando minha mãe passa o telefone para o Lenine, que me pergunta o que estou achando de São Paulo. Eu respondo que São Paulo é que nem Goiânia, só que maior e ele ri, o que é um pouco ofensivo, porque não estou brincando. Mas não reclamo porque ele me deseja boa sorte na prova e agradece por ter ido com ele ver as luzes de natal, e aí, de algum jeito, começamos a falar da gravidez da Bruna.

Eu nunca tinha parado para pensar nisso antes, mas acho que Lenine deve ser bem solitário. Quer dizer, eu não conheço nenhum amigo dele, não sei sequer se ele tem amigos. Ele viaja muito, e quando volta tenta passar tempo com Bruna e Valentina, exceto nesses últimos tempos que ele andou tendo problemas e passou mais tempo lá em casa. Acho que além das conversas que meu pai arranjou com Roberto, Lenine não deve ter falado muito da situação com a Bruna com ninguém. Até quando fala com a gente sobre isso é sempre superficial, tudo fica no subentendido. Então eu pergunto para ele o motivo de não ter amigos.

– Eu tenho amigos.

– Sério? Onde?

Ele ri, apesar de eu ter feito uma pergunta genuína.

– Tá, eu admito que não converso muito com eles. Eu nunca conversei muito com ninguém. – Ele suspira. – Só com a Bruna.

– Com a Bruna? – Fico chocada e o faço rir de novo.

– É, a gente tinha todo aquele esquema de "me apaixonei pelo meu melhor amigo" e tudo o mais. Estou fazendo aspas com os dedos, a propósito.

– Obrigada pela informação. E por que não têm mais esse esquema?

– Não sei... – Ele abaixa o volume da voz, o que significa que alguém deve estar por perto. – Eu sempre me perguntei se ela ressente a Valentina.

– Impossível, minha sobrinha é a criança mais perfeita do universo – declaro, confiante.

Lenine ri de novo.

– Isso porque você não tem que cuidar dela. – Sua voz volta ao normal.

Eu tento me lembrar de uma época antes do nascimento da Valentina. Mas isso cai mais ou menos na época em que meus pais mudavam muito de cidade, então nós nunca tivemos oportunidade de estabelecer um relacionamento com uma Bruna mais legal (se a declaração de Lenine procede). Mas eu me lembro de meus pais não gostando da Bruna desde o começo, e acho que isso deve ter acabado passado para mim de algum jeito.

– Lenine... Por que meus pais nunca gostaram da Bruna?

Lenine ri. Na verdade, ele gargalha, por uns sólidos dois minutos.

– Olha, você não vai acreditar – ele diz, tentando recuperar o ar.

– Só fala de uma vez – insisto impacientemente.

– Bem... – ele começa. – A primeira vez que Bruna conheceu nossos pais, assuntos políticos vieram à tona.

– Claro.

– É. E a Bruna foi bem passional com sua posição.

– Que era?

– Ela não suporta o comunismo – Lenine declara sem mais delongas. Eu levo a mão à boca, chocada. Fran e Marcela olham para mim confusas, curiosas e assustadas. – Na verdade, acho que ela chegou a dizer que o único sistema econômico que permite liberdade é o capitalismo e que devíamos estar gratos.

Lenine volta a rir, mas eu sinto que meus olhos estão prestes a sair de órbita. Não consigo imaginar ninguém falando isso para o meu pai e saindo ileso. Geralmente, quando as pessoas têm opiniões diferentes às do meu pai, elas logo percebem que é inútil discutir e deixam o assunto morrer ficando em silêncio. Se Bruna brigou de volta... não deve ter sido bonito.

– Não sei como meu pai não te deserdou por ter casado com ela.

– Não ia ser um ato muito impactante, nossa herança não é de grande valor – ele rebate.

– Os livros de capa dura são legais – falo, me referindo à coleção de primeiras edições de clássicos que meu pai tem.

– É, mas me dão alergia – Lenine retruca. – E eu sempre considerei que eles fossem seus, de qualquer maneira.

Eu sorrio e algumas peças se encaixam na minha cabeça.

– Então é por isso que sempre houve uma tensão com você e papai.

– Por isso o quê?

– A Bruna.

– Ah sim. – Ele ri de novo. – É, entre outras coisas. Pensei que você já soubesse.

– Sei lá. Sempre achei que fosse uma dessas coisas que a gente vê por aí. Filhas se dão melhor com o pai, filhos se dão melhor com as mães etc.

– Etc. o quê?

– Como assim?

– Se você já falou de filho e filhas, e pais e mães, o que sobrou?

Eu reviro os olhos.

– Cala a boca.

A gente fica em silêncio por um minuto. Eu sei que a ligação deve estar cara, mas não quero desligar ainda. Já tive dias que me dei bem com Lenine, e dias que o odiei, mas nunca conversei com ele assim. Eu acho que sempre pensei que Lenine me considerava uma criancinha que não sabe de muita coisa por causa da nossa diferença de idade. Mas agora conversa comigo como se eu fosse normal. A gente não é melhor amigo nem nada, e acho que nunca vamos ser, mas agora sinto mais que ele é um irmão, não um estranho.

– Você devia voltar a ser amigo da Bruna – aconselho.

– Uau, que sugestão genial, como não pensei nisso antes?! – ele responde sarcasticamente. – Não é fácil assim, Camilla. Você não pode virar pra alguém e falar "vamos voltar a ser amigos". Fica estranho, o tempo todo vocês ficam pensando que estão agindo do jeito que estão agindo porque precisam trazer a amizade de volta. E aí tudo parece meio... falso. Tudo que eu queria era achar um jeito de conseguir arrumar isso, mas sei lá, acho que não tem jeito.

Eu tento analisar como sou com os meus amigos, tento encontrar o que exatamente faz a diferença do meu relacionamento com eles do meu relacionamento com as outras pessoas. Conversar sobre coisas pessoais não conta, Lenine já fez isso com a Bruna a vida inteira, já deve saber de tudo. E, então, me vêm à luz, a epifania, a inspiração!

– Você devia trocar mensagens com ela! – digo, empolgada, com a minha genialidade.

– Hã?

– Mensagem. SMS! Tipo, não só coisas práticas que eu já vi você escrevendo, mas coisa besta que aconteceu com você no momento. Ou algum pensamento louco ou engraçado que teve, sei lá.

– Para quê?

– Meu Deus, Lenine, você é tão lerdo! – Perco a paciência. – Para sei lá, vocês ficarem mais familiares com o dia a dia um do outro. Pra você mostrar pra ela que pensa nela em momentos variados do dia. Por diversão, sei lá! Motivos são muitos.

– Hum... – ele diz sem ter certeza.

– E não combina nada com ela – eu adiciono. – Só manda e vê se ela responde.

– Ela vai achar estranho – ele diz, baixando o volume de voz de novo.

– Quem é que está rondando aí? – pergunto impaciente.

– Mamãe – ele fala com um suspiro. – Ela quer que eu saia do telefone logo.

– É claro que quero. – Ouço minha mãe falar ao fundo. – Vocês se encontram quase todos os dias, e é quando a Camilla viaja pra outro estado que vocês decidem bater papo fiado?
Eu rio.
– Olha – eu digo –, só tenta, tá? Não custa nada.
– Custa a fortuna que é mandar mensagens – ele retruca.
– Nossa, é só contratar algum pacote, em que mundo você vive? Sério, confia em mim. Acho que isso pode dar certo.
– Tá, eu vou tentar. Mas agora tenho que desligar. Não quero ser o responsável pela falência e queda da grande e nobre família Pinheiro. Boa sorte na sua prova amanhã.
– Obrigada, Lenine – eu digo de coração. – Tchau.

＊＊＊

Prova feita. Não faço mais questão de pensar nela por enquanto. Marcela e eu estamos cansadas demais para conversar, e apesar de Fran estar de boa, ela respeita nossos limites. Infelizmente, sempre que tento parar de pensar por um segundo e descansar minha mente, meu cérebro volta imediatamente para a prova. Não que eu ache que tenha me saído mal. Não sei se fui mal ou bem, mas quero não pensar nela por um instante que seja. Decido tentar um diálogo besta com a Marcela, mesmo que seja inteligível, mas ela está dormindo. Eu me viro para Fran, mas ela está dormindo também. Ela já nos avisou que esse ônibus demora pelo menos uma hora (às vezes mais) para chegar ao aeroporto. Preciso desesperadamente de algo para me distrair.
Puxo o meu celular e digito uma mensagem para João, Carol e Thiago:

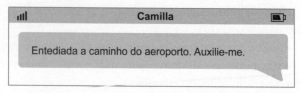

João é o primeiro a responder.

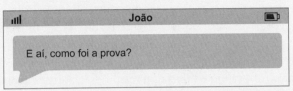

Eu reviro os olhos e reprimo os flashbacks de exercícios de biologia.

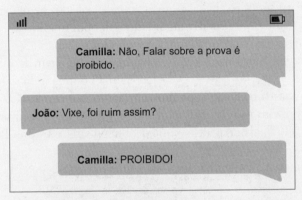

Uma mensagem de Thiago chega.

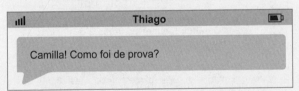

Certo. Talvez mandar mensagens para meus amigos que sabem que estou viajando por causa de vestibular não tenha sido a melhor ideia. Estou prestes a desligar o celular, quando uma nova mensagem de João chega.

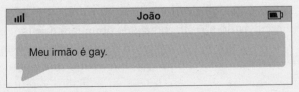

Eu arqueio as sobrancelhas enquanto respondo.

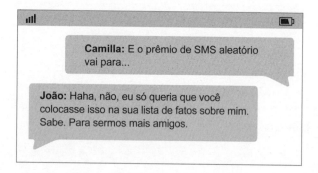

Eu sorrio.

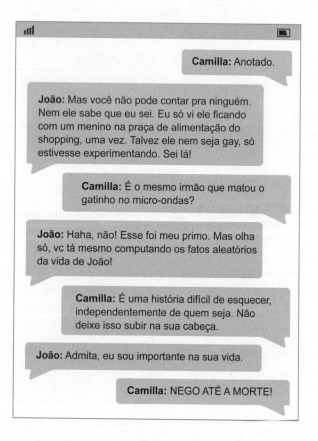

Mas ele é. O que é completamente estranho. Pouquíssimo tempo atrás, era apenas amigo do Thiago e agora ele é esse menino em quem eu penso dia e noite. João é importante. E talvez eu devesse escutar os conselhos que ele me dá. Eu passo meu dedão carinhosamente no broche que me deu no meu aniversário e que eu coloquei no meu cinto mais cedo, para dar sorte na prova, que nem um personagem idiota e meloso de filmes que faz questão de carregar um totem da pessoa amada para tudo quanto é canto. Acabo desabotoando-o do cinto para olhar todos os detalhes que João fez questão de incluir, só para me impressionar. E então tomo uma decisão.

Eu abro minha mochila e tiro meu caderno de Notas Fantásticas lá de dentro.

Mais uma mensagem de João chega.

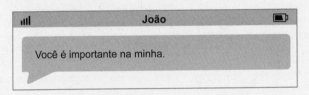

Meu coração bate forte, mas antes que eu possa responder, uma mensagem da Carol chega.

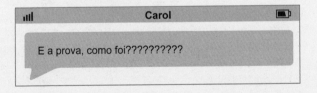

Eu suspiro, desligo o celular e começo a folhear o caderno de Notas Fantásticas.

http://www.agentec.com.br

Segunda-feira, 19 de novembro

Uma coisa com que a Agente C nunca soube lidar muito bem são as festas de confraternização da agência. As pessoas costumam ficar bêbadas e compartilhar traumas e detalhes de suas vidas pessoais que não compartilhariam se estivessem sóbrias.

Para falar a verdade, a Agente C suspeitava fortemente que o pessoal só usa álcool como desculpa para compartilhar coisas que estão trancadas em suas almas. Afinal, todos os agentes são treinados para resistir efeitos de tudo quanto é substância embriagante e/ou alucinógena.

Sem contar que ninguém levava a sério a agente terapeuta, cujo codinome é exatamente esse: Agente Terapeuta. Como confiar em alguém que escolhe um codinome tão idiota? Ela tinha tantas opções boas! Agente Freud ia ser uma boa. Ou Agente Jung. Mas não, ela escolhera Terapeuta. Ok, então.

Mas como ninguém gostava dela, ninguém se abria com ela, o que significava que a organização estava repleta de agentes que passam por experiências traumatizantes como guerras, torturas e assassinatos todos os dias, e simplesmente reprimem seus sentimentos no vale mais escuro e profundo de suas almas.

Até o dia da confraternização. Essa era a válvula de escape de todos.

No começo, a Agente C achava fascinante os demônios que atormentavam todas essas pessoas. Ela sempre tivera uma vida tranquila. Uma infância feliz de molecagem, uma adolescência embaraçosa, mas com boas memórias. E agora era uma jovem mulher com um emprego empolgante. Sua família sempre lhe deu apoiou em tudo, e mesmo quando havia algum conflito, as coisas terminavam em risada. A Agente C nunca se envolveu em um relacionamento sério, então nunca sofreu uma decepção amorosa. E apesar de ter visto muita gente morrer, ter sido torturada e passado por muitas situações difíceis no trabalho, nada disso nunca lhe afetou muito. Ela considerava tudo apenas consequências de uma atividade que no fim melhorava o mundo.

Então, assistir seus companheiros expondo suas almas dilaceradas em época de confraternização era uma boa forma de estudo de comportamento. Até que as coisas começaram a ficar repetitivas, previsíveis. Daí a Agente C começou a ter receio dos dias de confraternização.

Seripaco sentia o mesmo que C, e exatamente por isso nunca ia às festas de confraternização da unidade. Certa vez, questionou o motivo de a Agente C persistir em comparecer em tais eventos. Ao que a Agente C respondeu:

– Eu gosto do amigo secreto. Eu gosto de ganhar presentes.

Seripaco então disse que elas poderiam trocar presentes só entre as duas, mas a Agente C simplesmente negou. Não era a mesma coisa que amigo secreto. Sem contar que já trocavam presentes com frequência. Afinal, eram amigas.

Então, lá estava a Agente C. Presente em mãos, aguardando ansiosamente a hora da revelação. A festa tinha começado havia pouco mais de uma hora e já tinham conversado com ela: uma pessoa que não falava com o irmão gêmeo havia 15 anos, um cara que apanhava na escola quando criança e uma moça que foi assediada no seu primeiro emprego. Uma Agente C mais jovem traria um pequeno Moleskine para anotar as histórias mais absurdas, engajaria as pessoas em conversas sobre o assunto para conseguir mais detalhes. A Agente C de hoje apenas concordava com a cabeça e fazia comentários gerais como "é difícil mesmo".

Pouco depois do jantar ser servido, a Agente Cupuaçu foi ao palco e testou o microfone. Ao ver que tudo estava funcionando, deu boas-vindas aos convidados.

– Chegou a hora mais esperada da festa – informou com um sorriso. – Revelação do amigo secreto!

Todos aplaudiram em seus lugares. A Agente C se sentou mais ereta em sua cadeira.

Mas antes que a Agente Cupuaçu pudesse continuar, o Agente Frisson subiu ao palco. Alguns deram uma risadinha, como se já esperassem que Frisson fosse fazer algum tipo de cena conduzido pela embriaguez. A Agente C apenas revirou os olhos.

– Certo. Não criem expectativas. Eu não estou bêbado – ele disse sem embromação. – Na verdade, vamos parar com a palhaçada e admitir que ninguém aqui está bêbado, ok?

A Agente C arqueou as sobrancelhas, impressionada. Não é que pode ser que isso seja até interessante?

– Nossa unidade é bem grande, então nem todo mundo aqui se conhece. Meu nome é Agente Brito, mas eu geralmente peço para o pessoal me chamar de Frisson, para manter o clima descontraído.

Alguns da plateia riram baixinho, mas poucos. O tom de voz de Frisson não indicava humor.

– Hoje eu vou usar o nome Brito, porque preciso ser levado a sério – continuou. – O que tenho para falar precisa ser levado a sério.

O salão estava em completo silêncio. A Agente C olhou em volta e viu como todos estavam plenamente focados no que Frisson, isto é, Brito, tinha para dizer. Seu olhar retornou para ele e percebeu que ele a encarava fixamente. O Agente Brito respirou fundo antes de continuar:

– Nos meus primeiros dias aqui, uma agente ficou encarregada de me acompanhar para me mostrar como as coisas funcionam. Uma das coisas que me contou é o funcionamento do relacionamento dos agentes dessa unidade com a terapeuta.

O Agente Brito passou a mão pelo cabelo, o que a Agente C percebeu involuntariamente nesse tempo que trabalhou com ele, como um gesto de frustração.

– O que essa agente me contou – Brito prosseguiu – é que ninguém levava a Agente Terapeuta a sério. Porque ela não escolheu um codinome legal, logo deve ser uma incompetente.

Algumas pessoas se moveram desconfortáveis em seus lugares.

– Sabe, eu não sou exatamente a pessoa mais espetacular com codinomes. – Ele riu sarcasticamente. – Obviamente. Mas sei que sempre fui um bom espião. Termino todas as minhas missões com antecedência, sempre tenho resultados positivos, sou apontado como líder de operação pelo menos uma vez por semana. Eu sinto que minha falta de habilidade em criar um bom codinome não afeta a qualidade do meu trabalho. Mesmo que essa falta de habilidade acabe frustrando alguns colegas.

Brito olhou de novo para a Agente C, e ela sentiu o rosto esquentar.

– Então eu nunca me deixei levar por isso. Eu gosto de ir para a terapia, não estou nem aí se vocês acham que falar isso é patético. Patéticos são vocês que seguram todas as suas aflições até chegar numa festa de confraternização e extravasar tudo usando álcool como desculpa. Vocês não estão enganando ninguém, ok? – O Agente Brito balançou a cabeça, desgostoso. – Mas Terapeuta me ajudou pra valer. Ela me ajudou, aconselhou e ouviu. E semana passada ela foi capturada e torturada até a morte por não expor nada que sabia de mim. Foi profissional e ética até o último segundo. E todos nós saímos perdendo com essa morte. Mas vocês mais ainda, porque não davam valor a ela nem quando tinham oportunidade.

O Agente Brito abriu a boca, como se fosse falar mais alguma coisa. Mas apenas balançou a cabeça, colocou a mão no bolso e, cabisbaixo, saiu do palco e do salão.

O lugar ficou quieto por um momento. A Agente C conseguia ouvir o barulho de sua respiração. Ela nunca tinha percebido o quanto respirava alto.

Cupuaçu voltou ao palco e limpou a garganta.

– Hum. Alguém gostaria de vir revelar seu amigo primeiro?

Normalmente, a Agente C seria voluntária de imediato. Não dessa vez. Ela apenas se levantou e, com presente em mãos, caminhou por onde o Agente Brito tinha saído um pouco antes.

O momento de revelação tinha perdido toda a graça. Sua amiga secreta era a Terapeuta.

✉

De: Jordana Borges <jorges.publicidade@zoho.com>
Para: Camilla Pinheiro <cpinheiro@zoho.com>
Assunto: "C" de Cê tá bem? (enviado em 19 de novembro, às 21h47)

 Nossa. Além daquele último e-mail, eu entro no blog hoje e vejo a sua atualização e... sei lá? Tá tudo bem? A história ainda é boa, não me entenda mal. Ela meio que dá uma reviravolta sombria. Tipo, começa normal, como uma típica história da nossa amada Agente C, e aí... uau!
 Sobre seu último e-mail: olha, pela primeira vez eu terminei de ler sem saber o que responder. Geralmente nós enrolamos com essa troca de e-mails, mas não porque não sabemos o que dizer, mas porque somos procrastinadoras. (Pelo menos esse é meu motivo de demorar tanto com as respostas. Acabo concluindo que é seu motivo também, porque né, já te conheço o suficiente.)
 Eu posso dizer uma coisa com absoluta certeza: eu gostava muito mais de mim quando era adolescente. Eu tinha um traço em minha personalidade que me fazia praticamente impenetrável para todas as expectativas horríveis da sociedade. Eu não me importava muito com o que falavam e era uma pessoa

basicamente... alegre, acho. Não de um jeito Polyana de ser. Mas, mesmo assim, alguém de bem com a vida. Nessa época eu fiz meus melhores amigos, e foram eles que me falaram que se aproximaram de mim porque eu tinha esse lado meio desligado do mundo em geral e que isso era cativante. Então eu vejo fotos da Jordana dessa época e fico "nossa, menina, como você era descolada!". Agora não é bem assim. Eu me olho no espelho e às vezes chego a ter vergonha de existir. Tudo parece não fazer sentido, eu me sinto completamente inadequada para tentar fazer qualquer coisa sobre qualquer coisa.

Eu odeio ser assim. Todo dia eu desejo trazer de volta a velha Jordana, mas ela acabou fazendo coisas (ou deixando de fazer) que acabaram endurecendo seu coração e tal. Então, se fosse pra eu lhe dar um conselho, seria de repensar sempre no que você está fazendo. Olhar e analisar: "Isso vai ser uma coisa legal de se contar no futuro?". Independentemente de quão idiota a atividade seja, se você achar que vai ser uma boa experiência pra se lembrar depois, então vá em frente.

Por outro lado, existem muitas coisas que a Jordana Amarga conhece (e conheceu direta ou indiretamente por causa de sua amargura) que a Jordana Alegre nunca nem sonhou. E Jordana Amarga gosta dessas coisas. E Jordana Amarga se sente mais inteligente. E Jordana Amarga gosta de ser inteligente.

Então acho que essa coisa de mudanças de personalidade tem seus prós e contras, mesmo quando a pessoa em questão já gosta de quem ela é.

Enfim. Vamos combinar mesmo uma ligação de Skype (sábados e domingos são tranquilos pra mim, mas você tem vestibular todos os fins de semana pelos próximos três anos, né?). Eu tenho uma novidade pra contar (envolve um interesse amoroso que você nunca ouviu falar, mas ele viajou pra Portugal, então não crie muitas expectativas para uma história com final feliz). E quero saber de detalhes mais *calientes* de sua vida (envolvendo *seu* interesse amoroso) e não só as mensagens enigmáticas que você anda me mandando.

Beijos,
Jorges

Eu fico esperando João fazer algum comentário sobre a minha última atualização do blog, mas ele não fala nada sobre o assunto. Eu poderia tocar no assunto com ele, mas não parece certo. Sinto que já dei o primeiro (ou quinto) passo nessa nossa relação, agora é a vez dele. Talvez ele nem acompanhe o blog mais. Talvez tenha percebido que há eras não há atualização e simplesmente desistiu.

Então eu passo a semana inteira na expectativa de algum bilhetinho ou mensagem ou qualquer tipo de interação que mostre a opinião dele sobre o novo conto. Mas a única interação que temos é nos jogos do pontinho e na nova brincadeira que inventamos que é parecido com Detetive, mas é na verdade para deduzir as circunstâncias do término do namoro de Thiago e Bárbara. Nós temos que definir três coisas: "Quando?", "Onde?" e "Por quê?". O mais engraçado até agora foi de criação do João: Natal; Sorveteria; Ela suspeita que o contato chamado "Desentupidor" no celular dele é na verdade o codinome de uma loira peituda.

(É engraçado porque Thiago realmente tem um contato chamado "Desentupidor" no celular. Diz que certa madrugada estava assistindo um daqueles canais de programas comerciais e viu o pessoal falando de um desentupidor que parecia realmente esplêndido. Thiago ficou tão impressionado que anotou o número de televendas na hora. Porém, ainda não teve a oportunidade de comprar o tal acessório.)

Além disso tudo, ainda tenho que pensar no PAAES. Felizmente, por ser um vestibular seriado, a pressão é muito menor. Além de caírem menos matérias, sinto que as expectativas das pessoas em relação a essas provas são bem menores. Sério. É só comparar a reação das pessoas quando você diz "estou indo fazer vestibular" e "estou indo fazer um teste seriado".

Eu e Marcela estamos empolgadas para o PAAES porque Uberlândia seria um bom lugar para se morar. Mas eu tenho a impressão que a maioria das pessoas só se inscreve por causa das viagens em caravana. São lendárias. As viagens, não as pessoas.

Não que isso faça muita diferença, já que Marcela e eu nunca nos envolvemos em coisas muito loucas. Normalmente eu vejo as coisas muito loucas e só conto para ela depois. Mas dessa vez o João vai estar lá. Bem, o João sempre esteve lá, claro. Mas agora ele é meu amigo. Colorido, talvez. E ele vai estar lá. E sei lá. Parece uma ponte de oportunidades. E sempre que penso no assunto meu coração bate mais forte.

Se bem que ele nem se dá ao trabalho de comentar o conto que eu postei só por causa dele. Menino idiota. Não sei por que estou perdendo meu tempo e energia molecular pensando nele.

(Mas ele é tão legal! Eu gosto tanto dele!)

***

Na sexta-feira, Carol me convida para passar a tarde em sua casa. Nada demais, só para assistir a uns filmes. O namorado da irmã mais velha dela está lá constantemente e ela acaba achando chato ter que ficar de vela sozinha.

– Ele não vai embora nunca – ela me diz em voz baixa, enquanto sentamos em frente às gavetas de filmes para escolher o que assistir. Júlia e seu namorado, Augusto, foram para a cozinha para colocar sorvete para a gente, mas todo cuidado é pouco. Na casa da Carol, o pessoal tem ouvido de morcego. – Eu não sei por que ela não vai ficar na casa dele de vez em quando.

Eu dou de ombros.

– Ele é legal.

– Sim – Carol concorda com um suspiro. – Mas eu gosto de andar de pijama pela casa. Daí ele chega inesperadamente e eu tenho que me trancar no meu quarto ou trocar de roupa. E às vezes ele chega tarde, sabe? É muito irritante.

Júlia aparece na sala e nos entrega os sorvetes.

– Eu não sei por que vocês estão se dando ao trabalho de ficar procurando – ela nos diz. – Sempre que Camilla vem a gente acaba assistindo *A nova onda do imperador*.

– Eu não consigo evitar – me defendo. – Eu fico olhando todos os filmes que vocês têm, que são ótimos e tal, mas sempre parece uma perda de tempo assistir outra coisa quando se poderia estar assistindo *A nova onda do imperador*.

Augusto interfere.

– Não, mas a Júlia me falou que vocês compraram *Toy Story 3* – ele fala.

Carol tira a caixinha do filme da gaveta como afirmação. Augusto fica empolgado e diz que esse é o filme favorito dele e implora para assistirmos. Carol olha para mim com um olhar indagador. Eu dou de ombros. *Toy Story 3* é uma boa escolha.

Porém, nós temos essa mania de conversar durante o filme que já assistimos muitos milhões de vezes. Comentar sobre o próprio filme mesmo. Fazer teorias sobre personagens ("o que aconteceu com o pai do Andy?" ou "será que o Senhor e a Senhora Cabeça de Batata teriam filhos?") ou piadas sobre filme inter-relacionadas com a vida real ("MEU DEUS, VOCÊ CONVERSA IGUALZINHO AO WOODY QUANDO ESTÁ FRUSTRADA! POR ISSO QUE SEMPRE TE ACHEI MEIO FAMILIAR!"), coisas desse tipo. Daí, na hora de maior tensão do filme (aquela em que eles vão ser queimados e estão dando as mãos, mas aí O Garra Gigante aparece para salvar o dia), Augusto implora para que fiquemos caladas. Quando nós não obedecemos, ele pede de novo, em um tom de voz mais brusco.

– Augusto, deixa de drama – Júlia comenta. – Você já assistiu isso umas quinhentas vezes.

– Não assisti, não.

– Tá, é modo de dizer – Júlia diz. – Mas você já sabe essa cena de cor.

– Não sei, não.

Júlia franze a testa para ele.

– Sua memória é ruim assim?

Ele dá de ombros.

– Nem você consegue decorar cada detalhezinho assistindo ao filme só uma vez – ele rebate.

Carol pausa o filme imediatamente. Todas olhamos para Augusto, chocadas.

– Você só assistiu esse filme uma vez? – eu pergunto. Augusto faz que sim com a cabeça.

– Mas você não me falou que é seu filme favorito de todos os tempos? – Júlia diz.

– E é – ele responde simplesmente.

Todos os nossos queixos caem diante dessa revelação.

– Você assistiu o seu filme favorito de todos os tempos... só uma vez? – Carol repete para confirmar os fatos que estão nos sendo cedidos.

Augusto só dá de ombros, indiferente.

– Na verdade, eu nunca entendi essas pessoas que assistem ao mesmo filme várias vezes – ele confessa.

– É assim que a gente decora falas – Carol diz.

– Mas para quê?

– São boas falas – Julia argumenta. – Falas que enriquecem a vida. Falas engraçadas.

– Sim, mas só acha graça quem já viu o filme e decorou as falas também.

– Sim. E aí você cria uma conexão com essa pessoa – eu retruco.

– Tá, mas existem outras formas mais interessantes de criar uma conexão com uma pessoa – ele argumenta. – Sem contar que não tem graça nenhuma assistir a um filme já sabendo o que vai acontecer.

Carol revira os olhos.

– Esse argumento é completamente idiota. É a mesma coisa que falar que você não quer comer chocolate de novo porque já sabe qual é o gosto dele.

– Eu não gosto muito de chocolate – Augusto declara.

Carol e eu arregalamos nossos olhos.

– Uau. – Carol está espantada. – Você completamente perdeu o ponto do meu argumento e ainda desrespeitou grandes valores desta casa. Como assim, você não gosta de chocolate?

Augusto apenas dá de ombros e Júlia ri, tomando o controle de Carol e dando play no filme. Nós conseguimos ficar caladas por dois minutos, mas depois desatamos a conversar de novo. Dessa vez, Augusto não pede para ficarmos calados. Mas tudo bem, quando ele quiser assistir ao filme em completo silêncio tedioso, é só pedir emprestado para a Júlia. Quem sabe assim ele passe um pouquinho mais de tempo na casa dele, deixando que minha querida amiga Carol se divirta com um desfile de pijamas em sua própria casa.

****

Quando Lenine me liga dizendo que está saindo do trabalho para ir me buscar e que em 15 minutos chegaria, Carol me leva para o seu quarto dizendo que quer me mostrar uma coisa. Na hora eu me lembrei de João. Nós provavelmente trocaríamos um olhar de "insinuação sexual?" se ele estivesse por perto. O que talvez seria inapropriado, já que Carol é a pessoa mais inocente que eu conheço. Não que ela seja puritana, mas levando em consideração meu círculo social, ela é praticamente uma freira (se bem que eu acho que na religião dela não existem freiras. Qual seria o equivalente de freiras então? Vou perguntar).

– Carol, qual é o equivalente de freira na sua religião?

Carol franze a testa enquanto procura algo em sua gaveta.

– Sei lá? – ela diz, puxando um pacote. – Solteirona?

– Hum – eu digo, pensativa. – Interessante.

– Tipo, tem as meninas que vão para o seminário e elas podem se especializar em várias áreas. Teologia, Educação Cristã e tal. Mas podem se casar, se quiserem. E não precisam usar aquela roupa que freiras usam, como é que chama mesmo?

– Paramentos – respondo, orgulhosa por ter um vocabulário tão extenso.

– Não, não – Carol diz. – É outro nome que faz o trocadilho...

– Hábito – eu digo com um suspiro, percebendo que Carol está se referindo ao filme da Whoopi Goldberg.

– Isso! – ela exclama feliz, e então se senta ao meu lado em sua cama, em sua mão, o pacote que puxou da gaveta. – Tá. Lembra o dia da rebelião que você falou que o P.A. era o Super Trunfo lá do Coliseu?

Eu concordo com a cabeça.

– Pois bem – Carol continua, empolgada. – Obviamente eu achei essa ideia genial e comecei a montar um jogo com personalidades lá da escola. Daí, eu pensei nas seguintes categorias: Popularidade, Influência, Notabilidade Acadêmica, Insanidade e Afetividade.

Eu rio, já adivinhando quem deve ter maior pontuação em Insanidade.

– Enfim – Carol fala. – Eu acabei fazendo um design das cartas e mandando para uma gráfica para imprimir e...

Ela tira do pacote um conjunto de cartas amarrado com uma liga elástica. No verso, uma foto comercial do nosso colégio com a logo do Super Trunfo na parte superior e "Coliseu" na parte inferior. Cada carta contém uma imagem de algum dos nossos colegas de escola (provavelmente adquiridas via Facebook) e suas respectivas pontuações em cada categoria.

– Nossa, Carol, isso foi uma das coisas mais legais que você já fez na sua vida! – Estou realmente impressionada. Quando comparo as cartas de P.A., que obviamente é o Super Trunfo, e Bárbara, vejo que ela tem um ponto a menos que ele em Insanidade. Eu levanto as duas cartas para ela.

– Como assim?!

Carol ri.

– Não foi uma escolha fácil, mas o P.A. é o Super Trunfo, afinal de contas. E um revolucionário. E revolucionário é louco, você sabe disso mais que ninguém.

– É... – concordo distraidamente, admirando carta por carta.

– Camilla, sabe como o Super Trunfo vence de toda carta, mas tem sempre uma carta com uma categoria com pontuação superior à do Super Trunfo?

– AHAM! Achei que essa categoria seria Insanidade da Bárbara.

– Não, na verdade... – Ela pega as cartas da minha mão e procura a que quer. Então me entrega a carta com a minha foto e a com a do P.A. Em afetividade, eu estou três pontos à frente dele.

– Nossa, Carol! – eu digo, emocionada, levando a mão ao coração, porque ninguém nunca usou "afetiva" para me descrever. – Acho que essa foi a coisa mais sentimental que eu já vi você fazer.

Ela dá de ombros e fica sem graça quando eu a puxo para um abraço.

– Na verdade... – ela conta. – Eu mandei imprimir mais três conjuntos desses. Um para eu brincar, um para eu guardar por segurança e um para fazer isso.

Ela então tira um caderno de debaixo de seu travesseiro e me entrega. Na capa, uma colagem das cartas do Super Trunfo que criou. Por causa do tamanho das cartas, ela colou não só na frente e no verso, mas no lado de dentro das capas também. Na parte da frente, como sempre, está escrito "CA-DERNO DE NOTAS FANTÁSTICAS de Camilla Pinheiro" no canto inferior da capa.

– Uau, você se superou – eu digo, impressionada.

– Eu gosto de ser sua amiga, Camilla – Carol me diz francamente. – Tipo, quando eu mudei para o Coliseu, eu odiava tudo, tudo. Mas você sempre fez os dias ficarem inte-ressantes, às vezes com os dramas dos seus amigos, às vezes com as histórias da Agente C, às vezes com seus comentários, mas sempre fez tudo ficar mais legal. Eu não teria sobrevivido esses últimos dois anos sem você por perto.

– Credo. – Eu fico desconcertada com a intensidade de emoções acontecendo no momento. – Parece que você está fazendo um daqueles discursos impactantes pré-morte ou sei lá.

Carol ri.

– Você é uma idiota. Eu só queria deixar claro que você é minha amiga. Tipo, pra valer. E que eu vou sentir muito sua falta quando você for estudar em outra cidade e provavelmente vou ficar procurando desculpas para visitar.

– Vai nada – respondo num tom debochado para tentar disfarçar meus olhos marejados. – Você vai estar ocupada demais aqui com o Danieeeeel.

Carol revira os olhos, mas antes que possa confirmar ou negar meu comentário, meu celular toca, o visor mostrando que Lenine está me ligando, o que significa que já deve estar me esperando na porta.

Ela abre o portão para mim e me abraça, me desejando uma boa prova.

– Algum dia você vai liberar uma declaração oficial sobre Daniel? – pergunto.

– Talvez. – Ela responde com um sorriso misterioso.

***

O combinado era que todos comparecessem à agência de viagem do Dedé às oito horas da manhã para sairmos sem atraso para Uberlândia. Mas é claro que já são 8h13 e ainda estamos aguardando os atrasados chegarem (sendo que nos foi dito DIVERSAS VEZES que os atrasados seriam deixados para trás, sem possibilidade de retorno de dinheiro. Francamente, o pessoal fica tão mal-acostumado com esse tipo de tratamento, que quando chega nos dias de prova depois que os portões são fechados e ninguém os permite entrar, ficam chorando como se fosse injusto, como se o tempo e o universo tivessem que trabalhar para eles).

Marcela e eu decidimos já entrar no ônibus e garantirmos nossos lugares. De longe eu avisto João conversando com algum amigo que não conheço. Ele deve ter sentido meu olhar, porque vira em minha direção e me vê. Então sorri e acena.

– Desiste – Marcela diz, quando vê essa interação mínima. – Se nada aconteceu até agora, então nunca vai acontecer.

Eu faço uma careta para ela e entro no ônibus.

Às 8h27 nós finalmente saímos para o longo caminho até Uberlândia (bem, seis horas). Marcela e eu dormimos a maior parte do tempo, exceto quando paramos para almoçar, porque não somos loucas de abrir mão de comida.

Finalmente chegamos a Uberlândia, no meio da tarde. Por sermos alunos fazendo a terceira fase do PAAES, já sabemos como o esquema funciona. A dona do hotel nos diz quais andares são só nossos e nós corremos para escolher nosso quarto. Marcela e eu fizemos uma avaliação detalhada ano passado, então já sabemos que se o terceiro andar for nosso, temos que correr para o quarto 305.

Não deu outra, caravana do Dedé ficou com terceiro, quarto e quinto andar, cada quarto com duas camas. Marcela sequer espera a recepcionista parar de falar e já sai correndo. Eu fico encarregada pelos nossos pertences.

João aparece do meu lado.

– Quer ajuda?

Eu olho para as duas mochilas em minhas mãos. Como nós só vamos ficar aqui três dias, ninguém trouxe muita coisa e elas estão bem leves. Eu sei que João está tentando ser gentil, mas eu vou me sentir uma idiota entregando essas mochilas para ele carregar.

– Nah, tô bem. E você? – pergunto, porque não sei o que dizer.

João ri.

– Tô bem também. E então, seu plano é o 305 mesmo?

– Sim – confirmo. – Tenho total confiança de que Marcela vai conseguir.

Não deu outra. Chegamos ao terceiro andar e Marcela está na frente da porta do 305 com os braços abertos, impedindo qualquer um de se aproximar, e um sorriso vitorioso.

– Ninguém correu – ela me diz. – Mas, mesmo assim, sinto como se tivesse vencido.

Eu rio e olho para o João.

– E você, vai ficar onde?

– Bom, eu pedi pro Guilherme pegar.

Nessa hora, o menino com quem o vi conversando antes sai do quarto 306, todo convencido.

– Umas meninas chegaram aqui primeiro – ele conta para o João. – Mas com meu charme consegui convencê-las a trocar.

João revira os olhos. Eu reviraria também, mas não conheço o menino, não quero parecer rude.

– Guilherme, essa aqui é a Camilla – João apresenta e eu aceno.

Marcela pega nossas mochilas e entra no quarto.

– Bem... – eu digo. – Até mais.

E sigo logo atrás da Marcela.

***

Normalmente, na noite anterior à prova, tudo é bem tranquilo. O pessoal sempre quer ficar descansado para a prova e tal. É na noite seguinte que as coisas ficam bem loucas.

Então Marcela e eu estamos no nosso quarto assistindo à televisão, relaxando, como deve ser. Mas não estou relaxando, claro que não, porque o João está no quarto ao lado. E minha mente fica repetindo a cena onde ele falou que pediu para o Guilherme escolher um quarto em particular... Ele estava deixando algo implícito ali, não? Ele queria ficar perto de mim.

– Marcela, eu vou sair pra tomar sorvete – anuncio, me levantando e pegando um suéter na minha mochila.

– Ah, eu vou também – ela diz, se sentando na cama.

– Não vai não – eu respondo. Ela arqueia as sobrancelhas e olha para a parede que dividimos com o João.

– Então tá. Pelo menos tenha a decência de trazer uma casquinha de pistache com flocos para mim.

Eu saio e tomo coragem para bater na porta do quarto de João. Por algum motivo, estou com medo do amigo atender. Não sei por quê. Deve ser algum daqueles pensamentos irracionais que a gente tem em momentos de tensão. Talvez seja melhor eu mandar uma mensagem. Ah, droga, esqueci o celular no quarto! Se eu entrar a Marcela vai me perguntar qual é meu problema, aí eu vou contar e ela vai me achar uma idiota por simplesmente não bater na porta de uma vez.

Eu respiro fundo e bato na porta.

"João, João, João, João, João, João..." eu tento chamar telepaticamente.

E não é que funciona?! João abre a porta e sorri ao me ver.

– Oi! – Sorrio de volta.

– Oi.

– Eu vim aqui... perguntar se você quer ir tomar sorvete. – Convido-o quase gaguejando. Céus! Qual é o meu problema? – Porque eu... Hum... estou indo. E talvez você queira... Hum... me acompanhar. Não sei.

João vira o rosto e grita:

– Guilherme, tô indo tomar sorvete, volto daqui a pouco! – Então ele sai do quarto e fecha a porta. – Vamos?

A caminhada de ida é horrível. Horrível. Muito ruim. Eu não sei o que dizer, ele não ajuda e a gente fica nessa de "tenho muitas coisas para falar, mas na verdade vou ficar calado".

Quando a gente chega na porta da sorveteria, entro em pânico.

– Quer saber? Eu não quero sorvete.

E começo a caminhar de volta. João caminha junto comigo E MESMO ASSIM NÃO DIZ NADA. Eu começo a ficar cada vez mais irritada. Quando chegamos ao corredor dos nossos quartos, já estou faiscando de ódio.

– Eu postei a bosta do conto que você queria! – Falo entre dentes cerrados enquanto caminhamos em direção aos nossos quartos.

– É, eu vi...

Eu paro subitamente e cruzo os braços, ficando ainda mais irritada.

– Você viu? – Minha voz fica esganiçada e eu tento manter meu tom mais baixo para ninguém escutar. – E simplesmente decidiu não comentar nada?

– Eu não sabia que era para eu comentar alguma coisa.

Meu primeiro instinto é gritar e cuspir e chutar. Então eu simplesmente abro a porta da escada de emergência e João me segue, fechando a porta atrás.

– Você sugere que eu poste uma história triste para "libertar meus sentimentos" ou sei lá o quê – eu digo cheia de rancor. – E quando eu faço exatamente isso, você nem considera a possibilidade de conversar sobre o assunto?

João dá de ombros.

– Eu não queria que você postasse aquilo por mim. Era para o seu próprio bem – ele se defende. – E no fim, você se sentiu melhor, não?

– Não! – grito. – FOI UMA IDEIA IDIOTA. Nunca passou pela sua cabeça que quando alguma emoção do canto mais sombrio de minha alma começa a me atormentar só o fato de eu escrever sobre o assunto já é o suficiente para aliviar? EU NÃO PRECISO EXPOR MEU LADO SOMBRIO PARA O MUNDO PARA ME SENTIR MELHOR, SEU PARVO.

– Para que você postou a história, então? – João pergunta igualmente irritado.

– Porque eu gostei de saber que você estava preocupado comigo e achei que não custava nada testar o que você tinha sugerido, por mais imbecil que fosse.

Apesar do meu insulto, João não consegue conter um sorriso. E isso me irrita e acalma ao mesmo tempo.

– Olha – decido colocar as cartas na mesa de uma vez. – Nos últimos tempos a gente meio que veio mandando indiretas um para o outro de que a gente se gosta e tal. Eu acho. E, tipo, às vezes rola um clima e tal, e não sei, fico pensando que a gente ia se dar bem junto, apesar de você ser bem idiota de vez em quando.

Eu não consigo terminar meu lindo discurso, porque João se aproxima subitamente, uma mão na minha cintura, outra no meu rosto, e me beija.

Não vou mentir, a melhor definição para esse beijo é BOM (adj. Que tem as qualidades que convêm à sua natureza ou destinação: um bom cavalo; uma boa terra. Que tem aptidão profissional: bom operário. Que tem os requisitos necessários: bom para o serviço. Que é perfeito sob o ponto de vista moral: bom filho; bom procedimento. Que gosta de fazer o bem; generoso, caridoso: bom para os pobres. Indulgente, afetuoso: bom pai; bom marido. Que traz vantagem, utilidade: boa profissão; bom conselho. Feliz, favorável, propício: boas férias; boa estrela. Violento, forte: um bom golpe, boa surra. Em proporções maiores do que as habituais: um bom pedaço de carne, uma boa gargalhada. S.m.pl. Os que manifestam sentimentos generosos, os que praticam o bem). É um beijo *bom. O João é bom.* Tão bom, que o tal do beijo faz com que todos os sentimentos de frustração que se acumularam dentro de mim durante a semana explodam. E de repente eu fico com tanta raiva dele por não me deixar terminar de falar, por ter simplesmente me beijado, sem nem ter pedido autorização! E a cada segundo que passa o beijo fica melhor, ele me puxando ainda mais para perto e eu vou ficando ainda mais brava e consequentemente agressiva com o beijo. Quando percebo que estamos tão juntos que até a luz a sensor de movimento desligou me dou conta que a melhor punição seria parar de beijá-lo, então o empurro, a luz acende novamente e eu saio a passos duros. João chama o meu nome e eu aperto o passo. Consigo entrar no meu quarto antes que ele me alcance.

– E aí? – Marcela pergunta empolgada quando me vê. – Cadê meu sorvete?

– Não pergunta – respondo com tom de voz para poucos amigos.

Marcela, sendo exatamente o tipo de pessoa que saca como é estar com humor para poucos amigos, não insiste no assunto e, até a hora de dormir, nós ficamos assistindo à televisão. Único comentário que ela faz, claro, é que agora não consegue parar de pensar em sorvete.

É incrivelmente fácil achar jeitos de evitar o João no dia seguinte por causa da prova. Eu imploro para a Marcela me ajudar a ficar fora do caminho dele durante a manhã. Durante a tarde teríamos a prova. Único problema seria a noite, principalmente porque essa é a noite que todo mundo fica louco nos corredores e trocando de quartos e produzindo material para fofoca para a viagem de volta (enquanto Marcela dorme tranquilamente em sua cama).

– O que aconteceu? – Marcela me pergunta enquanto nos servirmos no restaurante do térreo. Eu insisti que acordássemos extracedo para comer, em um horário que tinha certeza que aluno nenhum estaria acordado. O mínimo que podia fazer por Marcela é lhe ceder respostas.

– João me beijou sem autorização.

Marcela arregala os olhos e enterra as unhas no meu braço.

– Ele forçou?!

– Não, não – asseguro. – Tipo, não foi forçado. Foi bom. Mas foi sem autorização. Tipo, eu estava conversando e ele veio e me beijou.

– Ah... – ela diz e coloca uns pães de queijo em seu pratinho.

Ficamos em silêncio até terminarmos de nos servir e irmos nos sentar.

– Eu achei que você queria beijar o João – Marcela comenta.

– Eu queria.

– Mas não quer mais? Ele é ruim?

Eu me lembro do jeito que ele me puxou para perto enquanto acariciava meu rosto.

– Não. Ele não é ruim. – Dou um suspiro. – Mas sei lá, eu fiquei muito brava e simplesmente saí. Nem sei explicar direito, Marcela. Agora nem sei o que falar para ele. Tipo, eu não sei como me explicar para ele, mas ao mesmo tempo eu tenho certeza que estou certa.

Marcela ri.

– Você sempre tem certeza que está certa.

Eu me esforço ao máximo para não pensar no João pelo resto do dia, para focar mais na prova. E até que dá certo, até eu olhar para o meu celular e ver que ele me ligou e mandou mensagens várias vezes. Desligo o celular, tentando desligar a memória do que aconteceu, pelo menos por uma tarde.

***

Marcela e eu terminamos a prova cedo, então saímos para tomar sorvete antes de voltar para o hotel e Marcela, claro, me faz pagar porque ela não consegue superar o fato de que eu não levei nada para ela na noite anterior. Daí a gente acaba fazendo coisas bestas de turistas e comprando lembrancinhas para dar para a Fran e a Carol. Lá pelas 20 horas, voltamos para o hotel, um horário que a gente sabia ser o horário que o pessoal estava saindo para ir festar em bar e não sei mais onde. Nós ligamos para os nossos pais para alertá-los que ainda estamos vivas e que a prova foi bem e para confirmar pela milésima vez que sim, nós chegaríamos em Goiânia na segunda-feira, no fim da tarde. Pais têm essa mania de ficar confirmando a mesma informação 15 mil vezes repetidas. Com qualquer outra pessoa do mundo que fizer isso você tem a liberdade de responder "JÁ DISSE MIL VEZES, SEU PALERMA", mas com pais é socialmente inaceitável, o que é injusto, porque eles são os que mais merecem esse comentário.

Depois eu ligo para Carol. O vestibular da UFG também foi hoje e eu quero saber se ela foi bem. Ela me diz que o gabarito já saiu e que ela tirou pelo menos 15 pontos acima da nota de corte do ano passado, então pelo menos uma batalha estava vencida.

– E aí, como você tá? – ela quer saber.

– Bem, bem.

– O pessoal já começou a ficar louco por causa da falta de supervisão dos pais?

– Daqui a pouco.

– João já se declarou?

Meu queixo cai de surpresa.

– Por que se declararia? – pergunto depois de hesitar por um segundo.

– Sei lá, parece uma oportunidade perfeita para rolar alguma coisa, não? – ela sugere. – Longe de todo mundo e tal...

Eu suspiro.

– Quando voltar eu te explico.

– Então ele se declarou?! – ela pergunta na empolgação.

– Quando eu voltar – repito.

Lá pelas 23h, Marcela já está dormindo. Apesar de ter acordado cedo e ter passado a tarde fazendo uma prova (sem contar as atividades de turista), estou sem sono. Coloco uma calça de moletom e uma camiseta vermelha velha do meu pai com o brasão comunista, me deito na cama e mesmo assim não consigo dormir. Então tiro um livro da minha mochila, acendo a luz (não se preocupem, nada nesse mundo consegue acordar a Marcela) e vou ler.

Aos poucos, como todo ano, os barulhos nos corredores começam a ficar cada vez mais altos. Por causa do toque de recolher que o Dedé estabelece, o pessoal está trazendo a festa para o hotel. E como todo ano, alguém já está batendo na porta do nosso quarto. Sempre tem alguém tentando entrar no quarto errado, é incrível.

Eu abro a porta e dou de cara com o João. Por um momento, eu literalmente tinha me esquecido dele. É como se ele tivesse sentido que meus pensamentos tivessem tomado outro rumo e fizesse questão de aparecer só para garantir que eu continue pensando nele o tempo todo.

Eu começo a fechar a porta, mas João usa a mão para mantê-la aberta.

– Onde você estava? – ele pergunta meio emburrado. – Eu te procurei em todo canto.

– Aqui – respondo simplesmente e não digo nada mais depois disso.

João suspira.

– Camilla, o que eu fiz? – Ele passa as mãos no cabelo, nervoso. – Por que você não tá falando comigo? Não tá mais a fim?

Eu exalo pesadamente.

– Eu não posso conversar agora, a Marcela tá dormindo.

João revira os olhos, frustrado.

– Então vem aqui fora conversar, oras.

Eu arqueio as sobrancelhas e saio do quarto, fechando a porta atrás de mim. Eu cruzo os braços e olho para ele, aguardando para ouvir o que tem para dizer.

João abre e fecha a boca algumas vezes, mas olha em volta, irritado com toda a zona acontecendo. Algumas pessoas estão fazendo guerra de travesseiro no final do corredor. Então ele abre a porta do próprio quarto e me puxa para dentro pela mão. Quando ele liga a luz, nós vemos Guilherme (sem camisa!) deitado com uma menina na cama.

– EIEIEI! – ele grita irritado, levantando a cabeça.

João grunhe e desliga a luz de novo. Ele pega a minha mão e me guia pelo corredor até chegarmos à porta da escada de emergência. João a abre para mim e eu entro, acendendo a luz a sensor. Ele entra também, fechando a porta atrás de si, exatamente como tinha feito no dia anterior.

– Ainda bem que eles não estavam pelados – eu comento.

João ri e balança a cabeça, olhando para mim com desespero.

– Camilla, sério – ele praticamente implora. – Por que você está estranha assim comigo?

Eu decido ser direta.

– Você me beijou sem minha autorização.

– O quê?! – ele exclama, ultrajado.

– Não se faça de desentendido, tá? – eu digo, irritada. – Eu estava tentando conversar com você, e do nada você vem me beijando...

– Você estava falando de como a gente se gosta – ele me interrompe. – Parecia um bom momento para te beijar!

– Pois não era.

– Você correspondeu.

– Minha satisfação com o beijo é completamente irrelevante.

Ele olha para mim como se eu fosse louca.

– O que é relevante, então?!

Eu passo a mão no rosto, sem saber exatamente como responder.

– Olha, minha primeira experiência com um menino não foi muito boa – revelo. – Foi tudo no impulso, foi estranho e ruim e meio que traumatizante. E desde então eu não beijei ninguém. Eu queria que acontecesse diferente, que a gente aproveitasse mais o momento pré-beijo, sei lá. Que fosse mais devagar.

Eu vejo uma expressão de vergonha no rosto de João e meu coração aperta. Eu não queria fazer com que ele se sentisse culpado nem nada assim. Só queria explicar porque fiquei chateada. E porque eu estou certa. Acho importante que as pessoas entendam como eu estou certa.

– Infelizmente – eu digo depois de um minuto de silêncio tenso –, o beijo foi bom. Muito bom. O que dificulta que eu prolongue minha raiva pelo tempo merecido.

João sorri aliviado por eu estar fazendo piada.

– Olha. A única coisa que tenho a dizer é que meu momento pré-beijo começou em março e eu não aguentava mais – ele suspirou e colocou as mãos no bolso. – Mas, mesmo assim, eu não queria tirar sua liberdade nem nada assim. Desculpa.

– Tudo bem – eu digo e, para aliviar um pouco a tensão, complemento: – Isso que dá se envolver com alguém com sangue rebelde comunista.

Eu mostro minha camiseta como evidência e João ri, se aproximando.

– Posso te beijar agora?

Eu faço que sim com a cabeça e ele se aproxima devagar, colocando as duas mãos na minha cintura. Eu coloco as minhas no ombro dele, sem conseguir parar de sorrir. Ele aproxima a cabeça lentamente e finalmente me beija, de uma maneira bem mais suave que tinha feito na noite anterior. Mas aí um pensamento passa por minha cabeça e me afasto para falar:

– Você não precisa perguntar toda vez. Tipo, agora a gente já está junto, então fica subentendido que vai rolar beijos e tal. Antes foi errado porque foi uma surpresa e tal, e a gente não tinha estabelecido nada.

João sorri e concorda com a cabeça. Quando tem certeza que falei tudo que tinha para falar, ele se aproxima e me beija de novo. Mas logo eu interrompo de novo:

– E se algum dia você me beijar para calar minha boca, eu juro que te capo.

João solta uma gargalhada e beija meu pescoço e aperta o abraço. Com meus braços eu também o trago para mais perto e escondo o rosto em seu ombro. Nós ficamos abraçados assim por um tempo. Mas não por muito, porque a gente estava doido para voltar a se beijar.

***

Depois da primeira fase da UFG, o Coliseu separa turmas em classes específicas. As de Humanas, Exatas e Biológicas. O número de alunos é bem menor, porque pelo gabarito o pessoal já sabe se passou ou não para a segunda fase. No geral, as aulas são proveitosas e até me fazem sentir que talvez eu consiga mesmo entrar em uma faculdade. Mas o último dia de novembro cai em uma sexta e no fim de semana a gente já teria que se preocupar com a terceira fase do PAS, então eu decido que João e eu precisamos de um dia de folga. Então, quando acordo, mando uma mensagem para ele.

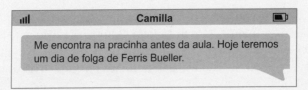

Me encontra na pracinha antes da aula. Hoje teremos um dia de folga de Ferris Bueller.

Quando chego, João já está me esperando, claro, porque ele vai de van.

— Quem é Ferris Bueller? — pergunta quando me vê.

Eu sei que é uma pergunta genuína e não algo para me irritar porque ele pronuncia Bueller com sotaque brasileiro e qualquer pessoa normal conhece a verdadeira pronúncia de Bueller, por causa da cena do "Bueller... Bueller...".

— Sua ignorância em clássicos do cinema um dia será um estudo bem famoso de comportamento humano.

Eu me sento ao lado dele e ele pega a minha mão.

— Então, qual é o plano?

— Ah, o básico. Ir num museu, comer em um restaurante caro, cantar em uma parada, destruir um carro etc.

João olha para mim confuso e eu reviro os olhos.

— Sabe, vai ser bem mais satisfatório fazer piada da sua ignorância se eu tiver uma terceira pessoa por perto para entender minhas referências. Quem você sugere?

João pensa por um segundo e então aponta para o outro lado da rua.

— Thiago! — ele chama.

— Argh, não! — eu reclamo. — Daí a gente ia ter que aguentar a Bárbara também. E acho que o Thiago é quase tão ignorante quanto você.

Thiago se aproxima dando risinhos estúpidos.

— Então vocês finalmente juntaram as escovas? — ele pergunta, se achando muito engraçado.

— Juntar escovas é para quando as pessoas estão morando juntas, Thiago — João ajuda.

— Não, não — Thiago diz. — É uma expressão. Porque vocês se beijam, então suas escovas estão se juntando.

João e eu nos olhamos. Nosso primeiro instinto é rir, claro, mas no fundo é só triste. Porque o Thiago provavelmente deve achar isso mesmo. O coitado deve ter ouvido a expressão pela primeira vez e inventado alguma situação para que fizesse sentido. Por mais absurda que a situação seja, isso ajuda Thiago a não ficar obcecado demais com um só assunto e continuar com sua vida.

– Ei, velho, por onde anda a Bárbara? – João pergunta.

– Não vi vocês juntos a semana inteira.

– Ela não tá vindo – Thiago diz.

João e eu entendemos imediatamente. Pessoas só param de vir se não passaram na primeira fase.

– Medicina é difícil – falo desnecessariamente.

– É – João auxilia. – E ainda tem as outras faculdades, né?

– Ela diz que não passou por minha causa – Thiago diz. – Que ela não devia ter começado a namorar no terceiro ano e tal...

Eu aperto a mão de João, para tentar conter o riso. Rir agora seria muito inapropriado.

– Mas ela que te beijou – João diz exatamente o que estou pensando. O que significa que ele também deve ter completado esse pensamento com um "que louca" na sua mente.

– É... – Thiago dá de ombros.

– Então... vocês terminaram? – pergunto.

Thiago faz que não.

– Ela só tá brava comigo, mas disse que não quer terminar não.

– Aah – João e eu dizemos juntos.

– Então tá – Thiago diz depois de um minuto de silêncio. – Vou entrar. Tchau.

Eu espero Thiago sair do campo de audição antes de comentar:

– Eles são tão esquisitos!

– Eu sei – João concorda, colocando o braço em volta de mim.

– Sério – eu continuo. – Eles nem são felizes, sabe? E continuam juntos.

– Uhum. – João beija meu pescoço.

– João, eu estou falando sério, para com isso.

João suspira.

– Mas eu não tenho culpa se não estou nem aí nesse exato momento.

– Você é uma pessoa ruim – eu digo, revirando os olhos. Mas deixo que ele se aproxime para me beijar.

***

Finalmente João e eu saímos para tomar um sorvete. Ele me conta que a mãe dele comentou que Lenine e Bruna foram ao consultório dela, mas, por ser uma profissional, não disse mais nada sobre o assunto. Eu falo o que sei: que eles estão tentando. E que eu espero que dê certo.

No geral, eu fico tentando aproveitar ao máximo nosso dia. Cada segundo que temos juntos. Ainda não sei se essa coisa de ter enrolado para selar alguma coisa com João foi algo positivo ou negativo, mas definitivamente limitou nosso tempo junto. Provavelmente. Ainda não sabemos ao certo.

Enquanto caminhamos de volta para a escola, João pega a minha mão e aperta.

– Eu gosto muito de você, sabe.

Eu rio sem graça de sua declaração deliberada.

– Bom – eu respondo. – Que bom.

– Eu quero continuar gostando de você – ele continua. – Independente... sabe... de coisas.

Eu concordo com a cabeça e nós caminhamos em silêncio por um segundo.

– Essa foi tipo a nossa conversa de "seremos sempre amigos" ou sei lá? – pergunto depois de um tempo.

João sorri de lado.

– É, acho que sim.

– Foi meio brega. – Faço uma careta.

João solta uma gargalhada e me abraça por trás, beijando meu pescoço.

– Ninguém consegue fugir de uma breguice de vez em quando... – ele diz e passa o resto do caminho improvisando versos poéticos exagerados no meu ouvido.

	S	D
3	3	4
	10	11
7	17	18
4		25

DEZEMBRO

S	T	Q	Q	S	S	D
					1	2
3	4	5	6	7	8	9
10	11	12	13	14	15	16
17	18	19	20	21	22	23
24	25	26	27	28	29	30
31						

```
http://www.agentec.com.br
```

 Sexta-feira, 7 de dezembro

A Agente C parou em frente ao espelho para terminar de aplicar sua maquiagem. Revirou os olhos para si mesma quando se deu conta do tanto que estava investindo em um encontro com Frisson. Frisson. Francamente, que nome idiota. Não acreditava que tinha topado um encontro com ele. Mas depois da última festa de confraternização eles se encontraram do lado de fora e de algum modo ele a convenceu a sair juntos em troca de uma viagem no tempo.

O lado espião da Agente C desconfiava que Frisson tivesse fingido toda aquela performance na festa de confraternização só para apelar para o seu lado sentimental (não que ela tenha um lado sentimental, claro que não). Mas uma vez na vida ela ia deixar o lado espião de lado. Bem, não por completo, porque Deus sabe o que pode acontecer inesperadamente, então a Agente C guardou algumas coisinhas em pequenos bolsos ocultos em sua roupa.

Por ser amiguinho do Agente DocEn, é óbvio que o Agente Frisson conseguiu uma viagem a passeio, mas deixou que ela decidisse a época, então era Antigo Egito. Simplesmente porque parecia uma época fascinante, e ela nunca tinha sido mandada para lá em uma missão. Não existem muitas missões envolvendo Antigo Egito, na verdade. Quando a Agente C perguntou para Seripaco, ela afirmou que só tinha visto um relatório, da época das primeiras viagens da

Máquina do Tempo, envolvendo uma ida ao Egito. E mesmo assim, o agente tinha viajado para os anos 40, e não pra época da Cleópatra. A Agente C tentou descobrir mais informações, mas Seripaco acabou se afundando em um longo questionamento de como é que os egípcios antigos soletravam palavras. E uma vez que Seripaco começa um de seus questionamentos, só respostas para trazê-la de volta. Respostas que a Agente C não tinha, mas quem sabe conseguiria, nessa viagem.

Terminando de contornar seus olhos cuidadosamente com delineador, a Agente C rodopiou, avaliando o resultado final de seu figurino egípcio.

Nada mal, ela pensou. Frisson é um cara de sorte.

Frisson. Que nome idiota.

Como se tivesse sido invocado só pela menção de seu nome (idiota) por pensamento, o Agente Frisson aparece na porta da sala de figurinos e juntos, de braços cruzados, caminharam até o laboratório. Os agentes que cruzavam com eles nos corredores lhes lançavam olhares assustados, e então olhavam em volta para ver se era algum tipo de pegadinha.

Mas não era uma pegadinha. Era só esquisito mesmo.

O Agente DocEn deu as instruções de sempre para Frisson, olhando feio para C quando ela o interrompia fazendo perguntas sobre o clima do Antigo Egito. E lá foram eles explorar pirâmides.

Infelizmente, acabaram se materializando em uma catacumba trancada.

– Que é isso? – a Agente C perguntou, não enxergando um palmo à sua frente e apertando forte a mão de Frisson.

Automaticamente, o Agente Frisson levou a mão livre para o bolso da calça para pegar o isqueiro que sempre guarda lá. Porém, estava trajando trajes típicos egípcios, que além de serem compostos de quantidade escassa de tecido (Egito sempre foi um lugar bem quente, muita roupa nunca pareceu razoável), não continha bolso.

– Estou sem meu isqueiro – o Agente Frisson comentou.

A Agente C suspirou e se desvencilhou dos braços de Frisson. Andando com cuidado, apalpando as paredes de onde estavam, tentando se lembrar dos detalhes dos cenários de filmes de múmia que já tinha assistido. Encontrando algo que parecia ser uma tora de madeira, a Agente C tirou um isqueiro do compartimento secreto que tinha do lado de dentro de sua roupa, porque diferente do Agente Frisson, ela estava sempre preparada.

Acendida a tocha, a Agente C se virou para olhar para Frisson, esperando que ele tomasse a iniciativa para variar.

– Certo – Frisson tentou não decepcionar. – Primeiro passo é encontrar uma porta.

– Graaande, Einstein – a Agente C zombou, revirando os olhos, e iluminou seu caminho enquanto ele apalpava variados cantos do local.

– Eu só quero deixar claro que foi o DocEn que colocou todas as coordenadas no aparelho – Frisson tentou se justificar. – Então, tecnicamente, a culpa é dele.

– Só covardes tentam se desvencilhar de culpas com tecnicalidades – rebateu a Agente C. – Não é nada atraente.

Subitamente a Agente C sentiu braços em volta de sua cintura e o rosto de Frisson pertinho dela.

– Eu não sou covarde – ele falou ao seu ouvido.

– Credo, me solta – ela resmungou, estapeando os braços do Agente Frisson. – Você tem essa impressão errônea de que é incrivelmente atraente no escuro. Pois deixe eu lhe dizer que isso não procede. Tudo que eu quero nesse momento é explorar o Egito Antigo e não morrer sufocada em uma catacumba enquanto você tenta miseravelmente me seduzir.

Suspirando e resignado ao mau humor da Agente C, Frisson continuou na sua missão de encontrar uma saída da catacumba em silêncio. Incrivelmente, isso a atraiu mais do que qualquer outra coisa que ele tinha feito até então.

Finalmente achou uma pequena fenda que parecia vir de uma porta. Pegando uma faca emprestada da Agente C, rapidamente traçou a porta por completo e então usou da força bruta para empurrá-la. Ele bem que tentou fazê-lo sozinho, mas era uma porta pesada. Depois de alguns minutos de esforço, ele se virou, um pouco humilhado, para a Agente C e pediu ajuda.

Finalmente, suados e exaustos, conseguiram abrir a porta. Nenhum deles estava muito no clima de encontro romântico depois daquilo.

– Vamos embora – a Agente C disse, chateada. – Outro dia a gente volta.

Com uma expressão decidida, Frisson pegou a mão da Agente C e a puxou corredor a fora.

– Já fizemos isso tudo – ele comentou. – Melhor continuarmos.

Foi então, depois de subirem alguns degraus e chegarem a um outro corredor escuro, que a Agente C a viu.

– Raposa?! – ela gritou e a mulher se virou imediatamente.

– C?!! – A vilã ficou pálida. – Como você chegou aqui?

– Não, como você chegou aqui? – a Agente C perguntou.

– Não, como você chegou aqui? – Raposa repetiu.

– Não, como você chegou aqui? – a Agente C rebateu.

Antes que Raposa pudesse continuar com essa ladainha, seu olhar caiu em Frisson e ela olhou de volta para a Agente C, confusa. Então C decidiu fazer as apresentações.

– Esse é o Agente Frisson – a Agente C falou. – E essa é Raposa, minha arqui-inimiga.

– Você tem uma arqui-inimiga? – Frisson perguntou, fascinado, enquanto apertava a mão de Raposa. – Que legal!

A Agente C revirou os olhos.

– Meu parceiro está dentro deste compartimento roubando alguns tesouros – Raposa confessou apontando para a entrada que estava vigiando, obviamente encantada com Frisson.

– Falcão está aqui também? – a Agente C perguntou chocada.

– Eu sempre quis ter arqui-inimigos – Frisson disse com pesar. – Deve ser tão legal encontrar conhecidos no meio de uma missão.

A Agente C deu um tapa na nuca de Frisson.

– Foco – ela disse.

– Ai! Tá – ele respondeu, esfregando a nuca. – Raposa, você sabe que nós temos que impedir estes atos criminosos que você e seu parceiro estão cometendo, né?

– Sim, a gente entende – ela concordou. – Mas devo avisar que não vai ser tão fácil assim nos pegar.

E com isso ela correu pela entrada que estava vigiando, fazendo com que a Agente C suspirasse e revirasse os olhos. Depois de apenas um segundo de hesitação em choque e desapontamento e um pouco de irritação, a Agente C saiu em seu encalço, com Frisson em seu rastro.

Porém, de alguma forma, Falcão e Raposa já não estavam à vista quando C e Frisson chegaram à sala, que mais parecia um altar para a deusa Ísis, e a única saída disponível era a que tinham usado. A Agente C acabou concluindo que os criminosos provavelmente haviam usado o aparelho extrassequencial que os levaram até ali para ir embora.

– Poxa, que pena – Frisson disse. – Eu queria conhecer esse Falcão.

– A gente tem que voltar e avisar o Supervisor Geral que vilões agora têm um meio de viajar no tempo – a Agente C comentou.

– Tá bom, tá bom – Frisson respondeu. – Mas escuta isso.

Um pouco impaciente, a Agente C tentou ouvir o que Frisson estava se referindo. Bem baixinho, como se tivesse vindo de um lugar bem distante, ouviu o som de flautas e umas vozes entoando algo calmo, mas ao mesmo tempo, intenso.

– Deve estar tendo algum tipo de cerimônia aqui por perto... – ela suspeitou. C levou um susto quando sentiu o corpo de Frisson se aproximando. – O que você tá fazendo?

– Já que nosso encontro foi tão bruscamente interrompido. – Ele colocou a mão em sua cintura e a aproximou de seu corpo. – Acho que merecemos ao menos uma dança.

A Agente C balançou a cabeça veementemente.

– Não mesmo – ela negou, cruzando os braços, tentando se afastar. – Me recuso a ser brega desse jeito.

– Tá, é brega – ele respondeu, estendendo a mão. – Mas eu me comportei direitinho até aqui. Mereço no mínimo isso.

A Agente C revirou os olhos para essa chantagem idiota, mas deu a mão para ele mesmo assim. Ele a puxou para bem perto e começaram a dançar ao som um tanto quanto sinistro da música ao fundo.

Ela tinha que admitir que apesar de ser brega, a proximidade com Frisson era boa. Ele cheirava gostoso, mesmo depois de todo o trabalho e correria, e tinha um calor bom.

Mas, mesmo assim, era brega.

– Me diz seu nome – Frisson pediu ao pé do ouvido.

– Não. Você está pidão demais.

Frisson suspirou, frustrado, fazendo a Agente C rir.

– Olha, já sei – a Agente C propôs. – Vamos nos dar um nome. Pode ser seu nome verdadeiro ou só um nome que você sempre gostou. A gente não vai saber da verdade, mas pelo menos vai ser um nome. Pode ser?

A Agente C cruzou os dedos enquanto esperava a resposta de Frisson. Tudo que ela queria era poder chamá-lo de outra coisa. Frisson. Que nome idiota.

– Ok – Frisson disse. – Você primeiro.

– Hum... – a Agente C fingiu pensar, apesar de já ter um nome na ponta da língua. – Marina.

– Marina – Frisson disse. – É legal.

– Eu sei – a Agente C respondeu. – Sua vez.

– Hulk – Frisson disse e a Agente C socou seu ombro. – Quê?

– Eu não vou te chamar de Hulk, seu ridículo – a Agente C resmungou, ultrajada.

– Então pode continuar com Frisson. – Ele afastou a cabeça para olhá-la nos olhos.

– Brito, no mínimo – ela disse. – Você me deve.

Frisson sorriu.

– Tudo bem – ele respondeu e se aproximou para beijá-la.

E ela deixou.

De: Camilla Pinheiro <cpinheiro@zoho.com>

Para: Jordana Borges <jorges.publicidade@zoho.com>

Assunto: "C" é de Contentamento e Conclusões!
(enviado em 7 de dezembro, às 22h13)

Ok, Jorges, se prepare que esse vai ser um daqueles imensos.

Acabei de atualizar uma história bem melosinha no blog, porque acho que ando com um humor bem melosinho. No segundo que estou escrevendo isso, a festa de formatura da minha escola está acontecendo. O menino que eu gosto está lá. Digo menino que eu gosto, porque não sei exatamente como defini-lo. Acho que não somos namorados, apesar de sermos exclusivos e constantes. Acho que fica perigoso definir alguma coisa antes que saiam os resultados dos vestibulares, porque, né, a gente pode ir para lugares diferentes e tal.

Mas, enfim, o menino que eu gosto está na tal festa e a cada 15 minutos me manda uma mensagem contando alguma coisa louca que está acontecendo, que é a forma dele de me dizer que está pensando em mim.

Logo, eu ando melosinha.

A minha amiga Carol está aqui em casa comigo, assistindo um documentário sobre a Revolução Russa com meu pai. Eu ando pensando com mais e mais frequência em como meu tempo com ela está acabando. Eu lido com isso da única maneira que sei: fazendo piada. Ela não aguenta mais que eu sempre faço sons de beijo toda vez que ela e seu interesse amoroso estão por perto (me pergunto se esses dois vão enrolar tanto quanto o menino que gosto e eu).

Eu me preocupo com a Carol. Ela tem tanta coisa não resolvida com o ex-namorado e tanto potencial com outro menino que realmente gosta dela. Eu não devia me preocupar, porque ela sempre se mostrou muito mais capaz em lidar com essas coisas do que eu, mas acho que minha preocupação é meio que um desapontamento disfarçado. Desapontamento de que não estarei aqui enquanto ela resolve sua vida, enquanto faz sucesso na carreira que escolheu, enquanto lida com situações absurdas com seus comentários sarcásticos hilários e seu temperamento esquentado. A gente vai sempre ser amiga, sim, mas vamos estar longe uma da outra e eu vou morrer de saudade e meu coração aperta só de pensar.

Semana passada eu fiz a terceira fase do PAS, e como você sabe eu passei para a segunda fase de todos os vestibulares que fiz, mas semana que vem essas provas acabam. Finalmente! E aí eu serei uma pessoa normal de novo. Isto é, se eu passar. Caso contrário é cursinho e acho que isso é pior que ensino médio.

Mas agora que estou aqui, vislumbrando essa realidade de fim do ensino médio pra valer, eu meio que comecei a ter sérios pensamentos de autoanálise. É uma coisa estranha, esse limbo entre fim de ensino médio e dia de divulgação da lista de pessoas que passaram no vestibular. Se você já sabe com certeza que não passou, você ao menos sabe o que te aguarda, qual o próximo passo. Mas para a gente que ainda tem esperanças, mas não muitas certezas, é meio que uma época de fazer nada. E depois de passar tanto tempo estudando tão intensamente, fazer nada é estranho.

Eu comecei uma lista de coisas que vou fazer nesse meio-tempo. Escrever e atualizar o blog com mais frequência, claro. Aproveitar o tempo que tenho com o menino que eu gosto, porque sei lá quanto tempo a gente ainda tem junto. Convencer Fran a levar Marcela e eu para as saídas dela com Vanessa. Elas são meio que as amigas que eu quero que Marcela e eu sejamos quando a gente crescer, por mais idiota que isso pareça. Vanessa está realmente empolgada com essa nova ambição de Fran de ser pilota, porque ela acha que vai ganhar viagem de graça o tempo todo, do mesmo jeito que sempre ganha uma carona com a Fran Motorista. Ela que conseguiu todas as informações de curso porque um vizinho dela é dono de uma companhia de táxi aéreo (esse povo de condomínio fechado é rico desse tanto, com empresas envolvendo AVIÕES). É legal ver a amizade das duas, o jeito que a Vanessa incentiva sem fazer pressão. Ela fica fazendo análise de comportamento e explicando em voz alta, quando a gente está por perto, falando coisas do tipo "a Fran está um pouco nervosa porque antes achava que queria ser advogada e no fim não era exatamente isso, então ela teme que isso também possa dar errado". Na última vez que nos encontramos com ela, Vanessa viu a minha lista de coisas que quero fazer e sugeriu que eu adicionasse uma visita ao hangar. Parece interessante.

Enfim, tem outras coisas na lista. Mas enquanto eu a fazia, comecei a ter uns sentimentos de... minha vida está acabando? Não no sentido intenso da coisa, tipo, não estou morrendo nem nada assim. Quer dizer, eu estou morrendo, mas beeeeeeem lentamente, então não é nada preocupante. Mas é, tipo, eu estava fazendo uma lista de coisas que eu não acho que vou conseguir fazer muito no futuro, independentemente se eu passar no vestibular ou não. E aí eu comecei a ficar tão triste. Tipo, eu passei esse tempo todo estudando para o vestibular, como se fosse o que eu mais queria na vida, mas agora quero ficar nesse limbo pra sempre, sabe?

No seu último e-mail você perguntou se eu estava bem por causa do conto que eu tinha postado. E o motivo de eu ter postado aquele conto foi bem idiota (apesar de eu não me arrepender de ter postado) e eu não tenho intenção de postar algo daquele tipo de novo, mas eu escrevo coisas daquele jeito o tempo todo. O tempo todo me bate uma melancolia, então eu extravaso escrevendo. E acho que é bem normal essa coisa de se sentir melancólica e tal, todo mundo se sente assim de vez em quando. Mas eu nunca tinha percebido que eu me sinto assim. Nunca tive um momento de consciência em que pensava "olha só, que coisa, estou melancólica". Nunca dei nome aos bois, ou sei lá como é a expressão.

Eu comecei a ficar mais ciente de mim mesma nesse segundo semestre e eu fui tentar descobrir o porquê, e acho que cheguei a uma conclusão.

Você sabe que minha vida inteira eu nunca fui de me envolver em dramas. Eu os via o tempo todo, sempre adorei observá-los, mas evitava ao máximo ser envolvida. Daí aconteceu toda aquela loucura com a Menina A e a Menina B e de alguma forma eu me vi ali no meio. Desde então eu me vejo envolvida em dramas o tempo todo. E por um lado foi bom, porque coisas aconteceram por causa disso, como a rebelião, meu relacionamento com o menino que eu gosto, eu ter me aproximado mais do meu irmão. Por outro lado é estranho, porque no começo eu estava superenvolvida no drama do meu amigo e agora a gente está tão distante... Não na amizade, ainda somos melhores amigos, mas ele é infeliz no namoro dele e não tem nada que eu possa fazer. Meio que fico só observando como eles vão desgastando um ao outro e o relacionamento vai morrendo, bem aos pouquinhos. Nenhum deles tem coragem de simplesmente colocar um ponto-final nisso e eu fico olhando e, sei lá, eles são tão estranhos!

Eu acho que parte de mim preferia minha vida do jeito que era antes, não exatamente porque eu era mais feliz, mas porque era mais simples. Lenine esses dias estava me contando de como era a vida dele e da Bruna na faculdade e ele parecia tão triste. Quer dizer, não exatamente triste, mas nostálgico. Bruna não tinha os problemas que tem agora e eles eram realmente muito amigos e aprontavam coisas e tudo o mais, do jeito que eu faço com meus amigos. A situação está bem melhor agora, sabe, com a Bruna se tratando e a empolgação com o novo bebê crescendo. A Valentina está ficando mais doce e engraçada e generosa e linda a cada dia. Mas, mesmo assim, é muito trabalho e sempre que ele lembra a época de faculdade fica com essa expressão de querer voltar no tempo e querer ficar lá, e isso me deixa ansiosa. Porque eu penso na minha vida antes, mais simples, e fico me perguntando se pode acontecer alguma coisa na minha vida que faça com que eu fique do mesmo jeito que ele. Tipo, desejando ficar no passado.

Ainda estou me adaptando a essa coisa de lidar com situações complexas. Algumas pessoas se dão muito melhor tendo uma vida completamente separada do drama. Olha a Marcela, por exemplo. Ela precisava de foco total durante o ensino médio para conseguir o que queria. Ela é do tipo de pessoa que precisa se preocupar com uma coisa de cada vez, então foi melhor mesmo que ela tenha sido absorta em seu próprio mundo esse tempo todo. Eu tenho certeza absoluta que ela passou nos vestibulares que fez, apesar de não poder falar isso perto dela porque ela acha que pode azarar. Mas agora ela pode ter uma vida normal, agora tem um tempinho para dramas. Mas não muitos, porque ela vai fazer medicina, vai passar o resto da vida superocupada com estudos. Sem contar que ela é a Marcela e nunca vai conseguir lidar com dramas muito dramáticos.

Mas minha questão principal nisso tudo é que agora que acabou, ou que está para acabar, eu meio que estou achando toda essa pressão que sofri durante o ensino médio inteiro meio desnecessária, mas ao mesmo tempo me pergunto se teria me tornado uma pessoa melhor ou pior sem ela. Meu irmão me disse que o ensino médio dele parecia a coisa mais louca do universo na época, mas que agora tudo parece bem besta. Eu sinto que isso está começando a acontecer comigo e eu não quero que aconteça. Não quero ser daquelas pessoas que crescem e olham para essa época da vida com condescendência. Eu não quero diminuir tudo que eu passei nesses últimos três anos, mesmo que eu acabe encontrando obstáculos mais intensos no futuro. Eu quero para sempre lembrar que essa foi uma época difícil, e frustrante, e legal, e idiota, e louca, e tudo quanto é tipo de adjetivo que existe por aí. E não quero só lembrar como nostalgia que nem o povo gosta de ficar fazendo. Eu quero manter tudo bem vivo, tudo bem real, na intensidade verdadeira das coisas. Não quero que fique preso na minha memória como uma época de completo pesadelo, ou uma época de bela juventude, eu quero tudo junto, tudo que foi. Mas a cada segundo que eu tento lembrar, menor as coisas parecem ficar, como se eu estivesse em um balão subindo e subindo, e olhando para minha casa, tentando reconhecê-la em meio ao mundo, mas por mais que eu tente focar, ela acaba se misturando com todo o resto.

(Nossa, viu só como fiquei poética além de filosófica? Deve ser esse clima de fim de ano me contagiando.)

Enfim, tenho certeza que vou achar algum jeito de lidar com todos esses sentimentos. Mas enquanto isso não acontece, eu fico te mandando esses e-mails imensos de "conhece-te a ti mesmo". E você me manda os seus de volta, porque ouvi dizer que é assim que a amizade funciona. E as amizades são legais, não são?

Beijos,
Capim

Este livro foi composto com tipografia Electra e impresso
em papel Pólen Bold 70 g/m² na Gráfica Rede.